The Birth of Privacy
The Troubled History of
Romans-à-Clef in Japan

日比嘉高
HIBI Yoshitaka

プライヴァシーの誕生

モデル小説のトラブル史

新曜社

プライヴァシーの誕生——モデル小説のトラブル史＊目次

凡例

・引用に際して漢字は新字体に改め、傍点・圏点などは必要でない限り省略した。ルビは補った箇所がある。

・本文中の引用は「　」で括った。引用文中の日比による補いは〔　〕を用いた。引用文中の〔…〕は省略を、／は原則として原文改行を示す。

＊作品名は「　」で表記した。ただし書名を指す場合は『　』が用いてある。雑誌・新聞名は『　』を用いた。

装幀——難波園子

序章　モデル小説とプライヴァシー

1　モデル小説は何を引き起こすか

三島由紀夫の長篇小説「宴のあと」は、刊行後ほどなく、主人公のモデルとされた人物の告訴を受ける。訴えたのは、元外相で都知事選候補者だった有田八郎。小説の表現が、有田のプライヴァシーを侵害している、というのがその理由であった。一九六一年のことである。プライヴァシー権に関する憲法史では今でも必ずと言っていいほど言及される「宴のあと」裁判が始まる。裁判の過程で、被告三島側は次のような主張を行なった。

「野口雄賢」および「福沢かづ」は被告平岡〔三島の本名〕が抱いている人間観、社会観を表現する媒体として創作した芸術創作上の人物であり、その言動や心理の描写は、あくまで「野口」なり「福沢」なりのそれであって原告もしくは畔上輝井の言動や心理の描写ではなく両者は次元を異にしている。(1)

作者三島が主張するのはこういうことである。たしかに、創作の過程において、自分は有田八郎（作中の野口雄賢）や畔上輝井（同、福沢かづ）という人物のことを調べ、参考にした。しかし、小説は作家の追究するテーマ──「宴のあと」の場合なら政治と愛の相剋、相似──を描き出すために、参考資料・人物をもとに肉付けされ、言語芸術として構築されていくものであり、その昇華の過程で登場人物は参考とされた実在の人物たちから離れていく。登場人物は創作物であり、彼らの言動や心理は小説というフィクショナルな構築物のなかで、その内的な論理に従って展開される。したがって、実在の人物と小説の登場人物とは「次元」を異にする存在なのであり、両者を混同してはならない。

筋はしっかりと通っている。小説はフィクションであり、仮にその内容や登場人物が現実の何らかの出来事や人物に根拠をもっていたとしても、言語のみによって構築され、作品独自のストーリーと世界観のなかに置き直されるそれらは、元の世界そのままではありえない。たしかに、「次元」が違うのだ。もちろん、日本国憲法は「表現の自由」を明確に保障している。人は物事を、みずからの視点にもとづき、みずからの言葉で表現する自由をもっている。

同じ問題を、書かれた側からも考えてみよう。あなたの知人が、無断であなたを登場人物のモデルにして小説を公表したとする。あなたはそのとき、どう感じるだろうか。

不愉快に感じるだろうか。それとも喜ばしいこととして歓迎するだろうか。小説には、明らかにあなた自身を指すと思われる登場人物が登場し、行動し、話し、思考し、ストーリーに従ってさまざまに振る舞う。いつかあなたが話したある事件がその小説のなかで再現され、あなたは作中でもう一度それを再演しはじめる。登場人物の造形は、あなた自身とよく似ているが、ところどころ脚色されている。自分自身との同一性とともに、その差異もまた目につく。私は、こんな人間ではない。私は、こんなことは言わない。だが私は、もしかしたら他人にこうした人間として映っているのだろうか――。

その小説――こうした小説を「モデル小説」という――の表現のなかにあなたは、〝あなた〟であって〝あなた〟ではない何者かが作り上げられているのを見るだろう。それは何かが知らぬ間に奪われたような感覚かもしれない。奪われ、そして無断で衆目の前にさらされる。読者は、そんな「あなた」をどう読むだろう？

三島由紀夫の「宴のあと」に登場させられた有田八郎は同じような憤りや不安を感じたかもしれない。さらされた〝有田八郎〟は、見ず知らずの無数の人々に読まれ、想像され、解釈される。奪われた〝有田八郎〟のイメージは、もうどうやっても取り戻すことは不能だ。下手に騒げば、かえって読者の野次馬的好奇心に余計な油を注ぐこととなるだろう。〝有田八郎〟はそうして手の届かないところで無限に増殖し、もとの自分とは似ても似つかない怪物か亡霊のようなものとなって一人歩きをはじめるだろう。それは恐ろしいことに違いない。

もちろん、不愉快に思うか、歓迎するかは、小説の内容によって、あるいは立たされている立場によって、異なるかもしれない。思い出したくもないつらい過去が再現されていたのであれば居たたまれない気分になろうし、隠しておきたいことがらが暴露されているのであれば羞恥と憤慨は抑えきれないだろう。あるいは著名性の欲望を抱えている人であるならば、その小説のモデルとして自分が名指されることに、多少の誇らしさを感じることもあるかもしれない。

書いた者と書かれた者の利害や感情は、鋭く対立する。われわれは、どちらの側を支持するべきなのだろうか。

複数の大学の講義のなかで、私は学生たちにモデル側と作者側双方の主張をそれぞれ示し、どちらを支持するかたずねてみた。二〇〇〇年代半ば以降の大学生たちは、ほぼ九割がモデル側に立った。つまり、いくら作者側に理があろうとも、それによって描かれた者が被害を被るのは間違っている。とくに描かれる者が一般の人である場合、その傾向は強いようだった。芸術か、プライヴァシーか。私自身の生活感覚に照らしても、九割という比率には多少驚いたものの、学生たちの傾向はそれ自体として何ら不思議のないものだった。

だが、近代文学の歴史を多少なりとも知る者ならば、この傾向が新しい傾向であることをすぐに認めるだろう。たとえば、長篇小説「新生」によって自身と姪との性的関係を告白し、新聞連載の形でそれを公表した島崎藤村の例を考えよう。「新生」の発表は一九一八～一九年。藤村の不道徳性を非難した批評はあった。だが描かれた姪、こま子の〈被害者〉としての側面に光を当て、「新生」という小説の暴力性を論じた批評が当時あっただろうか。実は小説のなかには、姪の姉が抗議に来る場面がある。彼女は次のように主人公岸本をなじった。「叔父さんは御自分で為すつたことを御自分でお書きなさるんですから、それでも好いかも知れませんが、唯妹さんが可哀さうだツて――何処へ私が伺つてもそれを言はれます。ほんとに彼様なことをお書きになつて、節ちゃんを奈何して下さいます」(2)。近親者や近しい者たちが、小説表現の脅威に気づくのは当然であり、実際に被害も被ることになる。藤村の表現はそうした気持ちをもすくい上げているわけである。だが、当時の言論空間においては、モデルにされた者の苦しみは、ほとんど論及に値しないものだった。

小説の表現にまつわるトラブルの例を簡単にみてきた。いずれも問題になっているのは小説の表現と、人々の私的な領域――プライヴァシーとの衝突である。モデルにはモデルの、作者には作者の言い分がある。そしてそのどちらに利があるのかを判定する判断には、歴史的な変遷がある。さらにいえば、小説の表現そのものにも歴史がある。「新生」と「宴のあと」はともに近代小説であるが、発表時期には四〇年以上の開きがあり、その表現の質、とりまく文学の場、社会的状況、いずれも大きく変化している。

本書が目指そうとしているのは、この変化の記述である。モデル小説は小説の表現と人々の〈私的領域〉との衝突を引き起こす。そのトラブルを歴史的にたどることによって、われわれは小説の近代と、〈私的領域〉の近代の双方を再考する視座を獲得できる。

2　プライヴァシーは変化してきた

ここで本書で考察する概念〈プライヴァシー〉について、あらかじめ少し展望を示しておこう。〈プライヴァシー〉という用語は、日本では一九六〇年頃に市民権をえる比較的新しい言葉である。だがもちろん、人々の私的な生活やそれにまつわる感覚自体はそれ以前から存在した。島崎藤村の例で確認したとおり、モデル小説がトラブルを引き起こす例も古い。そこで〈プライヴァシー〉という概念が導入される以前の〈私に属するものと人々が考える範囲〉を指す言葉として、〈私的領域〉という言葉を用意しておく。〈私的領域〉は、〈プライヴァシー〉という言葉がとらえる範囲と重なる部分が多いが、より包括的で、幅広い感覚を指すものとする。

〈私〉に属するものとは何か。これを定義するのは難しい。語義の確定が難しいというのではなく、〈私に属するものと人々が考える範囲〉が、歴史的に揺れ動いてきているのである。これは〈私〉に属するものが、それ自体で規定されるのではなく、〈公〉に属するものとの関係のなかで規定され、またその時代時代の社会的な規範や諸装置——メディアやテクノロジー、法など——の関係のもとで再画定され続けてきたものであり、また今もなおされ続けているからである。〈プライヴァシー〉なる言葉が登場したこと自体も、この公的な領域と私的な領域の線引きに大きな変更を迫った出来事だった。

たとえば、電話番号の例を考えてみよう。登場した明治期には、これを〈私的領域〉に属するとみなした者はほとんど誰もいなかったはずである。電話はまず政治的な統治と商業利用の場で利用されていったし、それが一般の人々の生活圏に入ってもなおその数は長く一家に一つ以下のものであった。人々にとって電話は家庭や近隣で共用されるものであり、また公衆電話を用いてその利便性を享受するものだった。(3) そうした時代における電話番号は、〈公的領域〉に属するものでしかありえなかった。

ところがいま、圧倒的多数の人が、電話番号を〈私的領域〉、プライヴァシーに属するものと感じているだろう。とりわけ、携帯電話の普及以降、電話番号は個人の所有物である割合が増加し、いつでも携帯されることから場所と時間を問わず個人的にコミュニケーションをとれる窓口と化した。しかもナンバー・ポータビリティのサービスにより一人が一つの番号を長期間保持するようになって以降、電話番号はその他の個人情報と紐付けされることにより、データの収集と利活用者側から見た管理的・商業的価値が格段に高くなっている。私生活の静穏性や遮断性を守り、また個人情報の過度のデータベース化を防ぐ意味においても、電話番号は今や高度に守られるべき〈私的領域〉ともいえるのである。

ハンナ・アーレントは『人間の条件[4]』において、アテネの古代世界をモデル化しながら、人びとが複数性を保持しながら互いが互いを見聞きしあう〈公的領域〉(=政治的領域)と、その状態から奪われた《ディプライヴド》状態にあり欲求と必要とが支配する〈私的領域〉(=家庭的領域)とを規定した。そして近代を、勃興する〈社会〉が〈公的領域〉と〈私的領域〉の双方を侵食していくプロセスとして把握した。

アーレントの図式は、長大なスパンの歴史的変化をモデル化し理論化して説明する。私の考える彼女の図式の利点は、なぜ現代において、〈私的領域〉に属するはずのことがらが〈公的〉であるはずの領域において関心事となるのかを説明できる点にある。政治的なものの価値が下落して社会のなかにとけ込み、家庭的なものが全面化して社会に浸透するという状況は、たとえば政治家の非政治的側面——性や金など——におけるスキャンダルが、近代以降においては全社会的な関心事になりうることの理由を解き明かすのである。

3　文学からプライヴァシーを考える

〈私的領域〉の変容にアプローチする方法は、社会学、歴史学、人類学、法制史、建築史そのほかさまざまにありうる。そのなかで、本書は文学に注目することでそれに迫ろうとしている。なぜ文学研究の手法を採ることが有効なのだろうか。

もっとも簡単な答えとして、まず次のような回答が可能だろう。そもそも小説は近代日本の思想界において特権的な立場を与えられてきた。三島由紀夫の「宴のあと」にしても、柳美里の「石に泳ぐ魚」にしても、なぜあれだけの注目、報道が集まったのか。両作品についての議論のなかでも何度か繰り返されたように、これらの小説よりも何倍も悪質な言説が、数え切れないくらい大量に生み出されている。それらの言説は訴訟の対象になり、処罰の対処となることももちろんあるが、そうした訴訟にはなぜか小説に比して注目が集まらない。著名度によって程度は異なるとはいえ、相対的にいって、作家および作品にわれわれの社会は大きな関心を払ってきたといえるのである。

これは文学――なかでも小説を論じることが、日本の近代を論じることとイコールである時代が、昭和の戦前期から一九八〇年代頃まで続いてきたことに由来する。小林秀雄も、中村光夫も、吉本隆明も、柄谷行人も、近代思想を論じると同時に文学を批評した。あるいは文学批評の形を借りて、近代批判を行なった。それが「文学」という限られた場をこえて受容される時代が続いたのである。

いま、われわれの社会はもはやそれほど高い地位を文学作品に認めていないといってよいだろうが、社会のもつ言説の構えは、その名残を留めている。たとえば同時代のベストセラーや著名な文学賞の受賞作品を分析することが、現代社会を論じるための方途として高い認知度を保持していることはその証左と言ってよい。「宴のあと」や「石に泳ぐ魚」といったモデル小説の引き起こしたトラブルが、あれほど耳目を引き、大きく取り上げられる理由は、この近代日本社会の言説編成のかたちに由来する。

このことは、逆手にとって利用できる。つまり、小説を論じる言葉に注目すれば、社会の歴史的変化の分析が可能となるのである。

なぜ小説から考えるのか、さらに別の理由も存在する。アーレントは「公的」であることの意味を述べるなかで次のように言っていた。

> 第一にそれは、公に現われるものはすべて、万人によって見られ、聞かれ、可能な限り最も広く公示されるということを意味する。私たちにとっては、現われ《アピアランス》がリアリティを形成する。〔…〕見られ、聞かれるものから生まれるリアリティにくらべると、内奥の生活の最も大きな力、たとえば、魂の情熱、精神の思想、感覚の喜びのようなものでさえ、それらが、いわば公的な現われに適合するように一つの形に転形され、非私人化《デプリヴァタイズ》され、非個人化《ディインディヴィデュアライズ》されない限りは、不確かで、影のような類の存在にすぎない。このような転形のうちで最も一般的なものは、個人的経験を物語として語る際に起こる。　（七五頁）

私的なものは表現されねば公的になりえない、というアーレントの指摘はシンプルであるが重要である。そして、そうした状況の「最も一般的なもの」として彼女は、「個人的経験を物語として語る」という場面を指摘した。本書が焦点を当てようとする近代社会――とりわけ私的なことの表現に価値が見出され、大規模に消費される社会――において、この「物語」の役割をもっとも十全にそして高い密度で担ったのは、小説をおいて他にはない(5)。

4　小説の言葉が行なうこと――転形、媒介、侵犯

ただし、現代の文学研究の立場からみれば、アーレントの指摘は重要ではあるものの、やはり概括的に過ぎる。文学の言葉、小説の言葉の特殊なふるまいを、より具体的に、歴史的な文脈に即しつつ考えてみる必要があるだろう。

アーレントは、われわれにとっては公示されたときの「現われ」こそがリアリティを形成すると指摘していた。公的にされるときに、私的なものはそれにふさわしく「転形され、非私人化《デプリヴァタイズ》され、非個人化《ディインディヴィデュアライズ》され」る、と。

小説の言葉が、日常の言語と異なり、また新聞や雑誌の報道やノンフィクション記事とも異なるのは、このリアリティの構成の仕方にあり、「転形」の仕方にある。小説の言葉は嘘の言語である。小説の言葉は〈公的領域〉も〈私的領域〉も、現実の世界も夢想の世界も、男も女も老人も子どももも、そのすべてを、外からも内からも、遠くからも近くからも、写実的にも幻想的にも、真実とし

ても虚偽としても、描くことができる——ふりをする。小説は、作者の身辺のみを微に入り細をうがって書くこともできれば、大規模な事件や変動の再現を目指し、総合的な世界の構築を行なうこともできる。この小説の言葉のフィクションであるがゆえの自由さといい加減さが、文学作品の世界の幅広さを可能にし、〈公的領域〉と〈私的領域〉をつなぐつなぎ方を融通無碍かつ複雑にしている。

そして文芸が媒介した〈私的領域〉がいかに「適合」され、いかに「転形」されたのかは、その時代その時代の作者、読者、出版者たちの欲望を反映し、その社会の諸装置のもつさまざまな機制や限界、可能性を引き受けて決まる。フィクションが、フィクションとなるときの「転形」のさまが問題であり、その媒介のさまが重要である。

モデル小説の場合を念頭に置きつつ、具体的に展開してみよう。

まずは小説が、世界を表象として再構築しようとする言語芸術だということを確認しておこう。もちろんその表現は、たとえそれが世界そのままの再現をめざそうとしたとしても、つねに言葉によって代行的に表現される代用品にとどまる。しかしながら、その言葉は時間や空間や人物、言葉、音、匂い、思考、気配などあらゆるものを表象しようとし、近代小説の読者はそうした言語による世界の代行的再現をある程度においてリアルなものとして享受する慣習を保持している。

たとえば小説は、「舞台」を設定し、描出する。いつ頃の時代に、どこのいかなる範囲で起こったかという大きな設定。そして個々の場面においての、部屋や土地、空間を描き出す。モデル小説においては、この「舞台」が現実の世界との結び目を示す重要な装置となる。

そして小説は人をそのなかに置く。何歳ぐらいのどのような人物か。彼／彼女は、どのような見かけで、どのように話し、いかに振る舞うか。小説が他の言説ともっとも異なるのは、人物を描くに際し、間接的にはもちろん、直接的にも――つまり他者の解釈としてではなく――その人物の内面を描いてしまうことができる点にある。モデル小説がトラブルの種となるのは、小説のこの能力に負うところが大きい。

この点を的確に分析して見せたのが、プライヴァシーを自己についての情報の生産の側面から分析した阪本俊生の議論である(6)。

〔…〕モデル小説は、個人のダブルの問題として考えることができる。他人によって物語的に構成された個人の分身を、ここではデータ・ダブルに対比させて、ファンタジー・ダブルと呼んでおこう（小説はいわゆるファンタジーではないが、他の問題との共通な側面だけをとらえたいので、とりあえずこのように呼ぶことにする）。これは、個人に関する情報の断片と人間の想像力の総合によって生み出される個人の分身である。

他人のダブルを構成するのは、もちろんモデル小説だけではない。マスメディアによる個人のゴシップ記事的な話題づくりのほとんどは、実在の個人をもとにしたファンタジー・ダブルの構成である。

（『ポスト・プライバシー』四八～四九頁）

阪本は、プライヴァシー侵害を秘密の暴露という観点からではなく、他者によってなされる自己物語の（本人にすれば不本意な）生産という観点から捉え直す。この観点をとれば、ドキュメンタリー作家も、新聞や雑誌の記者も、リポーター、カメラマン、のぞき、盗撮カメラ、ゴシップの読者や視聴者も、みな「ファンタジー・ダブル」の構成によるプライヴァシー＝自己物語の保持・保全の侵害として捉えられるというわけである。この議論はモデル小説、とりわけそのなかに登場人物として描かれるモデルの姿が、なぜプライヴァシー侵害になりうるのかを的確に明らかにし、かつモデル小説をプライヴァシーの問題圏につなげて論じる有力な手がかりを提示するものである。

ただし、阪本の考察は登場人物の問題にのみ光を当てるものとなっているという限界もある。さらにモデル小説の言葉についての考察を進めよう。

小説は、その作品自体に思想や主張をもちうる。これは物語の展開の行く末、つまりストーリーの展開として表現されることもあれば、作品構造の全体的読解からテーマとして導かれることもある。ある登場人物の口を借りて主張されることもあれば、その世界をまなざす視線の持ち主＝視点人物のパースペクティヴのあり方によって示されることもある。いずれにせよ、小説は描き出すだけでなく、主張したり、解釈を示したりすることが可能な言説でもあるのだ。モデルの困惑や怒りは、ここからももたらされるだろう。

しかも、以上のような言説の機能から見た小説の性格に加え、人と人、人と社会、言葉と物、虚構と現実を媒介する装置としての小説の性格も看過することはできない。アーレントを検討しながら述べたように、小説は、本来まったく個人的であるはずの事柄を、公のもとに開示して伝え、広めてしまう。また逆に、小説はそうした公共の空間におかれることで議論の対象となり、読解という回路を通じて読者の内面へと流入し、公共圏と結びつけるのである。

たとえば「石に泳ぐ魚」において、主人公秀香と友人里花（モデルとされた女性がおり、裁判の原告となった）は互いにのみ通じ合う親密な関係を結ぶ。小説は実際にあったという作家柳美里とモデル女性との交流を、両者の心中の機微まで含めて言語化し、公表する。最初『新潮』という文芸の専門誌に発表された作品は、その後単行本、文庫本と体裁を変えながら、今もわれわれの手の届くところにある。周知のとおり、この作品は芥川賞作家のモデル小説裁判――しかも最高裁まで争われた――として耳目を集め、そのことによって読者を増やした。裁判のニュースに導かれてこの作品を読んだ読者は、ニュースの示したストーリーや論争の枠組みを援用しつつこの作品を読解し、両者を結びつけただろう。

加えて、小説の言語が、さまざまな世界との間の界面に立つ言葉だということも重要である。虚と実のあわいに立つ小説の言語は、虚と実を結ぶ言語でもある。具体的にいえば、たとえば小説が一九五九年の東京都知事選を描くということは、一九五九年の都知事選の出来事、人物、それにまつわる語りや歴史をその言語のなかに取り込むということである。もちろんそれぞれの要素は、舞台、人物、ストーリー、プロット、テーマなどさまざまなレベルにおいて変形をこうむる。言い換えが行なわれることもあれば、言葉はそのままでも周囲の文脈が変更されることもある。ストーリーが変えられることもあれば、人間関係に手が加わることもある。

小説がおもしろいのは、このときに、〈ノイズ〉を抱え込んでしまうことである。作者の意図とは別に、どれだけ整合的に構築された作品であっても、必ず説明のつかぬ、トゲやササクレのような「雑音」が少なからず紛れ込む。小説が目指していた本来的な世界観ももちろん、それ自体非常に重要な考察の対象であるが、こうした〈ノイズ〉も実は意図せぬところで問題を提起していたり、同時代の別の文脈と思いも寄らぬ連絡を見せていたりするのである。

そしてこの媒介の側面で見過ごすべきでないのは、小説が商品であるということである。小説が売り物であるという事実は、それを作者の意図だけに還元して論じることも、作品の内容だけに拘泥して分析することもできないことを意味する。小説が小説として社会のなかで成立するためには、出版社や掲載媒体、読者などが構成する流通の総体を想定せねばならず、そしてその仕組みは資本の論理が強く支配している。とりわけ近代日本においては、大正期の半ば以降、中等レベルの教育が男女ともに普及し、それ以前の社会と比べて格段に厚みを増した読者層が形成され、彼らに向けてさまざまな出版資本が商品を繰り出していく。小説は、この時代、読者への強い訴求力を誇っていた。そしてそのことは、小説そのものの変質——大衆化——も意味していた。出版資本の企図、複製技術の進歩、広告の構え、読者の期待の地平などといった社会的文脈のなかに置かれ、売られる宿命を背負った小説の表現は揺れ動かざるをえなかったのである。

さらにユルゲン・ハーバーマスが指摘したように、商品としての小説は読書という回路を通じて「社会的影響力の落下口」となることを見逃すべきではないだろう[7]。これはたんに小説のなかに描かれた物品や行為が、読者たちの購買欲の対象となるということだけを意味しているのではない。大量複製時代の小説を読むということは、効率的に製造頒布されるメディアに定期的に接触し、多数の読者を相手にするために最大公約数化された画一的物語を読むということを意味する。それは思考、慣習、身体など多層的なレベルにおいて、読者が資本の論理に組み込まれ、大量複製品の消費者として自己成形を遂げていくことを意味する。

最後に指摘したいのは、小説の言葉のもつ〈境界侵犯〉の能力である。これは人間の想像力を言語化するという小説の役割から導かれる力であり、嘘の言語であるからこそ社会的に容認され、またそうした側面に関心が寄せられる権能でもある。われわれの社会のなかにはさまざまな区分、境界が張り巡らされ、その時々や場合、役割、資格などによって種々の可／否、善／悪、内／外、上／下、貴／賤などが振り分けられ、システムが運用される。その境界を越えることは、タブーを伴う。しかしながら境界のタブーは、一方で侵犯の欲望を誘発する。通常、侵犯には処罰が伴うため、現実に侵犯を実行する者は多くない。しかし、想像力は別である。それは現実の社会の境界を、軽々と越えていく。人はタブーによって抑圧され、かつ喚起された欲望を、心のうちの想像力によって代補する。人間の想像力には境界をまたぎ、侵犯する能力があり、そして同様に、その想像力にもとづいて展開される表現にも、境界をまたぎ、侵犯する能力が備わる。小説の言語は、〈境界侵犯〉の能力を持つ。しかもその言葉は、嘘であるという特権のもとにその種の欲望の具現化を社会的に容認されている。

もちろん、実際には何を書いても許されるというわけではない。モデル小説が問題となること自体が、小説の侵犯能力には社会的な歯止めが用意されていることを明らかにしている。だが、モデル小説の分析によって〈私的領域〉の変遷をたどろうとする本書にとって、小説による境界の侵犯が咎められる瞬間とは、逆にその社会における境界のあり方が明示される瞬間でもあるといえる。

小説の表現は、境界をまたぐことによってそれを利用するのであり、同時にその境界線をなぞり、描き直すのである。侵犯が問題化されるとき、行為の是非を論じる言語は、その境界のまわりに集まり、その境界のあり方をめぐって論争を行ない、そうしたなかで社会的な合意が、あるいは不合意が形成されていくだろう。本書が描こうとするモデル小説のトラブル史とは、そうした境界の再画定の歴史であるともいえる。

5 本書の概要

以上、小説の言葉の特質について議論を重ねてきたが、注意を喚起しておきたいのは、私はこれらを小説の言葉が本来的に具えている「本質」として論じたわけではないということである。そうではなく、私はこうした小説の言語の特質の多くは、近代以降の文学史の展開のなかで獲得され、練り上げられてきた能力であると考えている。境界の侵犯能力のように古くから文芸にそなわった力はあるが、たとえばパースペクティヴの制御にせよ、テーマの保持にせよ、出版資本との関係にせよ、明治以降の展開のなかで近代小説が獲得していった側面にほかならない。本書において私が提示できればよいと考えていることの一つは、モデル小説を通時的に分析することから浮かび上がる、近代小説の展開のありさまである。したがって本書の試みは、ある特定の領域に絞り込んだかたちの文学史研究ともなるはずである。それはまた同時に、小説と隣接する諸言説との関係史をも描き出すはずである。〈界面の言葉〉としての小説の特質が、そこでは生きてくるに違いない。

本書の課題のもう一つは、言うまでもなく〈私的領域〉の変遷史である。モデル小説という角度から迫る本書の立場についてはすでに繰り返し述べたところだが、小説が嘘であるということは、歴史的状況を考えようとするときに足かせになりもする。そこに描かれている事件を実際の出来事と同一視したり、描かれた人物の内面を本当にその人物の心理や思想であるとみなせば、手痛いしっぺ返しを食うことになる。だが、虚構であるからこそ備わる力を、本書では最大限に利用したいと考えている。

考えてみれば、〈私的領域〉を〈公的領域〉へと「転形」した表現形態のうち、現在もなおわれわれが手にできる過去の言説は、それほど多くはない。残された個人の日記は〈私的領域〉を語るだろうが、〈公的領域〉への通路を意識したものは少数であろう。スキャンダルやゴシップなどの新聞・雑誌記事はその役割を果たしただろうし、本書もそれらを検討するが、仮構的ではあるにせよ人々の内面を再現してみせる小説ほどに深く精緻にそれを描くことはないし、またそれらの記事の周囲に論議が集約されてくることもない。

本書では、明治中期から現代まで、それぞれの時代において特徴的であったり、議論を呼んだりしたモデル小説を順に並べ、検討を行なった。史的叙述の方法として、より網羅的にトラブルの数々を集積していく方法もありえたが、ここでは取り上げた事件を詳細に分析することによって小説表現と〈私的領域〉をめぐるその時代の言説の共時的布置を明らかにし、それらを時代順に配列して通時的展開の見取り図を描く方法をとった。それはいわば、明治以降の約一二〇年におよぶモデル小説のトラブル史である。

第1章　モデル問題の登場――内田魯庵「破垣」の発禁と明治の社会小説　「モデル問題」は実在の人物を小説の題材としたことが原因となって発生する。近代文学の歴史において、この問題がある程度社会的に共有された事件にまではじめて発展したのが、内田魯庵の「破垣《やれがき》」（一九〇一年）の場合である。第1章では発売頒布禁止の処分を受けた理由を整理し、短篇集『社会百面相』などこの時期の魯庵の文学や、その周囲にあった〈社会小説論〉などの文学空間の配置、そして同時代メディアのスキャンダリズムの問題を考える。〈私的領域〉と文学の表現を考える鍵となるのは、ここでは社会的な諷刺と登場人物の類型的な表現、そして筆誅という言説のモードである。

第2章　写実小説のジレンマ――トラブルメーカー島崎藤村と自然主義描写　ここでは、近代作家としてもっとも多くのモデル問題を引き起こした島崎藤村の足跡をたどりながら、明治半ばの新しい写実小説の登場から大正半ばの通俗文化興隆のとば口までの流れを検討する。藤村ら自然主義の作家たちが編み出した写実的描写法は、作家たちだけでなく、市井の人の日常の一コマや内面までもが小説作品となって公表される可能性を生み出した。そしてこのリアリズム小説の背後には、〈私的領域〉を暴くスキャンダラスなまなざしが張り付いていた。リアリズムの文芸が開いた作品と事実を交差させる回路は、同時に読者＝窃視者の好奇心と欲望が通り抜けていく通路でもあった。

第3章　大正、文壇交友録の季節――漱石山脈の争乱Ⅰ　この章では、大正期の小説の表象が、人々の――とりわけ作家たちの――〈私的領域〉をいかに描き、のぞき、侵犯したのかを考える。芥川龍之介「あの頃の自分の事」、菊池寛「無名作家の日記」など第四次『新思潮』派の文壇交友録小説を検討しつつ、同時にこの種の小説と並行して存在した告白小説や回想記の流行、およびそれを支えた読解慣習の存在に注目する。作家たちの〈私的領域〉を表象する行為が文壇の輪郭を遂行的になぞり再生産していた仕組み、および文壇小説をめぐる諸装置と通俗メディアの装置の重なりが論点となるだろう。

第4章　破船事件と実話・ゴシップの時代――漱石山脈の争乱Ⅱ　ここでは前章の議論を直接的に受け、漱石の最後の門下生である第四次『新思潮』派の文士たちをめぐってまきおこったゴシップ的事件を分析する。久米正雄、松岡譲、漱石の長女筆子の間で起こった恋愛事件を破船事件という。この名前は久米正雄の失恋小説「破船」から来ているが、この事件をめぐっては、それを松岡側の視点から描いた「憂鬱な愛人」という小説も存在する。二つの小説と、その読まれ方、売られ方を検討しつつ、大正期における〈芸術〉と〈通俗〉の関係性、大正文壇の境界、〈私的領域〉の商品化の問題を論じる。

第5章　のぞき見する大衆――『講談倶楽部』の昭和戦前期スポーツ選手モデル小説　一九三〇年前後に大衆誌『講談倶楽部』を舞台に展開した、スポーツ選手モデル小説を分析する。近代文学の歴史上、モデル問題は数多く生起しているが、この章で検討するモデル小説は、スポーツ選手を題材としている点において特異である。〈純文学〉の領域においてそれまでに形成された枠組みが、大衆文化の領域に共有されていることは確かだが、それだけではない。〈スター〉という祭り上げられた偶像に対する、大衆の屈折した欲望が、その表象のなかに織り込まれているのである。

第6章　〈プライヴァシー〉の誕生――三島由紀夫「宴のあと」と戦後ゴシップ週刊誌　日本で最初にプライヴァシーを審理の対象としたといわれる三島由紀夫の「宴のあと」裁判をとりあげな

がら、この時代の文学観と法、週刊誌などのメディア、そして作品の表現のあり方を考察する。ゴシップ週刊誌による〈私的領域〉への侵犯が問題化されたとき、アメリカ法に由来した新しい概念〈プライヴァシー〉が登場する。試験薬として選ばれた文学作品についての論議のなかで、一九六〇年前後の〈私的領域〉と表現の自由についての線引きのあり方が浮かび上がる。

第7章　〈芸術性〉をいかに裁くか――昭和末、高橋治「名もなき道を」の勝訴　三島由紀夫の「宴のあと」から高橋治の「名もなき道を」などをへて、柳美里の「石に泳ぐ魚」へといたる文学作品のプライヴァシー侵害裁判の論点を検証しながら、文学作品の〈芸術性〉についての法的議論に対して、現在の文学研究がどのような寄与を果たせるかを考える。焦点になるのは小説の〈芸術性〉の問題である。「名もなき道を」裁判における判断の分かれ目となり、いまなおその当否をめぐって一部の法律家たちの議論の対象となっているのが、小説のもつ〈芸術性〉を捉え直し、司法の場でいかに論ずるのか、あるいは論じないのか、という点である。ここでは、小説のもつ〈芸術性〉を、公共圏のなかに人間性をめぐる広範囲な理解の枠組みを提供できるという、芸術の能力の問題として論じる。

第8章　モデル小説の黄昏――平成、柳美里「石に泳ぐ魚」のデッドエンド　友人の女性を彼女の意に反して描いたことによって訴えられ、最高裁まで争って敗訴した柳美里の「石に泳ぐ魚」とその裁判をめぐる議論を分析する。芸術としての小説の虚構性と読者による同定可能性との対立という議論の構図は「宴のあと」のそれとさほど変わらない。しかし、それぞれの立場を支持した人々の顔ぶれは、三島由紀夫の時代とは大きく異なっていた。文学者も法律家も、立場が分かれたのである。なぜこうした変化が起こったのか、報道被害や個人情報への注目の高まりという文脈のなかで考え、最後に読者の「読む権利」と「読む責任」の問題を問いかける。

終章　ネット社会のプライヴァシーと表現　デジタル・ネットワーク時代においてプライヴァシーはどのような変容を迎えているのか。そして書き手となる障壁が劇的に低下した世界で表現はどのようなものとなっており、既存の小説といかなる対比的構図を構えているのかを考える。偏在する監視の目に取り巻かれた〈私的領域〉と、人々の電子的な書記行為とは時に危険で攻撃的な関係を取り結びつつあるが、そこに文学の言葉はどう交差するのかを考察する。

史的変遷をたどるに際して、いくつかの共通する着眼点を念頭に置いた。描く作家側の感性はどのようなものだったか、描かれたモデル側の反応はどうだったか、作品を掲載した媒体はいかなる特質を持っていたのか、その時代の小説の文体や様式はどのようだったか、トラブルが社会問題にまで広がった際、読者たちの反応や当否判断はどうだったのか、そして当該作品の読解は今どのようになされうるか、などである。

一二〇年の歴史を通覧すると、いくつかの大きな転換点も見えてくる。ひとつはリアリズム小説、および現実の事件や人物を取材源とするようなその創作様式の登場。続いて、のぞき見とスキャンダリズムを利用していく大衆的な欲望の商品化。法的概念でありかつ流行語ともなった〈プライヴァシー〉概念の登場。描かれるモデル側への共感を高めた犯罪被害者救済の動きと個人情報保護観念の広がり。そして最後にデジタル的なデータ《データヴェイランス》監視の日常への浸透である。

モデル小説の歴史は、一世紀を優に超えた。かつて小説は、人々の私的領域を眼差し、記述する側に立っていた。今や小説は、そして小説家は、ネットの言説空間によって見張られ、立ちすくむ側に立っているかのようだ。

文学という窓口は、社会を見るために決して広く、クリアな窓とはいえないが、そこからでしか見えない風景がある。この一二〇年でわれわれの社会の何が変わり、何が変わらなかったのか。トラブルを起こし続けたモデル小説の歴史をたどりながら、考えてみたい。

第1章　モデル問題の登場――内田魯庵「破垣」の発禁と明治の社会小説

1　「破垣」の発禁と内務大臣末松謙澄

小説に、ある実在の人物のことが書かれ、そのことをめぐってトラブルが起こったとき、「モデル問題」が生じた、という。では、小説が起こした最初のモデル問題はいつのことだったのだろうか。この問いに答えるのは簡単ではない。原理的にいえば、文芸作品によるモデル問題はいつの時代においても起こりうる。作品に描かれた物語・人物について、これは誰々のことだ、と考える人間が現われ、それによって何らかのトラブルが生じれば、モデル問題が起こったといえる。たとえそれがモデルとされた人物や、読者たちの単なる思いこみであったとしてもである。モデル問題とは小説のあり方にかかわる言葉ではなく、トラブルが起こったという事態を指す言葉だからである。この意味でいえば、モデル問題はあらゆる時代、あらゆる局面で起こりうることになる。

だが、文芸作品の写実的な傾向が高まり、それにともなって描写の対象となる社会との軋轢が増加するのは、やはり近代小説の登場以降だと考えていい。作品の表現の質だけでなく、その出版点数や部数の増加、文芸にかかわる言説を流通させるメディアの多様化・大規模化といった観点を加えて考えても、モデル問題を考察する焦点はやはり近代にあるだろう。では、近代文学史におけるその〝登場〟はいつか。

小説作品のモデルにまつわるトラブルが、ある程度の規模で社会的に共有される事件にまで発展したかどうかという規準で考えたとき、次のようにいうことができる。作品の登場人物に一人の実在の人物が当てはめられ、それが原因となって発売頒布が法的に禁じられたと推定されるはじめての小説——それは内田魯庵の「破垣《やれがき》」である。

内田魯庵といえば、現在では『丸善外史』などを書いた書物文化に造詣の深い随筆家という印象が強いかもしれないが、明治二〇年代には先鋭な文学批評家として活躍し、三〇年前後には小説も書いていた文学者だ。「破垣」は、そうした魯庵の小説家としての一面を語る作品である。

内田魯庵（日本近代文学館 提供）

この短篇は、内田不知庵の署名で明治半ばの代表的文芸誌『文芸倶楽部』一九〇一（明治三四）年一月一日に掲載され、発売三日後の一月四日に風俗壊乱を理由に発売頒布停止の処分を受けた[1]。魯庵の回想によれば、この夜『文芸倶楽部』主任だった三宅青軒が訪れ、「破垣」が原因となって雑誌が発禁処分となったことを知らせ、弁明書を書くよう彼に頼んだという[2]。魯庵はこれに応じた文章を発行元の博文館に送ったが、表現があまりに過激であったために掲載を断わられた。こんな調子であった。

当路者の所謂手心とは何物ぞや渠等《かれら》が認定する風俗壊乱の範囲は如何に。渠等が製作物を規矩《きく》する準縄《じゅんじょう》は何ぞや。渠等が内務大臣に稟申《ひんしん》するまでは何人の手を経て果して我等をして遺憾なからしむるほどに叮嚀《ていねい》細密に検覈《けんかく》審議するや如何に。又此任に当る者は能く文芸を品隲《ひんしつ》する資格あるものなりや。将又《はたまた》内務大臣は此重き命令書を発するに先だちて親しく考査する事ありや。文士の製作は其精粗巧拙大小の区別こそあれ皆脳漿の迸《ほどば》しる処、代書人が請願書或は広告屋の引札と同視すべきものにあらず。

語彙も文体も古いため読みにくいが、魯庵は当局者の処罰の基準を問い、審議の過程を問い、能力的資格を問い、所轄の官庁である内務省大臣の仕事までもやり玉に挙げ、激烈な調子で批判している。その後この文章「『破垣』発売停止に就き当路者及江湖に告ぐ」は新聞『二六新報』が引き受け、「説の可否は吾徒其責に任せず」、つまりこの説が正しいかどうかは編集部は関知しないという断り書き付きで発表された[3]。

これらの抗議文、談話のなかで、魯庵はなぜ自分の小説が風俗壊乱となったのかわからない、と繰り返し述べている。また「読んだといふ人には悉く聞いて見ましたが誰にも解らんやうです[4]」とも言う。実際同時代の批評も、「これが物議を醸し、かと思へば不思議なり[5]」であるとか、「この小説が発売禁止を被るべき理由は、余毫も之を認むる能はず[6]」というように、この処分に首をかしげていた。書いた当人の周囲も、いったいどこが風俗壊乱なのかわからない小説――いったい「破垣」とはどんな小説だったのだろうか。

あらすじを見てみよう。とある新男爵のもとに女中として仕えるお京は、男爵が性的な手出しをしてくることに悩んでいた。彼女は訪れてきた母親にそれを相談するが、意外にも母親はお京を叱る。彼女自身もかつて妾だった母親は、男爵家の内幕を承知の上で、容色のよい娘を送り込んでいたのである。秋の日、男爵家の別邸では、男爵夫人発起の矯風倶楽部の秋季例会が行なわれていた。境を接した隣家の離屋《はなれ》では会を抜け出した男爵と、彼の後ろ盾である老伯爵たちが女談義に花を咲かせ、お京の噂までしている。一方、邸内の離屋では、お京が奇しくも小学校時代の恩師に再会し、主人の仕打ちを訴えていた。矯風会の会員でもある若い小学校教師は男爵の偽善に憤るが、そこへ先の席を退出した男爵本人が聞きつけて乗り込んでくる。口論の末、男爵は教師に、矯風倶楽部から除名したうえ、教師も免職にしてやると言い放つ。その後、男爵はますます重用され、夫人は体調がすぐれず、お京と教師の消息は分からない、という後日談が付される。

このあらすじをみる限り、ストーリーに風俗壊乱、すなわち猥褻な筋立てや良俗に反するような構成があるようには思えない。もちろん、妾を囲うことや下女に手を出すことは当時でも褒められたことではないが、小説はそれを称揚しているのではなく批判している。では、性的にきわどい文言が表現に含まれていたのだろうか。これも野村喬が「何処にも好色的気分を刺激する箇所はなかった」[(7)]というように、取り立ててあぶない部分があるとも思えない。そこで、別の理由があったのではないか、という推測が登場する。モデル問題である。発禁の直後から、この噂は流れていた。先の抗議の談話で、魯庵は「些か口外を憚る事もあつてお話し出来ませんが、妙な説を立てた人もありますよ」（『破垣』に就て」二七四頁）とそれをほのめかしていた。

問題となったと噂されたのは、次に示す男爵の造形であった。

此家《こゝ》の殿様といふは維新後間もなく物故した西国某藩の名士の遺孤《あと》で、藩侯の費用で早くから欧洲に留学し、帰朝してからは枢要の位置に抜擢され暫らく官海の急瀾怒濤《きゆうらんどたう》を藩閥の大船に乗つて安々と渡つて来たが、亡父《なきちゝ》が曾て国事に奔走した遺功と己れが暫らく元老諸侯の帷幕《ゐばく》に参画した功労とでツイ此頃男爵を賜はり今では貴族院議員の閑散を楽んでゐる左《と》も右《か》くも名士の株である。夫人といふは藩の老職の娘で〔…〕（「破垣」二四八頁）

このように語られる男爵に、当てはまるかのように見えてしまう人物が存在したのである。当時の内務大臣、末松謙澄男爵だった。噂は、末松謙澄を描いたことがまずかったのではないか、というのである。「時の内相某が自分の秘密をスッパ抜かれたといふので甚だ不機嫌であつたのを属僚が意を嚮《むか》へて禁止したといふ噂があつた」(8)。後年の内田魯庵自身の言葉である。

末松謙澄の経歴をたどってみれば、福岡県の大庄屋の子に生まれ、九年間のロンドン留学、内務省参事官、衆議院議員、逓信大臣、内務大臣と歴任、「ツイ此頃」の一八九五年には男爵の爵位をうけ、翌年貴族院議員となるなど、その気になって読んでみると「破垣」の男爵の経歴に当てはまる箇所が次々と見つかる。しかも彼の妻は、「藩の老職の」ではないが、時の総理大臣伊藤博文の娘、生子であった。この一致を根拠として、「破垣」が発禁にされたのは、まさに当の出版物取締りの元締めたる内務大臣末松謙澄の意向を忖度してのことだ、という推測が成立するのである。

繰り返せば、風俗壊乱という『官報』の示す理由にそって検討する限り、「破垣」がその小説表現そのものに処罰対象となる箇所をもっていたとは考えにくい。性的な事柄は、お京が母親や教師に訴えるセリフを通して間接的に浮かび上がるにすぎず、到底過激とは言えない。

では、政府の高官を批判的に描いたことが良俗に反すると判断された、と考えてはどうだろうか[9]。だがそれならば、通常風俗壊乱ではなく「安寧秩序紊乱」がその理由として掲げられるはずである。もし仮に、発禁の真の理由が「安寧秩序紊乱」であったとしても、「破垣」の表現が同時代的に見てとくに突出しているとは言えそうにない。たとえば内田魯庵の同時期の別の作品と比較してみる。日清戦争後の数年間に集中して書かれた彼の一連の短篇群には、官吏、高等官をはじめ、貴婦人、宗教家、代議士など、権威的人物も含めさまざまな職種・身分の人々が登場し、それぞれ痛烈に戯画化されている。にもかかわらず、これらの作品はいずれも処罰を受けていない。このあと詳細に検討するが、同時代の言説に目を向けても、官吏・高官・華族の私行をあげつらいながら激しく攻撃することは当時のメディアの作法としてまったく特殊なことではない。それが行き過ぎれば処罰を受けることはあったが、「破垣」程度の書きぶりで発禁になるのであれば、発禁になってもおかしくない小説や新聞雑誌記事はこの時代他にいくらでもあった。しかし実際にはそうではなかった。ここに「破垣」発禁をめぐる不可思議さがあり、稲垣達郎が「日本近代の発売禁止の歴史においても、稀にみる、きわめて不当な弾圧[10]」と糾弾した理由がある。

こうした判断から、これまでの論者たちは魯庵自身が推定するモデル問題の存在に目をとめ、原因を求めてきたのである。資料的な裏づけが乏しいため現状では最終的に推定となるほかないが、私も「破垣」発禁の背後に末松謙澄の存在があった可能性は高いと考える。「破垣」はモデル問題を起こしたがゆえに、処分を受けた。ただ、その判断の規準は、曖昧であったとしか言いようがないものであったようだ。

さて、発禁の理由が何であったのかということは、実をいえば、本書の課題にとってそれほど重要ではない。むしろ、発売頒布禁止の〈理由〉ではなく、この事件が抱えていた〈問題の配置〉にこそ目を向ける必要がある。魯庵はなぜこのような小説を書いたのか。彼および同時代の文学のあり方とはどのようなものだったのか。そうした文芸の表現と、現実社会との接点のかたちは、いかなるものであったのか。そしてこの時代、小説の言葉は、人々の姿をどのような仕方で形象化しようとしていたのか。――つまり、「破垣」が起こしたトラブルの波紋を追跡することを通じて、この時代の文学の表現と〈私的領域〉の衝突のありさまを考える作業こそが、ここでの真の課題である。

2　社会小説と諷刺――内田魯庵の文学

まずは魯庵がこのような小説を書いた個人的、時代的な文脈から探ることにしよう。山田博光や木村有美子ら研究者が指摘するように、明治二〇年代の魯庵は、「社会」を描くということについて強い関心を示し、積極的に文芸批評を展開していた。それは写実性の主張、形式より内容を重視する姿勢、小説の遊戯性の否定という特徴を備えていた[11]。評論「嚼氷冷語」において、彼はたとえば次のように主張している。

機会の投ずべきあらば傍ら活動社会に加はりて其実情を審かにし其材料を饒《ゆた》かにし以て今の単調なる恋愛小説を複雑なる社会小説たらしむるは即ち文壇の革新である。（爰に社会小説といふは別に此種の小説あるを意味するにあらず。普通人事を描くと同時に社会一般の実情を髣髴せしむるをいふ[12]。）

みずから社会に身を投じて実情を知り、そこで得た材料を「社会小説」として描け、それが「文壇の革新」だと魯庵は主張している。「恋愛小説」云々は当時彼が批判の対象としていた尾崎紅葉たちの硯友社の小説を指していると考えられる。魯庵による小説の〈社会化〉の提唱は、硯友社との距離感を測りながら行なわれていた。彼は同じ評論のなかで、「議論多くして事実少き宗教政治及び他の社会的問題の如きは全く其蹟を尋ねやうともしないで恰も小説家が撰択すべき材料以外と考へてゐる」という状況を批判し、「事実の跡を尋ねて雑報記者亜流が到底窺ひ得ざる奥を極め以て一般社会の心理的及び倫理的の消息を描けといふのである」と訴えた（五四一頁）。

この彼の主張から、二つの問題を引き出して考えることができる。一つは〈写実〉の問題、もう一つは社会への参与意識である。前者から検討しよう。「社会一般の実情を髣髴せしむる」べしという魯庵の主張はやはり〈写実〉意識の高まりにもとづいたものと言っていい。ただし、〈写実〉

への指向そのものは、坪内逍遙に始まり尾崎紅葉ら硯友社の文学――魯庵がこの引用で「恋愛小説」の名で暗に名指している――にも共通して存在する、明治の近代小説の基調である。次章で検討することになるが、島崎藤村ら日露戦後に活躍し、その後の近代小説の基礎となるリアリズムを打ち立てていった小説家たちも、魯庵が小説を書いた時期とほぼ同時期、明治三〇年代半ばにやはりその写実描写の試行を始めていた。

これらと比較したとき、魯庵の〈写実〉の特徴はどこにあったと言えるだろうか。一つの目立った特徴として、島崎藤村や田山花袋らの試みの多くが地方や郊外を舞台としていたのに対し、魯庵が求めた〈写実〉は、いわば都市のなかにおいて試みられた、ということが指摘できるだろう。魯庵は新聞の「雑報記者亜流」を引き合いに出しながら、彼らには「到底窺ひ得ざる奥」を描けというていた。単に舞台を都市にとるというだけではなく、そこで生起する「社会問題」を小説の表象のなかに取り込もうという指向が、魯庵という文学者には存在した。

しかもこの時期の彼に特徴的なのは、「活動社会」に加われ、という社会への参与意識である。魯庵は評論「朝茶の子」において、文学者の責務について次のように論じていた。[13]「苟くも明治の文壇に覇を立てんとするものは此〔戯作者的〕通弊を脱して進んで社会の活問題を討尋し他の政治家宗教家等と共に之を解釈するを以て自家の責任となさゞるべからず」（五一二頁）。「我等は信ず、文学者は須らく哲学者と共に精神界の中枢となつて社会の予言者、人生の教師、造化の説明者たるを期すべしと」（五一七頁）。戯作者的態度を批判しながら、魯庵は文学者を政治家宗教家などと肩を並べさせ、論じている。彼によれば文学者の責務とは、「社会の活問題」を解釈し、「精神界の中枢」となって人々を教え導くことにある。文学者は、社会の特殊な一隅に逃げ込み、遊戯的な生を送っていてはならない。同時代の社会問題に積極的に関わり、人々を教導する役割を担わねばならないというのである。

この点をふまえてあらためて眼を向けたいのは、先の評論「嚼氷冷語」のなかにあった一節、「爰に社会小説といふは別に此種の小説あるを意味するにあらず。普通人事を描くと同時に社会一般の実情を髣髴せしむるをいふ」という断り書きである。「社会小説」というのは人間のことを書くと同時に、社会一般の実情を書く、そんな小説なのだと、わざわざ彼がこう断らねばならなかったのは、「社会小説」の語が、特定の小説のタイプを指す言葉として受け取られうるコンテクストが存在したからである。それが、雑誌『国民之友』の「社会小説出版予告」(三二〇号、一八九六年一〇月)をきっかけに交わされた〈社会小説論〉であった。

作家たちの関心はいま「実在の社会」に置かれるようになっており、「社会、人間、生活、時勢といへる題目」に着眼がされようとしている、いま民友社はそうした「社会小説」を出版するのだ——。この『国民之友』の予告は、結局それが実現しなかったにもかかわらず、『太陽』や『早稲田文学』『帝国文学』などといった主要な総合誌・文芸誌の論説欄の反応を呼び起こし、日清戦争後の文壇の大きなトピックの一つとなった。論議に加わった者たちの立場はそれぞれであったが、「社会小説」を社会の下層を書くもの、あるいは社会の全体を書くべきもの、あるいは社会を主とし個人を従とするものなどと把握し、肯定否定それぞれの立場から論議が交わされた。山田博光はこの論争の文学史的意味を、「文学の社会性という問題を初めて文学論の中心に導入」した点、「のちの社会主義文学・民衆文学・プロレタリア文学への道を開いた」点、そして「文学の題材の社会的広がり、写実の巾を広げることに、文壇文学者の注目を向け」た点に見ている[14]。

巨視的に見れば、こうした文壇の動向は、明治中期に表面化した種々の社会問題を、文学の言葉が表象化しはじめたものだったといえる。産業資本が成長する一方で労働条件は劣悪なままに据え置かれ、疲弊した農村からは人口が都市部へと流入し続けていた。足尾銅山の鉱毒事件とその抗議活動、労働組合期成会の結成（一八九七年）に象徴される各種の労働争議の出現、米価の騰貴と米騒動など、社会的にも耳目を引く事件、運動が続いていた。柳田泉らが指摘するように、深刻小説や悲惨小説などといった日清戦後に現われた社会の暗黒面を描く小説作品、さらには松原岩五郎の『最暗黒の東京』（民友社、一八九三年一一月）、横山源之助の『日本之下層社会』（教文館、一八九九年一一月）などといったルポルタージュ的な文芸が現われ、こうした情勢を捉えようとしていた[15]。石崎等は「社会の堕落を好んで暴いてみるという傾向は、ひとり魯庵だけのものではなく、明治三〇年代文学の一般的な特徴」でもあり、「それは〈近代〉の進展にともなう社会的な諸矛盾の増大に対して、作家が視野を拡げてそれに対応しようとしたことの表われ」だと述べる[16]。

魯庵自身は先の引用で「社会小説」に特別の意味を含んで言っているのではないのだ、と留保していたが、実際にはその指向性は同時代の文学と同調しているものだった。事実、彼の代表作である「くれの廿八日」は〈社会小説論〉の範囲のなかで捉えられてきたし[17]、彼にあった社会への参与の意識、言い換えればある種の〈社会改良〉への指向性は、初期社会主義の動向と軌を一にしていた。

そしてとりわけ見逃してならないのは、「社会」の表象化に向かう文芸の新動向のなかに、諷刺への指向があったことである。〈社会文学論〉のなかで書かれた無署名の『早稲田文学』の記事は、「斯かる〈社会小説についての〉議論の影響か、はた他の原因に由るか、／近来注意すべきは一種の、／◎諷刺小説の流行なり[18]」と分析していた。小説家としての内田魯庵が「社会」を描く際に選んだスタイルも、この諷刺だった。

魯庵は「破垣」発禁の抗議文のなかで次のようにみずからの文学について語っていた。

此故に時俗の廃頽するを聞覩《ぶんと》する毎に深慨の情悶々禁ずる能はず、屢々筆を呵して嘲世諷俗の文字を作る。身は当世に蔑視せらるゝ三文々学者の斑に列すれ共志ざす処は講壇に起つて魑魅魍魎の隠現出没する此社会を叱咤して奮闘する義人に敢て減ぜざるなり。

（「『破垣』発売停止に就き当路者及江湖に告ぐ」二六一頁）

現在の世の頽廃を見聞きするたびに嘆かずにはいられない。そのために自分は「嘲世諷俗の文字」を連ねるのだ。自分は三文文士かもしれないが、志は論壇で社会を叱咤する「義人」に劣らないつもりだ、と魯庵はいう。「義人」としての彼が、その闘いの武器としたのが、「嘲世諷俗の文字」すなわち世を嘲って俗を諷刺する文学だった。彼の短篇連作『社会百面相』（博文館、一九〇二年六月）では、社会の各方面の人々の愚行・醜行が次から次へと俎上に載せられ、皮肉な筆致でその生態のスナップショットが重ねられている。

魯庵の〈写実〉とは、社会の諸方面で生きる人々の愚かしい言動、卑劣な振舞いを、諷刺のまなざしをもって描き出すことであった。魯庵にあった社会参与の意識をふまえて考えれば、彼の諷刺小説は、たんに嘲笑のためだけに放たれたのではない。実際、『社会百面相』冒頭の例言で、魯庵はみずから「非文士」を名乗り、この書物の宛先となる読者は批評家でも一般読者でもない、むしろ「世に時めける縉紳諸公」（全集一一巻、六三三頁）なのだといっていた。もちろん、彼らが読んでくれることはまったく期待していない、という嫌みを付してであるが――。このように「非文士」内田魯庵の文学は、いまわれわれが想像する「文学」とは少々形の異なるものであった。みずから講壇に立つ「義人」を名乗る彼は、世を嘲って俗を諷刺する小説表現により悪を批正し、よりよき方向へと社会を導くことを目指していたのである。

3　筆誅の時代とスキャンダルの公共圏

同時代にさらに眼を広げてみよう。辛辣な描出によって反省を求め、社会を教化し善導しようという指向は、文学の世界にのみ特徴的だったわけではない。魯庵の同時代においては、なんといっても日刊紙『万朝報』が容赦のない書きぶりで有名だった。「破垣」の発表とほぼ同じ時期に現われた、同紙のある連続記事を検討することにしよう。

『万朝報』は一八九八年から「弊風一斑　蓄妾の実例」という連載をはじめた。連載開始にあたって併載された「男女風俗問題」と題した記事によれば、この企画の目的は、今だに「男子の玩弄たるが如き」地位にある日本の婦人の境遇に同情し、「一夫多妻の事を実行しつつ有る」今日の社会を批判するというところにある。「吾人ハ吾人の知れる範囲に於て其実例数百を摘記し、之を社会の羞恥心に問はんと欲す、若し能く之れに依りて世の獣慾獣行、而も猶ほ紳士の名を冒《おか》せる怪物に対し、聊《いさ》か省る所あらしむるを得バ、吾人の労、徒為に属せざらんか」(『万朝報』一八九八年七月七日)。つまり、妾をもち「一夫多妻」の「獣行」を行なう「怪物」＝紳士の実例を列挙して公表し、それによって反省を促すのだ、というわけである。

例を挙げよう。槍玉に挙がっているのは、末松謙澄である。

▲(三九五) 男爵末松謙澄　の夫人生子ハ大勲位侯爵伊藤博文の娘なるが為め万事に就て我儘の振舞多く偶ま謙澄が夜深けて帰ることあれバ恐ろしき権幕にて叱り附くるを以て流石の謙澄も大に閉口し小糠三合の俗戒を思出して窃に嘆声を発することありとハ嘗て我輩の聞く所なるが好きの道ハ又格別なりと見え何時の頃如何にして手に入れしかハ知らざれども彼れハ夫人生子の厳重なる監視の目を潜り日本橋区箔屋町七番地の絵草紙屋錦華堂浅井一忠の娘けい(二十三)を妾とし檜物町の春の屋を以て会合の場所とせり　(『万朝報』一八九八年八月二三日)

男子たる者、多少の収入があるならば婿入りするべきではないという「小糠三合の俗戒」を引きながら、謙澄の夫人との関係、家庭の内情を揶揄をこめて描き出し、彼が今どのような妾を囲っているのか、住所氏名などを具体的に明示しながら暴露する。政治家として華族として社会を代表すべき人物の、この醜行を見よ、というわけである。

魯庵の小説と比較してどうだろうか。むろん、魯庵の小説とは描出の方法も長さも違う。「弊風一斑　蓄妾の実例」は、小説ではなく暴露的な報道記事であるから当然だ。だが、その狙うところはその見かけほど離れてはいないと私は考える。つまり文字による描出によって、清廉であるべき公人たちの隠された醜行――とりわけ性的な放埒さ――を暴き出し、筆による一撃＝〈筆誅〉を加えるという指向性において、二つの言説はその足場を共有しているといえよう。

〈私的領域〉の描出の問題を考える本書の問題意識から確認しておきたいのは、「破垣」の時代、すなわち明治の半ばにおいて、書記《エクリチュール》された言葉によって〈私的領域〉を描出し、それを新聞や雑誌といった近代のメディアに載せて放つ行為に、相当な社会的威力が存在していたことである。

一九〇一年三月に現われた与謝野鉄幹を誹謗中傷する怪文書『文壇照魔鏡』[19]をめぐる事件は、このことを証拠立てているだろう。著者、発行者などすべて架空の人名で発行されたこの書物は、「鉄幹は妻を売れり」「鉄幹は処女を狂せしめたり」「鉄幹は強姦を働けり」「鉄幹は明星を舞台として天下の青年を欺罔《ぎもう》せり」「鉄幹は素封家に哀を乞へり」などと讒誣《ざんぶ》の限りを尽くし、この売り出し中の人気詩人を徹底的におとしめようとした。その際に、『文壇照魔鏡』が訴えたのが、「性行動作を度外視して、単に其作品のみで詩人の価値を定むる事の頗る危険なるものである事」（一六頁）であった。詩人には高い「品性」が必要であるとし、その「品性」は「意志の習慣性として固定したる」ものであるから、「従来の閲歴や日常の行為を離れて解釈する事の出来るものでない」（二一〇頁）というのである。つまり、表現の書き手としての「詩人」の価値と、彼／彼女が一人の人間として有し、振る舞う「性行動作」「品性」とは不可分であるという主張である。この論理を巻頭に掲げつつ、この怪文書は鉄幹の「罪状」を告発していったのである。

『文壇照魔鏡』は根拠の不確かな誹謗の書であったにもかかわらず、大きな打撃を与謝野鉄幹と『明星』（新詩社）に与えた。この書物が現われ、新聞・雑誌の時評でも論じられるようになると、各地で新詩社の支部を解散する動きが出、寄付金の額も激減した。[20]読者の数も、事件前の一九〇〇年三月には「わが五千の読者諸君[21]」と言われていたものが、事件後の一九〇一年八月ごろには「二千五百部まで減り候[22]」という状況となった。鉄幹自身は「私行秘事を訐き之を以て学者文士の価値を破壊せむとするに至ては太だ誤れり」という立場を主張したが[23]、残念ながら「私行秘事」を描出し、その不徳を糾弾する表現の効果は、この時代絶大だった。むろん、『万朝報』と『文壇照魔鏡』では、読者の量も質も異なるが——後者は主に文壇内部者と文学青年たちがターゲットだった——、両者に共通する文筆によって私事を暴くという行為およびそれを支えた読解枠こそが問題なのである。

山田俊治は明治初期の『読売新聞』の投書記事を分析し、新聞によって人々が統治の視線を内面化して相互監視の編み目を形成するなかで、スキャンダル記事が浮上してくるプロセスを論じた。[24]『万朝報』の「弊風一斑　蓄妾の実例」の連載も、『文壇照魔鏡』の出版も、やはり同じような読者集団を形成したといえるかもしれない。ただしそれは、相互監視によって互いに互いを縛りあう読者というよりも、著名人の醜行をのぞき込み、憤る、あるいは嘲笑する、社会正義と好奇心とによって動機づけられた読者集団だった。〈私的領域〉の描出が、公共的な感性の共同体を編成する回路をここに見ることができる。

このとき読者たちを呼び寄せ、結びつける鍵になるのが、のぞき込む好奇心である。〈筆誅〉する言葉たちが振りかざした目標を、額面通りにのみ受け取るわけにはいかない。暴露記事は批判のためになされるとはいえ、同時に、他者の秘密や醜行をのぞき見ることそのものに、そして公序良俗の名の下に加えられる〈筆誅〉という暴力を観察することそのものに、低俗だが避けがたい魅力が備わっているからである。『万朝報』だけではなく、この時期の新聞メディアは〈筆誅〉の名の下にしばしば過剰な暴力を揮って読者の感情を喚起しようとしていた。『文壇照魔鏡』の著者たちも、与謝野鉄幹の「非道」ぶり「性的奔放さ」を虚実取り混ぜつつ微に入り細をうがって描出し、読者の下世話な関心を掻き立てていた。スキャンダル記事は社会的な正義の規範を前提として掲げていったんそれを構築し、その正義のお墨付きを読者に与えつつ、規範が侵犯されるようすを追跡的に描くという二段構えをとる。スキャンダルの侵犯性のあくどい魅力に引き寄せられた読者は、この規範の生成に参与し、暴力や性への好奇心を共有することによって、いわば〈スキャンダルの公共圏〉を形成するのである。

内田魯庵は否定したかもしれないが、彼の嘲世諷俗の文学もやはり、公人の不適切な私行を暴露するという侵犯性を売り物にしていた点において、スキャンダルの言説と同じ圏域にあった。魯庵の諷刺小説を「弊風一斑　蓄妾の実例」や『文壇照魔鏡』と同一視するつもりはないが、これらの言説は、やはり同じ〈筆誅の時代〉の倫理観および表象の枠組みを共有していたと私にはうつるのである。

4　登場人物の類型的表現のもつ力

もちろん、同じ〈筆誅〉の言説とはいえ、魯庵の書いたのは小説であって、スキャンダル記事でも誹謗中傷文でもなかった。そして小説であったということが、〈私的領域〉の描出法として独特の効果を発揮し、同時に時代の刻印を受けることになるのもたしかである。具体的に彼の小説の表現を分析することが必要だ。

内田魯庵の小説を読んだとき、近代小説に慣れた読者が戸惑うのは、その登場人物たちに内面的な「深さ」が見いだせないことだろう。これは、登場人物たちが類型的に把握されているといってもよい。『社会百面相』に再び例を取れば、そこにわれわれは次のようなタイトルが並ぶのを眼にする。「学生」「官吏」「新聞記者」「教師」「女学者」「青年実業家」「失意政治家」——。作中ではたしかに登場人物たちが詳細に観察され、写実的に描かれている。しかし、近代小説の読者はその人間たちにリアリティを感じない。なぜか。魯庵作品の人物描写が目指しているのは、効率的な「類型」の提示だったからである。[25] たとえば、官吏の描写である。

恰度《ちようど》四時ごろ官省《やくしよ》の退出時刻《ひけ》で、今まで颪のため人行《ひとどほり》の途絶えした丸之内は俄に蛛の子を散らしたやうに洋服羽織袴の一文人形然たる御官員様で一杯になつた。

どす黒い顔、青白い顔、痩せこけた貧相の顔、頰の尖つた険相の顔、膩《あぶら》光りのした綻びか、つた洋服、ベタ〳〵した羊羹色の羽織、張紙《はりこ》の凹んだやうな帽子、どれを見ても飢餓《ひもじ》さうな男が寒むさうに洋服の襟を立て首を縮めてぞろ〴〵と三々五々組を作つて急ぎ足に行く。(26)

こうした位置の人物であれば、この髪型、この服装、この身なり。そしてこうした位置の人物であれば、こうした言葉づかいをする、というように、一人の人物として掘り下げてその固有の姿・心を描き出そうとするのではなく、「このような人、いるでしょう」と同時代の読者があらかじめ保持するステレオタイプに訴え、短いスナップショットのなかでより効率的に伝達しようとする。それが、内田魯庵の諷刺小説の筆法である。

こうした表現のあり方は、おそらく近代小説の側から見るよりも、江戸的な文芸の系譜上に位置づけた方が適当だと思われる。江戸文学研究者の中野三敏は瘦々亭骨皮道人《そうそうていこつぴどうじん》による『浮世写真　百人百色』という明治期の諷刺文学を解説して次のように指摘している。

その内容は緒言に述べる通り、維新以後二十年ほどの間に一斉に展開し始めた新しい社会現象の数々を、百通りの業態や性癖として捉えて、その粗探しを試み、各章末に短評を付したもので、その表現手法は式亭三馬が晩年得意とした百癖・百馬鹿ものというべき短編風俗時評的な筆法を以てする。〔…〕このスタイルは早く浮世草子の気質ものに始まり自堕落先生・風来山人・山東京伝の後をうけて三馬によって完成され、以後多くの追随者を生みつつ明治期に至る伝統的なものである。(27)

この指摘から、内田魯庵の『社会百面相』も、やはり江戸期の「百癖・百馬鹿もの」に連なる文学であったことに気づかされる。この種の諷刺文学が目指したのは、一つの「癖」「馬鹿」「面」「相」の掘り下げではない。「百」であること、つまり並列的に多数の「癖」や「相」を並べ、一覧として読者の前に拡げてみせるその技巧こそが、競われていたと考えてよい。この系譜の延長線上にある文学に、近代的な「内面」を期待する方がお門違いというものだろう。

ところが興味深いのは、こうした類型性の文学においてさえ、モデル問題は起こってしまうという事実である。「破垣」がトラブルを起こしたのはすでに見たところだが、同じく魯庵の短篇「落紅」もやはりモデル問題を起こしていたことが確認できるし、[28] 魯庵「女先生」のモデルとして下田歌子が比定可能だとする研究もある。[29] 魯庵自身、「くれの廿八日」を発表した時に、周囲から自分の事を書いたと言われたり、二葉亭四迷に「モデル」として名乗り出られて困ったりしたというエピソードを書き残している。

『暮の二十《ママ》八日』が発行された時、私の周囲のものは私自身の事を書いたと云つて私を冷かした。処が発行後二週間ばかりして長谷川二葉亭を訪ふと、座に就くや否、『到頭生捕られたネ』といふ。何の事か解らぬので問返すと、『暮の二十八日』は長谷川の家庭を書いたのだと独りぎめしてゐて、『イ、サ、小説に生捕られるのは関はんがネ、あれぢやア書足りてゐない[30]〔…〕』

個人の固有性を狙ったのではなく、類型的な把握をめざした人物像であるにもかかわらず、それを我がこととして認識してしまう者が現われる。

これはもちろん一面で魯庵の人物造形が的を外していなかったことを物語る。その一方、類型がどのように人々のあいだで〈類型〉として成立するのかを考えれば、こうした思い込みを持ってしまう者たちが現われるもう一つの理由もわかる。官吏であるにせよ政治家であるにせよ女教師であるにせよ、〈類型〉は個体をすべて網羅的に調査し、そこから〈型〉を帰納的に抽出するというプロセスで把握されるわけではない。読者たちが類型として受け取るものは、しばしばもっとも目立ち、かつ反復的に示される具体例を核にしつつ、その個別的なディテールを捨象して形成されると考えられる。すなわちメディア上で反復的に現われる顕著な政治家像、教師像、女学生像をもとに、類型は認知されていく。

魯庵の小説は、新聞上を騒がせたさまざまな同時代の事件、疑惑にしばしば取材している[31]。この意味でいえば、江戸的な「百癖・百馬鹿もの」の世界に、同時代の人物や事件、事象を趣向として交差させたのが、「破垣」も含む魯庵の『社会百面相』の文学だといえるだろう。そして、とするならば、メディア上に現われる個別例を参考にして形づくられた魯庵作品の人物像が、社会内で共有された類型と相似形をなしてもおかしくはない。しかも、その登場人物たちは個人としての特質を掘り下げる方向ではなく、〈癖〉や〈相〉の把握と再現を主眼とするような表象法で造形されていた。魯庵の創り出した人物が、明治半ばの社会のそこここにいるように感じられたとしても至極当然である。それこそが、類型の力なのであり、魯庵の文学の目指したものだからである。

そしてこのとき〈私的領域〉は、類型という枠取りの只中において立ち上がる。官吏、高官、妾、教師などといった肩書き、あるいは好色漢、才子、策士、金満家などといったキャラクターの型に導かれながら、〈私的領域〉は、その枠内で表層的に描出される。それは、他者の眼前に現われる〈公〉と、個人が性質としてあるいは内心として抱える〈私〉とが対になって一つの型を形成するような人物像である。官吏はあくまで〈公〉の体面と〈私〉のだらしなさの間に引き裂かれ、策士は〈公／私〉を如才なく切り替える、というように。〈私的領域〉は、ここでは〈公的領域〉と離れてその「深さ」や「矛盾」が掘り下げられることはない。〈公〉と〈私〉とが対をなして形作る類型の世界こそが、内田魯庵の小説世界なのである。

5　境界の構築と小説

問題となった「破垣」もやはり同じだった。登場人物たちは、判で押したように類型的でわかりやすい。妾上がりの母は言葉つきから表情まで下卑て意地汚く、新男爵は表と裏、上向きと下向きの顔を使い分け、その奥方は慎ましく堪え忍び、ヒロインのお京は初心で清廉、ヒーローの若い教員は正義漢の男前である。まさに〈型〉の人物たちによる、〈型〉の筋といったおもむきだ。にもかかわらず、「破垣」はモデル問題を起こした。〈型〉の上に肉付けを行なった端々の設定が、故意か無意識にか、現実の「新男爵」たる末松謙澄に重なりすぎたのである。

公人の不適切な私行を暴露するという〈筆誅の時代〉の小説作法を、「破垣」はまさに忠実に実行している。だが、これだけであれば、「破垣」はたんにモデル問題を起こしてしまっただけの一マイナー作品にとどまるだろう。「破垣」というテクストが興味深いのは、この作品が垣間見えてしまうことそのものをタイトルとして暗示し、また主題化する小説だったということである。破垣、すなわち垣（＝境界）の破れである。

「破垣」というタイトルは、作品の読解のレベルでいえば実はそれほどわかりやすい題名ではない。作中で「垣」が登場するのはただ一箇所、男爵の屋敷に、陸海軍の御用商人の敷地が隣接しておりそこに「垣一と重」（二五八頁）があると説明される箇所だけである。「破垣」とは、それゆえ、直接的にはこの垣の破れということになる。

では、そこには何が託されているのか。男爵の屋敷は、作中ではこの日「風紀倫常の乱れたるを救はん」（二五六頁）ために設立された矯風倶楽部の秋季例会が開かれている。一方、御用商人は色遊びの達人を意味する「花の博士」の名で呼ばれる人物だ。男爵は、会主であるはずの矯風倶楽部の例会を抜け出し、この垣を越えて花の博士の離屋で老伯爵と酒を酌み交わしつつ色談義を行なっている。「破垣」とは、それゆえまず第一には矯風倶楽部と「花の博士」とをへだてる垣根の破れ目、清廉と淫蕩の境界の破れを意味するだろう。

それだけではない。ストーリーは、お京の恩師への訴えによって、男爵の私行が露見するという筋立てである。露見、すなわち覆いによって隠されていたものが白日の下にさらされるという事態である。「破垣」の露見の場面には入り組んだ仕掛けがなされており、男爵の屋敷の離屋でお京が秘かに教員と会って訴えているところに、男爵が来合わせるという構成をとる。男爵は最初縁側から障子越しに様子をうかがっていたが、教員がみずからを罵倒するのを聞いていきり立って部屋に躍り込む。つまり、露見が、もう一つの露見と交差するという構成になっているのである。

そして登場人物のレベルから一段階上位に分析の視点を引き上げれば、男爵の隠された私行が露わになる物語とは、彼の秘密が読者たちの眼前に繰り広げられる物語でもある。登場人物のレベルにおける露見と、読者・社会への露見との双方が同時に進行する物語。矯風運動を牽引する男爵の表の顔の向こうには、「奉公人は悉皆《みんな》殿様のお手が附いてゐる」（二六二頁）と言われるほどの乱脈な家庭生活がある――。「破垣」という小説は、このように何重にも垣＝覆いが破れ、暴かれていく様を描いた小説だったのである。タイトル「破垣」は、まさにその内容にふさわしい名前であったのだ。こうした小説の構成と、モデル問題による発禁は直接的には関係はない。しかし、発禁になった当の小説が、巧まずして〈公〉と〈私〉との破れを主題化するテクストであったことは、文学史の面白さを存分に語ってくれるエピソードだといえるだろう。

さてここで強調しておきたいのは、破垣を小説に書くことは、〝破れた垣の発見〟を書くことではないということである。そうではなく、それは〝破れた垣根の構築〟なのである。スキャンダル記事についての分析を思い起こして欲しい。スキャンダル記事とは、守られるべき規範を提示したうえで、その侵犯を描くという言説だった。小説「破垣」も、やはり同じである。テクストはここに〝破れた垣〟があると言っているのではない。まず〝垣〟を描き、そしてその〝垣〟が破れるさま、破れていくさまを描いていくのである。小説はそこにすでにある隠された裏面を描くのではなく、表面と裏面とその間の敷居とを描きながら打ち立てる。表面も裏面も敷居も、現実世界にあるそれらと無関係ではないが、小説はそれらをみずからの表象の論理のなかに取り込み、転形し、そして再び社会に投げ返す。この意味で小説は、社会・人間の反映ではなく、弁証法的に社会・人間の構築自体に関わる。

「嘲世諷俗の文字」という武器を用いて社会に働きかけようとした魯庵の文学は、類型的な人物把握によって効率的にキャラクターを描出し、諷刺と嘲笑を通じて社会的倫理的正義を訴えようとしていた。そのキャラクターたちの〈私的領域〉は、〈公〉の顔との対比のなかで描き出されていた。明治半ばにおける諷刺小説は、このような枠取りをもって社会と人生を表象し、そしてそれによって人々に表と裏とその境界とについての理解の枠組みを提示していたのである。

6　発禁余波——内田魯庵の表現および文学者の感覚の変化

最後に、発禁後の魯庵の反応について見ておくことにしよう。すでに触れたように、発禁処分を受けた魯庵は、かなり激しい反論を試みている。では、魯庵はこの処分にひるむことはなかったのだろうか。『社会百面相』に結実するこの後の彼の創作ぶりを見ていけば、たしかに彼の筆鋒はさほど鈍ってはいないように見える。だが、実のところ、諸方面にわたる社会の偽善ぶりを痛烈に撫で斬りしていきながらも、彼は注意深く「破垣」の轍を踏まないようにしていたらしい。

たとえば、「破調」という作品がある。(32)奔放なヒロイン友成加寿衛《かずえ》の生活ぶりと、その裏に隠された秘密を物語るこの作品もまた、権力にものをいわせた華族の乱脈な性的関係を描き出している。自由気ままに振る舞う彼女には、実は出生に秘密があった。興味深いのは、この秘密の語られ方である。それまで三人称で語られてきた作品は、秘密が明かされる終末部において、一転して加寿衛の手紙による一人称の語りに変化する。「妾《わた》くしの亡母《はは》は早くから良人《をっと》に別れて貞操純潔な寡婦《やもめ》生涯を送つて婦人の亀鑑《かゞみ》と云はれたものださうですが、些さかの義理と権力とで残酷非道な狼の餌食となりて産落したのが妾くしで厶います」（三八〇頁）。寡婦であった母が飯縄《いづな》伯爵によって性的関係を強要され加寿衛を産み落としたという事実は、ただ「残酷非道な狼」の仕業として婉曲に告げられるだけだ。〈私的領域〉は、ここで手紙というごく内密なメディアに託されながらも、おぼろげにぼかされてしか示されない。華族の性的暴力を、その人物を直接登場させながら語った「うきまくら」（『新小説』一八九八年一一月）や「破垣」と比べれば、この変化は注意されてよいだろう。魯庵は、堕落した個人と社会の百面相を次々と描き出していきながらも、「破垣」発禁以後、その描写法に関しては一定の注意をはらっていたと考えられるのである。

　発禁に対する文学者の感覚の変化についても触れておこう。魯庵は自身の発禁措置から八年後の一九〇九年に、次のように述べている。「私が自分の作の『破垣』が禁止になつた時は云ふべからざる恥辱を感じたが、シカシ今日では縦分〔令〕自分の作が今後禁止せらるゝ事があつても、寧ろ、我は禁止を恥とせず、と云ひたいやうな気がする。恐らく他の諸君も同様であらうと信ずる」[33]。この発言は、自然主義文芸の性的に過激な（とされた）表現を警戒した当局が、発売禁止処分を立て続けに行なうという状況下でなされた。読みとることができるのは、発売禁止という処分のもつ処罰性の低下であり、それにともなう文学者側の罪悪感の軽減である。こうした発禁処分の権威性の失墜過程は本書に収めた各章の展開が明らかにするはずだが、いま注目しておきたいのは、魯庵が発禁当時に抱いた感覚——「云ふべからざる恥辱」という感覚のあり方である。

彼は同じ回想で、これを「一体風俗壊乱といふほど士君子の恥ずべき罪名は無いと思ふ」(一五三頁)とも表現している。魯庵、そしてこの時代の発禁をめぐる状況を考えるとき、この「士君子」という意識のあり方は見逃すべきではない。魯庵にとって風俗壊乱による発禁という処分の意味は現在のわれわれが想像する以上に重いものであり、しかもそれは重くあらねばならなかった。「私の考では、風俗壊乱罪は——縦令芸術上又は操觚上でも——最も重くして、世間の羞恥心を十分発達せしめ、一端此罪に問はれたなら二度と社会に顔出しが出来ないやうにしなければならぬ」(二五五頁)。国家の命令であるから風俗を壊乱してはならぬのではなく、またその命令に従わねばならないのではない。魯庵を律しているのは、「士君子」意識に立脚した「恥」の倫理である。〈私的領域〉の描出と法の規制との葛藤を、単純な抑圧と抵抗の歴史として描いたり、自然主義リアリズム確立以降の表現になだらかにつながる〈前史〉として書いてしまったとき、魯庵の時代の感覚は、すくい上げられることなく埋もれていくだろう。

第2章　写実小説のジレンマ——トラブルメーカー島崎藤村と自然主義描写

1　藤村伝説

明治、大正、昭和と息の長い活動を続けた作家島崎藤村には、その小説家としての出発点をめぐって、一つの伝説めいたストーリーがある。

藤村が小諸義塾の講師として信州に赴いたのは一八九九年。足かけ七年にわたり小諸で教員をしながら文学修行をしたのち、彼は一家をあげて上京した。小説家一本で立とうという決死の覚悟だった。上京の鞄の中には大作「破戒」の原稿があり、東京へ出た後も彼はその原稿を書き継ぎ、必死の思いで完成、自費出版する。「破戒」は文壇の絶賛を受け——ここで夏目漱石の森田米松（草平）宛の書簡の一節「明治の小説として後生に伝ふべき名篇也」[1]云々がしばしば引用される——、自然主義作家島崎藤村の名前が確立する。だがその一方で、定職をなげうっての創作行為は家族に負担を強い、三女、次女、長女を相次いで亡くし、妻も栄養失調から夜盲症を患った——。

近代文学研究者の三好行雄はこれを次のように評した[2]。

三児の死は藤村にとって、『破戒』完成のための〈犠牲〉、みずからの芸術に捧げたいけにえにほかならなかった。文学者としてかく生きたという自負とはうらはらに、そのことへの痛恨もふかい。

芸術への献身と、家族の犠牲。その痛みを抱えて、しかしなお創作に没頭する文学者。ロマンティックな芸術家像が、島崎藤村の作家的経歴のなかに見出されていく。

この章では島崎藤村をめぐる問題を取り上げる。分析の焦点となるのは、リアリズム小説の登場と〈私的領域〉の描出の関係である。近代文学史上、島崎藤村ほどモデル問題を引き起こし続けた作家を、私は他に知らない。彼は旧師、近隣住民、友人、知人、親戚など多数の人々を取材源とし、みずからの小説の題材として用いた。用いたのみならず、そうした彼の行為は、次から次へと大小様々なトラブルを引きおこしていった。彼は、周囲がこうむった迷惑に対し反省の言葉を残しながら、しかし同様の小説を書き続けた。それほど多くの軋轢を生み出し続けたのは藤村・島崎春樹という人物の性格によるところが大きいとしても、周囲の有名無名の人物をそれとわかるように登場人物として描出し、しかもそれが広範囲に流通・享受されていく状況は、近代的なリアリズム小説の登場と切り離しては考えられない。

この問題を考察する冒頭に島崎藤村の出発をめぐる〈伝説〉を置いたのは、〈伝説〉を検討する作業が、写実主義的手法と人々の〈私的領域〉とが交差し、そこに近代的な文芸メディアの配置がかかわっていく状況の分析につながっていくと期待されるためである。

藤村の〈伝説〉は、周囲の文学者や崇拝者による回顧、批評家や研究者による評価によって作られた。先の三好行雄の引用もその一例だが、その作業は早い時期から始まっており、藤村存命中の一九二六年七月に刊行された山崎斌『藤村の歩める道』（弘文社）は会話も交えたストーリー仕立てで「破戒」出版と小諸から東京への展開を描いている。同様に、「小諸の生活を切り上げ、新しい出発を覚悟しての処女作『破戒』の未定稿をもつて、居を東京に移すといふ、この事が、私どもの間にひどく重大な感動を帯びて伝へられた」と回想しているのは詩人・小説家の水野葉舟[3]である。伊藤整も「島崎藤村は『破戒』の執筆出版のためにあまり生活を無理したので、妻は鳥目になり、三人の子供は栄養失調で死んだ、といふ伝説が文壇にひろがつた」とその文壇史でまとめている[4]。こうした〈伝説〉の形成には、ほかでもない藤村自身の著述行為も決定的に関わっていた[5]。今あげた回想や文学史叙述は、藤村自身の小説や回想に大きく依存しているのである。

「新生」執筆当時の藤村と息子たち
（『新装版 藤村全集』第７巻、筑摩書房、1967年５月）

この章では、島崎藤村の小説家としての出発からその確立にいたる時期――作品でいえば「旧主人」（『新小説』一九〇二年一一月）から「新生」（一九一八～一九年）[6]――を範囲とし、彼が引きおこした数々のモデル問題を取り上げる。そのトラブルの連鎖を検討することは、次のような諸課題を考えることにつながっていくだろう。明治後半期に隆盛をむかえる写実的小説は、どのように〈私的領域〉の描出と関わったのか。その際、いかなるトラブルが生じ、そのトラブルに対する人々の反応はどのようなものであったのか。藤村のモデル小説の表現にはいかなる特徴があったのか。また小説の表現そのものだけでなく、小説がどのような出版や文芸メディアの配置によって下支えされていたのかという文化的基盤《インフラストラクチャ》についても重要な論点となる。藤村の出発期は、まさに小説にまつわる近代的諸装置が輪郭をあらわにしていった時期に重なるからである。数多いこの時期の藤村の文業および周囲の状況のすべてを取り上げることはできないが、ここでは彼のトラブル史の劈頭を飾る「旧主人」、全文壇を巻き込むモデル論議の引き金となった「並木」[7]、〈藤村伝説〉の亀裂を開示する「突貫」[8]、そして最後に姪との相姦事件を新聞連載した「新生」を焦点としよう。

2 「はじめて産れたる双児の一」の発禁――「旧主人」

島崎藤村の小諸時代は、小説への転回の時代である。『若菜集』（春陽堂、一八九七年八月）、『落梅集』（春陽堂、一九〇一年八月）などをすでに出版し抒情詩の詩人であった藤村は、千曲川河畔の人や風景のスケッチを重ね、散文の世界へと進む。こうした転回は、藤村に固有のものではなかった。国木田独歩、田山花袋、岩野泡鳴など、明治三〇年代には詩の世界から小説の世界へと移った文学者が多い。和田謹吾は、日露戦後期の自然主義文学がいかなる思想的基盤のもとで成立したかを考察し、直接・間接の原因となった諸点を検討しているが、そこで指摘される「観念小説・深刻小説・社会小説」など「社会の暗い現実をリアルに追求した」文学や、「事実尊重の精神」、田舎の自然を描けという「田園文学」の主張、正岡子規の唱えた写生文の影響などは、明治三〇年代における小説への転回の背景として考えてよいだろう[9]。その動因は各々の作家で異なったにせよ、個人的な感情を言葉の韻律にのせることを主眼とする浪漫詩よりも、広範囲かつ重層的に人々の生活や社会の変動を描出の対象としうる小説にこそ、活路を見出すような思潮がこの時期に存在したと見ていい。

だが藤村の写実への転回は、順調というわけではなかった。友人田山花袋に宛てた彼の書簡（一九〇二年一一月九日）は、その新しい出発を記念するべき作品が、発禁の厄にあったことを告げている。

〔…〕信州諸新聞紙の報により、又馬場〔孤蝶〕兄よりの通知により、『旧主人』の法に触れたるを確かめ申候。はじめて産れたる双児〔「旧主人」と「藁草履」〕の一は世の光を見ること僅に一週にして死せり。笑ふべく憐むべきは小生が新しき旅路の発足に御座候はずや。

問題になったのは「旧主人」という短篇である。これは一九〇二年一一月に『新小説』に発表された。「藁草履」（『明星』一九〇二年一一月）と並ぶ島崎藤村の実質的小説デビュー作である。信州小諸で実業を営む荒井家を舞台に、後妻である綾の姦通事件を、下女のお定の視点から描いた短篇である。この作品が、発表約一ヶ月後に発禁処分を受けた。当初は作品末部の「接吻《くちづけ》」の描写が原因と言われたが[10]、少し後には、恩師――牧師・教育家の木村熊二である――の家庭を描いたことに対して『信濃毎日新聞』の記者であった山路愛山が立腹し、それが発禁へとつながったという噂が立った。

島崎藤村の『旧主人』がやられたのは、其の終りの所に、男と女とがキッスする様を明らさまに描いたからだといはれるが、併し、この頃、山路愛山が文芸講演会でしやべつたり、『国民』の『書斎独語』で書いたりした所に依ると、其の条下《くだり》よりは寧ろ、この作が、旧《もと》の主人のことを書いたといふので、不埒なツ、といつた訳であつたらしい。作物が風俗を壊乱するといふよりは、作者が忘恩であるといふ実際道徳から来た訳なんだ[11]。

山路愛山が行なったような「告発」が、どの程度実際の発禁処分に結びつきうるのか他に比較しうる例が思い当たらないために判断が難しいが、発売一ヶ月後という処分のタイミングを考えても、ある程度の信憑性を与えてよいように思われる[12]。前章で検討した「破垣」の場合といい、明治中期の文学作品に対する発禁処分の判断基準は、相当あいまいだったようである。

さて発禁の原因がどうであれ、「旧主人」という作品の小説作法が、モデルをめぐるトラブルへとつながっていたことが問題である。このことは当の藤村自身が次のように正確に理解していた。「私の写実的傾向が産み出した最初の産物は先づ発売禁止に成つた」(「突貫」)。藤村の小説への転回は、写実小説への転回である。小諸時代の彼は、その習練として盛んに「スケッチ」を行なっていた。この時期の経験が結実した短篇集『緑葉集』（春陽堂、一九〇七年一月）の「序」において彼は次のように述べていた。

予が北部の信州に入つたのは三十一年の春であつた。七年の間、予は田舎教師として小諸に留つて、荒涼とした高原の上の生活を眺め暮した。真に『田舎』といふものが予の眼に映じ初めたのはその頃からのことである。そこで身のまはりから始めて、眼に映じたまゝ心に感じたまゝを写して見ようと思ひ立つた。予は先づ農夫の粗末な写生から始めた。

藤村が用いる、「眺め」「映じた」「写して」「写生」という語に注目しよう。藤村の出発期のリアリズムは、「身のまはり」の景物を、「眼に映じたまゝ心に感じたまゝ」に写しとるという、「スケッチ」の試みとして出発した。こうした試みは、漢詩文による叙景を単に散文化したような既存の文体から、滑らかな言文一致体を使用し「視点の動きに、叙述じたいの時間性をなじませる」(13)というわれわれが現在眼にするような繊細な自然描写の文体を創出した。

そして重要なのは、こうした新しい叙景の文体が、単に外界の景物を写すという新しい方法としてあっただけでなく、「内面」の発見と一体であったということである。柄谷行人は『日本近代文学の起源』において、言文一致によって創出された新しい「文字表現《エクリチュール》」こそが、「「内面」がそれ自体として存在するような幻想」をもたらし、そして「風景がいわば外界に関心をもつ人間によってでなく、外界に背を向けた「内的人間」によって見出された」と論じた[14]。この「内的人間」による「風景」と「内面」を照応させながら語っていくスタイルが、われわれのいま知る近代文学の遠近法的な配置を形作っている。そしてこの知覚の等質性に基づく近代的遠近法こそが、読者が小説世界へと参入できる装置ともなっている。柄谷はいう。「感情移入、あるいは「自分のことが書かれている」というあの感じは、われわれの「意識」に求められてはならない。また、それが人間に固有の本性だと考えられてはならない。なぜなら、それは一つの特定の遠近法的配置によってこそ可能だからである」。

魯庵の「破垣」の下女お京に、現代の読者は柄谷のいう「「自分のことが書かれている」というあの感じ」をほとんど感じることはできないだろう。一方、藤村の「旧主人」の下女お定には、それを感じることができる。「下女」らしく擬態されてはいるものの、彼女には「内面」すなわち、思索し、苦悩し、推量し、郷愁し、そして裏切るという近代の知識層のもつ思惟が付与されている。小説は彼女の知的な内面を起点とするパースペクティヴによって構成される。「旧主人」の同時代評が「其言ひまはしの上手で警句を吐くことが余りに巧みな為め、どうしても下婢の口吻とは思はれません[15]」と非難した事実は、逆説的にこの作品の近代性を物語っている。

そして、明治三〇年代半ばに見出された「自然」には、もう一つ重要な側面があった。性欲をはじめとする人間の本能的な欲望である。十川信介が整理するように、「自然」（田山花袋）、「本能」（高山樗牛）、「血統《ちすじ》」（小杉天外）、「暗黒なる動物性」（永井荷風）、「天性《うまれつき》」（国木田独歩）などと呼ばれながら、内奥の欲望や衝動に突き動かされ、葛藤を繰り広げていく人々の姿が、小説や評論の言葉によって形象化されていく。[16]これらの言葉は、いずれも序や後記あるいは作中の抽象度の高い説明の文脈において現われており、それがこの時代の人間を捉えるための理論の言葉だったことを示している。もちろん、島崎藤村も「旧主人」「藁草履」などの作品によってこの動向の先頭を走った作家の一人だった。

少し先取りして本章の文脈に即していえば、こうした「内面」や「自然」を内部にかかえこんだ人物たちが造形され、小説の構成の配置そのものが変容したとき、〈公的領域〉のなかへと転形されて産出されていく〈私的領域〉のあり方もまた変化する。それは隠された悪や私行、性的な放埓さなどといった外形的に名指すことのできる秘密だけではなく、思考や性欲、衝動などといった人が心や身体の内側に抱える秘密へと拡大していく。

小説が外形的な特徴や属性あるいは類型による写実ではなく、外見の描写と内面的な描出との両者を組み合わせて人間を描き始めたとき、小説の起こすトラブルもまた質を変えていく。モデル問題が生起したとき、私はこんな人間ではないというモデルからの非難が、作者に向けられるようになる。それはおそらく、みずからが高度な秘密として隠していたものや、あるいは意識したことさえない内奥のなにものかを、勝手に暴かれ、あるいは捏造されたことに対する羞恥と怒りであるはずだ。

ただし、作家側には作家側の言い分がある。創出した登場人物の内的世界に、みずからの主題や世界観を盛り込むことは、至極当然の作業だったからである。作家としての藤村は、このことに自覚的だったはずである。それは、小説が虚構を含むことを理解せず、現実と同一視して読む読者たちが現われたときの彼のいらだちからも知られるだろう。

『破戒』は拙い作ではあるが、あれでも私は小説のつもりで書いた。唖峯生氏の譚《ものがたり》にある寺の檀徒のやうに、あゝいふ性質の作物を解して、私が文学の上で報告しようとしたことを事実の報告のごとく取扱はれるのは、遺憾である。(17)

雑誌『趣味』一九〇九年四月号に唖峯生「破戒後日譚《ごにちものがたり》」という「破戒」発表後に蓮華寺周辺で起こった小さな騒ぎを面白おかしく伝える記事に反応しての文章である。「寺の一部の様子は、『破戒』にある通りだ、しかしそれは叙景や叙物のことで、人物はまるで違ふ」という批評に対し、藤村は「蓮華寺のすべてが写生でないのは、あの物語の成立《なりたち》がそれを目的としなかったからである」という立場を取り、自分が学びえたのは「寺院生活の光景《ありさま》の外部に過ぎなかつた」と反論する。「外部」を観察によって写生し、そこに「文学上」の「報告」のために必要なさまざまな肉付けを行なっていく、というわけである。

「旧主人」も同じような成り立ちでできあがっていた。臼井吉見が指摘するように、主人公綾のモデルは木村熊二の先妻華子であり、それゆえ姦通事件は木村の家庭に取材していることになるのだが、実のところ「描こうとしたもの、描いたものは、藤村自身の「わが胸の底のこゝ」」――すなわち、長篇「家」にも描き出された、藤村と妻冬子と彼女のかつての恋人との三角関係が持ちきたした感情のもつれだったと見られる。(18)

島崎藤村の引きおこすモデル問題のパターンがここに現われている。まずそもそも、小説という不特定多数の読者に読まれる可能性のある媒体に、それとわかる姿で描かれることそのものが引きおこす問題がある。そしてさらに、それとわかる描き方であるにもかかわらず、そこに充塡される内面や事件がモデルとされた人物と異なるものであることが、また別の怒りや不満を呼び寄せる。後者は、公共的な言説の空間に〈分身〉[19]を作られること、そしてその分身を勝手に操作されることへの不満と言い換えられるだろう。

3　一九〇七年のモデル論議

こうした藤村の小説作法が、文壇を巻き込んで大きな問題を引き起こした。日露戦争後の一九〇七年のことである。当時の主要文芸誌『文芸倶楽部』の臨時増刊号「ふた昔」（一九〇七年六月）に発表された「並木」という小説は、再会した二人の壮年の文士が旧交を温め若い世代と会話を交わすうちに時の流れの速さを感じるさまを描いた作品である。その登場人物たちにはそれぞれにモデルがいるという噂が、発表の前から流れた。しかも、モデルが反論を書くらしい、という尾ひれまでついていた。「△今度藤村氏が文壇知名の文士を主人公として小説を書いたので二文士はそれに就いて大に自分の意見を書くさうだ一寸東西に例のない珍話である」[20]。「△『ふた昔』所載の藤村氏の『並木』の主人公相川は馬場孤蝶氏を、副主人公の原は戸川秋骨氏を青木某は生田長江氏を高瀬は藤村氏自身を最も露骨に描写したものださうな」[21]などという噂である。

実際、二人の文士、馬場孤蝶と戸川秋骨は同年九月にそれぞれ「島崎氏の『並木』」、小説「金魚」を発表する[22]。前者は長大な文章で、小説中の相川＝馬場孤蝶の造形を事細かに自身の自己像と照らし合わせて論評していくもの、後者は原＝戸川秋骨の視点によって「並木」の続編を描くという試みだった。孤蝶、秋骨ともにすでに第一線の文学者とは言えない時代となっていたが、それでもかつて北村透谷や島崎藤村らが集った『文学界』の同人たちで、文壇の先輩格の位置づけだった。小説に描かれたモデルが発言する、というだけで「一寸東西に例のない珍話」として注目されたはずだが、しかも書き手はこうした知名の文士たちだったことで話題をさらに集めた。

そしてこの文壇的事件にさらなる火種が追加された。しかも二つ。一つは田山花袋の「蒲団」をめぐる、モデルによる同種の抗議。「蒲団」は孤蝶・秋骨の文章と同じ月に『新小説』に発表された。花袋自身とおぼしき中年文士を主人公に、女弟子に対するひそかな恋情を書いた中篇小説である。発表後すぐ、当時文壇を席巻しはじめていた自然主義文学の代表作という評価を受けた話題作だった。やはり「蒲団」についても、モデルの抗議が掲載される前に噂が流れた。「△田山花袋氏の『蒲団』のモデルとされた早稲田大学生某と、岡田道代《〔ママ〕》子とは名を連ねて「モデル不平録」を来月の新潮に掲載する相だ、妙な事が流行しだしたものだ[23]」。実際には翌月の新潮に掲載されたのは岡田美知代による「『蒲団』について」で――著者名は「蒲団のヒロイン　横山よし子」とされていた――、ヒロインの恋人のモデルは直接発言せず、その友人中山蕗峰が「花袋氏の作『蒲団』に現はれたる事実」を『新声』一〇月号に発表し、悪しざまに描かれた友人の弁護を試みた。

もう一つの火種はやはり島崎藤村の別の小説をめぐってもちあがった。「△島崎藤村氏と馬場孤蝶氏の交情は『並木』事件以来面白くなくなつたさうだが今度は更に島崎氏と丸山晩霞氏との間に面白くない現象が起つて来たと云ふ、原因は藤村氏の『水彩画家』の主人公は晩霞氏をモデルとしたもので、而も矢張り実際と作物の上との相違や矛盾を摘発して世上に訴ふべしと丸山氏が息まいて居る」(24)。藤村の「水彩画家」の初出は『新小説』一九〇四年一月、すでに過去の作品である。だがこれが藤村の短篇集『緑葉集』(春陽堂)に収められ、この一月に刊行されていた。晩霞が発言したのは、これを受けてのことだった。彼の抗議文は、やはり同じ一〇月に「島崎藤村著『水彩画家』主人公に就て」と題して『中央公論』に掲載されている。

こうして一九〇七年の秋に、小説のモデルとされた人物たちの抗議文が当時の主要メディアに次々と掲載されるという異様な事態が出来する。批評家や他の小説家たちも、こぞってこの論議に参入した。この年の後半は、新聞も含めモデル論議にまつわる論説が各メディアをにぎわした半年だったと言ってもいい。その詳細な展開と当時の文学空間でそれが果たした機能については別に論じたことがあるので繰り返しは避ける(25)。ここでは、なぜほぼ全文壇を巻き込むほどに議論が拡大したのかを簡単に整理したうえで、本来の課題である〈私的領域〉の描出の観点から再検討することにしよう。

一九〇七年のモデル論議の発端には、小説家の「道義」の問題があった。つまり、友人など他者の姿を借り、そこに虚構——モデルからすれば虚偽ともなるだろう——を付着させていくことについて、文学者には道徳的責任があるのかないのか、ということだった。議論は、おおむねこの点をめぐって肯定否定双方の見解が提示されたのだが、付随して次のような諸問題も連動していたことが指摘できる。

一つは文学者側の要因として、自然主義文学が大きな影響力を持ちはじめる時期だったことがある。日露戦前期から〈写実〉をめざす動向が文壇のなかに少なからず見られたことは前節でも触れたところだが、これが日露戦後の新動向として注目を集め、新しいタイプのリアリズムとして賞揚された。その過程で明らかになったのは、作家たちの取材領域の変化＝狭隘化である。藤村は「スケッチ」として千曲川河畔の風俗と景物を描いた。それは、「身のまはりから始めて、眼に映じたまゝ心に感じたまゝを写して見よう」（前掲『緑葉集』序）という意図からだった。この写実への指向が成功するには、当然、見知らぬ者を想像するよりも、「身のまはり」を描く方がたしかである。自然主義小説は、こうして題材を作家の身辺へと集中させはじめていた。

メディア側の要因もあった。まずはいま述べたように、モデル論議はたんに作家とモデルとの間の個人的トラブルではなく、文壇の耳目を集める新潮流の弊害として取り上げられたことが一つ。もう一つ、そもそも「文学」および「文学者」の社会的評価そのものがこの時期上昇していたという大きな変化もあった。時の総理大臣西園寺公望が「文士招待会」を開き（一九〇七年六月）、「文芸院」の設立も文部省、内務省がかかわる形で議論された[26]。ここまでの議論のなかで文壇の噂話を数多く引用したが、こうした些末な内輪話に、文芸誌であればともかく日刊新聞までもがスペースを割くという時代が到来していた[27]。第1章で確認したとおり、内田魯庵は「破垣」発禁の抗議文のなかで、「当世に蔑視せらるゝ三文々学者[28]」と言っていた。自身の職能についてのプライドは別として、明治三〇年代までの文士に対する社会的評価は一般に低いものだった。その時代と比べれば、変化は明らかだろう。

そしてもう一つ重要なのは、読者側の読書慣習の問題である。作品の取材領域が作家の身辺に集まりはじめ、しかも題材についての情報が噂話として流れる――藤村の「春」の青木は北村透谷だなど――というあり方が常態化すると、作品の背後には「現実」があるという読者の期待が強化される。こうした期待そのものはすでに明治三〇年代から存在していたが[29]、自然主義時代の文学状況はそれをさらに加速させた。国木田独歩は「「モデル事件」が「自然主義」と必ず結びつけてある事を忘れてはならぬ」といい、「「自然主義」とは人物事実のありのまゝを直写すると先づ大ザッパに解釈してかゝる」読者たちが「事実」と小説とを短絡的に結び付けてしまうことに警告を発していた[30]。小説と作品・作家に関する付加的情報とを交差させて読む読書慣習が形成されていったのである。

4　モデル論議からみえる明治末の〈私的領域〉

さて、では〈私的領域〉の小説表現による描出という観点から、この一九〇七年のモデル論議をみた場合、何が明らかになるだろうか。次の引用を見てみよう。

> 僕は新声記者の『蒲団』の批評は大に不服だ、事実を書いたからといふて文芸上の価値が左右される事の無いのは記者のいふ通りだか〔が〕、妄りに人の私事を天下に公表したといふ道徳上の責

任はどうしても免れないだらう[31]。

写真的な、ありのまゝの描写といふ事は、其の結果として原本となつた人物事件を暗所醜所までも直写する点から、ちやうど新聞紙の摘発的記事と同じ影響を其の人に与へる。此の意味からモデルとなつた人は不平を言ふであらう。また必ずしも暗所醜所を描かずとも写真的に自家の内事を摘発せられるといふことみづからに対して既に不満を懐くものもあらう[32]。

前者は雑誌『新声』の投書欄、後者は中村星湖、島村抱月の連名で出された『早稲田文学』掲載の論説である。これらの引用が明らかにしているのは、「妄りに人の私事を天下に公表」することが不道徳なことであり、「写真的に自家の内事を摘発せられるといふこと」そのものが不満の対象となりえたということである。現在の感覚からすれば、これは当たり前のようにみえるかもしれない。だが、〈私的領域〉についての一〇〇年前の感覚は、自明なものではない。明治時代の人間にとっても、「私事」や「自家の内事」を公表されることはそれ自体で不快なことであったという事実は、確証をもとに歴史的に明らかにされておく必要があるだろう。文学の表現と〈私的領域〉との交差点でいかなる変化が起こっていたのかを追跡するには、こうした感覚が書き残されていることは重要だ。

実際に著名作家たちの作品のなかに描き出されることになった明治期のモデルたちの声を拾っておこう。一つめは「蒲団」のモデル、岡田美知代である。

一頁二頁三頁ならずして、私はハッとしました。段々読み行くに従つて、酷くなつて来ますので、私とても浦若い女の身空です。恥かしい味気無い思ひは胸一杯に込上げて嫌な嫌な嫌な気持ちに泣きました。其上、久しく姉妹とも許し合つた友達から〔…〕絶交状をよせられては、心から情けなく、折柄雨は毎日毎日降り続いて宛ら《さなが》世の終りのやうに、物思ひの夜半を虫の音は愈々悲しくなり増るので、わびしくて〳〵、文学者の不徳義と云つたやうな事が無暗と考へられて、作者を怨めしく身をもだえて泣きました〔…〕

（前掲「『蒲団』について」）

このあと文章は、「ですけれ共考へて見ますと、芸術ですもの、仕方がないではありませんか」といい、「芸術家としての花袋先生の態度はむしろ当然の事」「実に尊敬すべきでありますまいか」と続く。彼女は花袋の文学上の弟子として指導を受けていた。その彼女からすれば、芸術の価値を高く保持し、花袋の試みを肯定しようとするのは当然と言えるだろう。また、専門化した文学趣味を持つ者として、また身近で――むしろ当事者としてというべきか――創作の現場を見ることのできた者として、作品を「直ぐ事実と見なし、時雄は即ち作者自身で、「蒲団」は実に花袋先生の大胆なる告白である等と云って居る」読者たちの読みを否定することも当然だろう。

だがその一方で、彼女がたしかにひとかたならぬ迷惑をこうむっていたことも、その文章からは読み取れるだろう。自分とよく似た登場人物を小説のなかに描かれて公表される羞恥と、そのようなことを行なった作者への怨み、そしてその作品を好奇心の眼をもって読み、そのまなざしのままをもって現実の自分自身をも読む読者たちへの怒りとが、この文章にはこめられている。

次は、丸山晩霞である。彼は、「水彩画家」が一九〇四年に雑誌に掲げられたときから少なからぬ迷惑をこうむっていたが、「自然派藤村の名」が「旭日の東天に輝く如く」なったこの頃同作が短篇集に収録刊行されてから、その「痛苦」が復活したと訴える。[33]「今迄読まなかつた手合までが、藤村といふ名義のもとに、我も〳〵と競読する」ようになり、「〔水彩画家〕主人公のモデルの声は先に数倍して余を苦しめる」ようになった。こうした声は彼の友人によれば「この頃二三の雑誌に〔水彩画家〕は君をモデルにしたといふ事が掲げてあつた」ためだという。次に引用するのは、雑誌に「水彩画家」が掲載された際の、彼の家庭のようすである。

> 自分丈は藤村君の犠牲となり冤罪を蒙てもそれは断念して居つたが、断念の出来なかつたのは、世間と妻とバツクに使はれた母と妹と、妻の里方の人々とその親戚と余の親戚とである。好奇心を充したがる人々は、評判の小説となつて講読されたので、自分は妻にも故家の人々にも隠すつもりであつたのが、今は隠す事が出来なくなつて、第一着に不穏の言語を列べて手紙を寄せられたのは妻の里方である、第二に通読して苦情を申出られたのは、故家の母と妹である〔…〕第三として大々的不平を訴へられたのは余が妻である〔…〕それから第四第五第六と苦言の攻撃で、余が生涯の中であの時程不快極る正月をした事は無かつた。この時余の苦痛であつた事を充分に現はす筆を余は持たない、風景画で現はす事も出来ない、これを藤村君に書かせたら、これ丈で又小説が出来るであらふ。

藤村の「水彩画家」は、洋行帰りの画家とその妻、妻のかつての恋人、そして画家が帰国の際に同船した女性とによって構成される四角関係を描いていた。晩霞自身が同じ文章中で明かしているように、これは晩霞の経歴を借りながら、そこに藤村自身が苦しんだ妻との関係を埋め込んで作られている。先の「旧主人」とまったく同じ手法である。完全な濡れ衣を着せられた晩霞とその妻が憤るのも無理はないだろう。彼は言う。「自然派の小説家といふものは、或人をモデルとして、その人の皮相ばかりを写して、その人の自然の性情等を写さないで、自分の経歴をそのモデルに添加するものであるか、果してそれが自然派の立場とすれば、自然派小説家程の世に悪人なるはなし」。

こうしたモデルたちの抗議に対して、明治末の文壇の反応は驚く程冷ややかだった。モデル論議は文学者の「徳義」や「道徳」の問題としては議論されたが、書かれたモデルの「被害」の問題はほとんど論じられなかった。議論の対象はあくまで創作側の道徳性の問題だったのである。ただモデルに「迷惑」がかかる、とだけ認識され、被害側の心情や状況については、まったく掘り下げて考えられることはなかった。

しかも書かれたモデルについて言及される場合であっても、それは一般論としてか、馬場孤蝶や戸川秋骨、丸山晩霞といった知名の人物についてだけだった。これはモデル問題を藤村の友人間の問題と捉えた論者が多かったことにもよるが、被害者側にも論及されるだけの知名度が要求されていたようにも見える。批評家後藤宙外は「自然派とモデル」(『新小説』一九〇七年一〇月)において、「本来作家は材料選択の自由を有す」るため、「何をモデルに取らうが模写しやうが決して他から咎むべき理由はない」、しかし「けれども明かに何人かを指して、そを有りのまゝに写したといふ時、特にその人物は社会上知名の人であつて、作中の人物を通じて直ちに其の人格の如何を議せらるゝの場合に当つては、少くも一考を値するの問題とならう」（傍点引用者）と述べていた。したがって、たとえば岡田美知代などのような弱い立場の存在については、まったく誰も顧みないことになる。そしてその岡田でさえ、当時の一般的な女性たちからみれば高学歴かつ文学者志望、しかも著名文学者とコネクションのある「書ける」女性だったことを忘れるべきではない。

　論議のなかでは、どうすればモデル問題が起こらないか、という「解決法」を提示する議論もあった。たとえばモデルが誰であるかを作者が言わなければ問題は起こらないという発想が、いくつかの論説からはうかがえる[34]。この他、当時もっとも注目度の高かった専門誌『早稲田文学』は次のような「解決」の筋道を示してみせた。

> モデルとせられた人に対しては、少なくとも作家に悪意の動機なくまた右に言つただけの用意だにあらば、之れを已み〔ママ〕がたい世相と見て、作家の志を諒とするやうに望む。事実が其の人のそのまゝであれば、之れを読んでそれと心づくものは、矢張り読まずとも其の事は知つて居る道理である。また甚しく事実と相違して居れば、それだけまた事情を知つて居る者には、当人の事で無く作者の変造物であることが分かる筈である。若しそこに気づかずして文芸上の作品に現はれるものは総て文字通りに事実であると誤解するものがあつたら、それは誤解者の罪である。
>
> （前掲「モデル問題の意味及び其の解決」）

明治末の「解決法」は、モデルにとって厳しいものだった。それは現実的な対応策を示すものではなく、モデルと作家の心構えの問題として事を収めようとしていたからである。

小説の表現が作者の身辺に集中しはじめていたということは、本書の観点からすれば、人々の〈私的領域〉が小説という回路を通じて〈公〉の空間——文芸の空間が主となる——に転形され、産出されだしたことを意味する。内田魯庵のそれと比べ、描写の細密さは格段に増しており、何より心情を表現する言葉が複雑かつ多量になっていた。これにより、人物像はより鮮明な像を結ぶことになる。脅威の度合いは増していたと言うべきだろう。

5　文学空間の変化——情報編成、読書慣習、窃視の好奇心

藤村の「並木」を端緒としてもちあがったモデルの扱いについての論議を検討すると、この後の大正期へのつながりが、藤村個人の軌跡としても、また文学空間の大きな変動のありさまとしても浮かび上がってくる。

高橋昌子は、藤村のこの時期の作品を検討しながら、作品の背後に「現実」を読もうとする読者たちの登場があったことを指摘している。

こうした雑誌記事に接した読者はやがて発表された『春』を読むと、それがまったく匿名的、

暗示的、省略的方法で書かれていても、予備情報と符合させながら読むことができたわけである。同時に文壇ジャーナリズムに不案内な読者はここで置き去りにされた。ここに、作家とジャーナリズムと一部読者が三つ巴になって、作品を作品外の事実との関係において読む、という読書法の形成の一端を見ることができるのではないか[35]。

これは後に「純文学」と呼ばれる領域を形成する文壇およびその予備軍という共同体の輪郭がはっきりしだしたことを意味する。これと連関して重要なのが金子明雄による、「モデル問題で非難の的となった暴露的な作者の態度は、自己告白の小説においては肯定されるべき美点に反転する」という指摘だろう[36]。小説のなかに友人知人と登場させた場合にはトラブルになる可能性があるが、自分自身であるならばそれはある種の勇気や覚悟として賞揚されることになる。実際、「蒲団」において明示的に自分自身をモデルにした文士を描いた田山花袋は、その「作者の心的閲歴または情生涯をいつはらず飾らず告白し発表し得られたと云ふ態度[37]」を賞賛された。

作者の身辺を描き、そして作者自身のことも描き出していくこうした趨勢は、それを可能にしたメディアの情報編成と読者たちの読書慣習と連動しあいながら大正期へと持ち越されていき、のちに「私小説」と呼ばれる小説の生産‐享受形態を生み、また次章で検討するような文壇交友録小説へとつながっていく。

これに加えて、本書の視点から注目しておきたいのは、〈私的領域〉に向けられる欲望に満ちた好奇のまなざしの問題である。先にも引いた後藤宙外の批評「自然派とモデル」は、作家がみずからの身辺に取材領域を集中させはじめていることを指摘しながら、次のような警告を発していた。

唯吾人の恐れるのは、右の如きことが文士間に大流行になつたら何うか。既に流行の徴は充分に見えてゐる、この結果を予想すると余り楽しいものでない。又感服すべきものでも無い。〔…〕或意味に於いて友人を犠牲にし、友人を食物《くひもの》にし、総て近きものを諜者の眼を以て見ることにならう。

「諜者の眼」、すなわち、のぞき見するスパイのまなざし。文士たちが互いに互いのことを書きあう状況が出来すれば、それは相互に監視しあい、相互にそれを暴露しあう状況の到来に他ならないと彼はいう。実際、大正の文壇において、この宙外の〈予言〉はある程度実現してしまったと見ていい。作家たちは自分のことを書き、友人のことを書き、書かれた友人の作家はそれを書き返す、という相互参照の連鎖が現出した。

この現象自体は、大正期の文壇のありさまとして周知の事態である。ここでより重要だと考えられるのは、それと名指されることはないがこうした小説を成り立たせるために必要不可欠だったと考えられる、他者の〈私的領域〉をのぞき込もうとする読み手たちの欲望である。

リアリズム小説の興隆によって顕著となった小説の〈事実〉への接近は、同時に〈事実〉を読む読者たちの好奇心を増大させることにつながったといえるのではないか。小説は事件を書き、心を語る。秘されてきた出来事や隠されてきた内面を物語のうちに展開し、読者のもとにさらけ出すという〈私〉の領域と〈公〉の領域とをつなぐ小説の機能が、表現を通じて他者の〈私的領域〉をのぞき込みたいという読者の欲望を起動する。もちろんその他者は、虚構の人物であるより、実在の人物——文学の場合、作者もここに含まれる——であった方が刺激が強い。

×『趣味』の『並木観』は、大変面白かつた。楽屋落だと云ふ非難があるが、読者は、作物のみに満足せずして、作家の経歴は勿論、日常の一挙一動に至るまで、成るべく詳細に知らんことを欲するものだ、作家の伝記、逸話が世人に愛読せらるゝのはこの理があるからだ。『並木』の作者が紙表に躍如たるより見れば、楽屋落も有りがたい(38)。

田山花袋ともある可き者が、情人のある女に惚れて、其揚句が脂くさい蒲団を被つて寝るといふに至つてはアマリに驚かざるを得ない。〔…〕

△「新潮」で横山よし子が書いた花袋の弁解きかれぬきかれぬ『蒲団』に現はれた田山花袋はたしかに一種の色情狂だ(39)。

もちろんこうした好奇心は文学の外の問題として、当時も問題にされてこなかったし、現在にいたる研究史のなかでもまともに取り上げられてこなかった。だが小説を〈私〉と〈公〉をつなぐ社会的「転形」（アーレント）のプロセスとして理解するならば、公にされた表現を通じて内密な世界をのぞき込もうとする欲望の問題は、なおざりにしておくわけにはいかない。

この点で、明治末において自然主義文芸が〈出歯亀事件〉と結びつけられていたことは非常に示唆的である。「出歯亀」とはのぞきを指す。一九〇八年三月二二日、池田亀太郎という男──あだ名が「出歯亀」だった──が湯屋をのぞき見し、その後女性を暴行して殺害するという事件があった。この直前には生田葵山の小説「都会」のために『文芸倶楽部』一九〇八年二月号が発禁になり、裁判に発展していた。この裁判は「自然主義の公判」（『読売新聞』同年二月二八日）などと銘打たれ、自然主義が肉欲描写を行なう性欲満足主義だというマス・イメージを形成した。[40] この裁判とほぼ同時期に起こった〈出歯亀事件〉は、その性的な事件性が話題を呼び、性欲の描出をともなうこともあった自然主義文学はこの事件と結びつけてその反対者から批判・揶揄されることになる。[41] 私は、〈出歯亀事件〉が単に婦女暴行・殺人事件だっただけではなく、〈のぞき〉をともなった事件であったことこそが重要だと考える。この点に注目した当時の言説は今のところ眼にしていないが、犯人の性欲が女風呂をのぞくことによって掻き立てられた欲望だったことを考えれば、〈秘されているものを窃視する〉という構図が、性（欲）描写を通じて他者の性的欲望や姿態をのぞき込むという小説がもちうる構図へと転写されて理解されていたのだと考えるべきであろう。

リアリズム文芸が開いた作品の背後にある〈事実〉への回路は、同時に読者＝窃視者の好奇心と欲望が通り抜けていく通路でもあった。もちろん、芸術指向の高い文学はこの種の欲望に訴えることそのものを主眼としない。むしろ、のぞき見る欲望は、文学の範囲外のものとして排除され、抑圧されるだろう。だが、事実にもとづいたリアリズム文学が事実を必要とする限りにおいて、この好奇心と欲望は否定されながら──あるいは否定しようとする行為それ自体によって──回帰し続ける。窃視の欲望は、大正の文壇文学の背面に張り付いていき、そして大正中期以降の通俗文学・通俗メディアの大規模化にともなって表舞台へと歩み出るだろう。

6 〈藤村伝説〉の亀裂――「突貫」

ふたたび島崎藤村の軌跡に戻ろう。数々の問題を引きおこし、モデルとされた友人知人たちから、深刻で、また辛辣な批判を受けながらも、なお藤村は周囲の人物を小説に登場させることをやめなかった。もちろん、彼なりにそうした批判は受けとめており、その描写法を変化させていたことを指摘する研究もある[42]。だが、その創作の根幹の部分において、彼は自身の歩んだ道を作品化するという手法にこだわり、それにともなってみずからと交渉のあった人間を作中に登場させ続けた。彼は言う。

> 私の著述は何故斯う迷惑がられるだらう。〔…〕私は自ら尋ねて、三つの答を得た。即ち、我技量の拙劣なるが故である。離れて物を観ることの出来ないからである。ある生活の一部を写す時、全体を写すことを忘れたからである。
> 私はモデル問題が、馬場君、丸山君のごとき親しき人々の手より提供されたことを羞ぢた。当時、私は筆を折つて、文壇を退かうかとも考へた。けれども私は行ける処まで行つて見るより外に、自分の取るべき道は無いと思つた。で、今では、拙劣なのは仕方がないが是も出来る

だけ勉めて見ようとし、正しく物を見る稽古もしようし、又、一部を写す場合にも成るべく全体を忘れないやうにして、余計な細叙は省きたいと心掛けて居る。〔…〕勉めて見て、もし是が出来るやうに成れたら、其時は大きく迷惑を掛けるやうなことが有つても、小さな迷惑は掛けずに済む。どうかして、大きな迷惑を掛け得られるといふところまで進んで見たい。

（前掲藤村「新片町より」）

自分自身の経験を小説の形で提示するという創作のあり方は、藤村だけのものではない。大正期の文壇文芸は雪崩を打って身辺小説、私小説へと向かう。後藤宙外の憂慮した「親友同志」が「諜者の眼」で見合う時代の到来である。島崎藤村は、その先頭を走った作家ということができる。

引用の発言のように、藤村の姿勢は、謙虚だがその言わんとするところはほとんど厚顔無恥な開き直りに近い。ただしその一方、彼の作品にはしばしば書かれる者の痛み、書くことの恐怖に触れる一節が混じるのも確かである。「突貫」という作品からそれを検討しよう。「突貫」は『太陽』一九一三年一月号に発表された。「「岩石の間」につづく時期の『家』の一部をとりあげ、日露戦争の不安のなかに、『破戒』を書いて、新しい作家生活に突貫して行く気分を、それにふさわしいスタイルで描いた」作品という瀬沼茂樹の評価があるように[43]、やはり藤村自身の足跡を作品化したものだ。

「破戒」執筆時代を振り返るという作家の動機は、三好行雄が次のように説明を試みている。

「『破戒』の制作と刊行のために背水の陣を敷いたかつての危機的な時間を想起しながら、藤村は過去を過去として描くのではなく、あえて過去の内部に身をおいて、それをひとつの現在として生きようとした。そのことによって、『破戒』の正否を賭けた志賀への旅は、それを書く藤村の心情とぴったり重ねられる(44)」。想定されているのは、姪とおかしてしまった近親相姦事件、いわゆる〈新生事件〉である。現在陥った危機的状況をなんとか打破したいと藤村はもがいていた。この個人史をふまえ、三好は「突貫」に「危機を超える新生の方向を文学的出発期の初心にさぐろうとしたモチーフ」（三〇三頁）を読んだのである。

三好の読解は、文学的野心を抱えて山を下り、家族を犠牲にして「破戒」を書き継ぎ成功したという〈藤村伝説〉第一章の次に、〈新生事件〉による危機とその乗り越えという第二章を書き加えようとするものである。そしてもちろん「突貫」という作品自体もまた、藤村自身の手による〈伝説〉の構築作業の一つに他ならない。「破戒」の執筆を思い立ち、その刊行に向けて資金援助の要請を含むさまざまな努力を重ねる小諸時代の自身の姿が、窓の外で響きわたる町の人々の日露戦争への熱狂の声と交差するように物語られる。周囲の戦争（日露戦争）と自分の戦争（文学の創作＝「事業《しごと》」）との並置と照応が基本的な構造となる作品である。

この作品が冒頭に「旧主人」と「藁草履」への言及を含んでいるということに注目しよう。過去の自分の創作の履歴をたどる作品であるわけだから、これは当然のようにも思われるが、その他に数多いこの時期の作品のなかから、この二作だけが言及されているということは目にとめてよいはずである。しかもその記憶は、発禁の記憶であり、旧師に背いた記憶であり、登場人物のモデルとなった人間に邂逅したときに感じた「恐怖」の記憶である。

「旧主人」と「藁草履」をめぐる断章のなかでは、旧師木村熊二の（今の）奥さんが「――貴方《あなた》は私共の家《うち》のことを御書きに成つたさうぢや有りませんか」と抗議したこと、「旧主人」を書いて以来その先生との間に疎隔ができ、「「君は実に怪しからん男だ」といふ先生の声を聞くやうな気がする」こと、「藁草履」で書いた線路番人に銭湯などで挨拶を受けたときに「名のつけやうの無い恐怖」を感じたことが語られる。つまりこの断章において語られるのは、すべて彼の「写実的傾向が産み出した最初の作物」である二作が起こしたモデル問題にまつわる記憶なのである。

〈藤村伝説〉を形成するはずの「突貫」のなかに居心地悪く収められた、この「人の知らないことで、未だに心を苦しめて居ること」のエピソード群は何を語るのだろうか。藤村という終始自己を描き続け、その主要な作品群が一篇の長大な自叙伝をなすような創作活動を行なった作家には、やはり自己の歩んだ足跡を点検し方向付け整序するという指向があったことだろう。それは三好行雄の指摘したように、みずからが陥った現在と未来の苦境を救い出すために過去を呼び起こし語り直すという作業をともなったはずだ。この意味で「突貫」は「破戒」の時代から「新生」の時代を結ぶ結節点の位置に立つ作品だと言える。しかし面白いのは、その物語化のプロセスのなかに過去の葛藤の記憶が混入し、その滑らかな流れを乱してしまっていることである。この断章の末尾で語り手「私」はこう語る。「私の始めたことは旧師にまで背くやうな結果を持ち来した。その意味から言つても、誰か適当な教師を自分の代りに探して置いて、斯の住慣れた土地を去りたいと思ふ」。絶賛を受けるべき「破戒」の原稿を携えて去るはずの小諸を、彼はモデル問題に由来するトラブルが原因の一端となってここを離れるのだ、と語ってしまっている。

もう一つこの断章から引き出したい問題がある。「藁草履」には、水を汲みに通う娘が線路番人に「腕力で捻ぢ伏せられ」、土地にいられなくなるという挿話が描かれる。この事件は、実際に小諸で起こったものだと藤村はいう。

私はその通り書いた。私は無いものを有るやうに見せる手品師では無い。現に番人がその話を自慢に吹聴したといふではないか。それを聞いた時には工夫の群まで笑つたといふではないか。斯の真昼中《まっぴるま》、私達の鼻の先で行はれたことを写して、どうしてそれで斯う自分の気が咎めるだらう。

さらに彼は、先にも触れた番人に会った時の「名のつけやうの無い恐怖」について語り、身をすくめずには彼の番小屋の側を通れなかったことを語り、そしてこう言う。「斯様《こん》なことを話したら、人は笑うだらう。実際私の始めたことは斯ういふ不思議な性質のものだ」。

ここで彼が自問しているのは、小説というものの性質についてである。彼が始めた写実的手法に基づく近代小説は、小さな共同体のなかで人々が産み出す噂話といったい何が違うのか。双方とも人々の〈私的な領域〉を語り、伝え、広める。同じような行為であるのに、小説を選んだ私は「どうしてそれで斯う自分の気が咎め」るのか。小説の「不思議な性質」とはいかなるものか。藤村は戸惑ってみせる。

私は、「旧主人」を書いた時代の藤村であればともかく、「突貫」を書く一九一三年の島崎藤村は、その答えの一部を自分なりに持っていたはずであると考える。噂と近代小説は何が違うのか。答えの一つは、後者が書物というモノ＝商品として大量生産・複製され、流通網の及ぶ限りの範囲内に運ばれ、そして蓄積するということだろう。藤村がこのことに無自覚であったはずはない。なぜなら、彼こそが近代文学史上もっとも初期の段階で、作家の著作権の確立に骨を折り、書物の流通の現場にまで関わっていった作家の一人だったからである。[45]『破戒』に始まる彼の緑蔭叢書は、当時一般的だった出版社による原稿買い切りではなく、彼自身が資金を捻出しその見返りを得るために自費出版の形で世に出された。一九二五年に書かれた彼の回想は、次のように当時を振り返っている。[46]

著作生活を始めようとする時に私の書生流儀に考へたことは、兎にも角にも出版業者がそれ〲の店を構へ店員を使用して相応な生計を営んで行くのにその原料を提供する著作者が食ふや食はずに居る法はないといふことであつた。それからまた私の考へたことは、従来著作者と出版業者との間にわだかまる幾多の情実に拘泥して居るよりも、むしろ自分等は進んで新しい読者を開拓したいといふことであつた。〔…〕

その心から私は書籍も自分で造り、印刷所や製本屋へも自分で通ひ、自分の作品を直接に市場に送り出さうとした。

著作権者そして出版者としての意識を強く持ち、その矜持と権利意識に支えられて、執筆、出版、流通、享受という〈文学〉を成立させるプロセスに当時最も自覚的に関わっていたのが、島崎藤村という作家だったのである。彼は同じ回想のなかで、最初の本ができた日に、本を積んだ荷車の後について歩いたことを思い起こしている。雨の降った後の蒸し暑い日だったという。その荷車に積まれた彼の著作が、さまざまな仲介業者の手から手へと渡り、最後に読者の机上に届くことを、彼は想像しなかっただろうか。噂と小説とは違う。噂は千里を走るかもしれないが、七五日で消え去るだろう。小説はモノとして造られ、売られ、買われ、手渡され、そして残る。形を変えて再刊されることも珍しくない。丸山晩霞は雑誌に「水彩画家」が掲載されたために悲惨な正月を送る羽目になり、同作が短篇集に収録刊行されることによって二度目のさらに倍加した迷惑をこうむり、ついに抗議の筆を執ったのではなかったか。晩霞から直接の抗議さえ受けた藤村が、それを忘れたはずはないだろう。

7　小説の暴力、好奇心の暴力——「新生」

近代小説のもつ出版物としての特性について、おそらく同時代の誰よりも自覚的だったはずの彼であれば、その力が良い方向にも悪い方向にも発揮されうるということはわかっていたはずである。噂話のダメージよりも、小説に描かれるダメージの方が、広く、長く、それゆえに深い。島崎藤村という作家が興味深いのは、にもかかわらずモデル小説を書くことをやめなかったところにある。最大の被害者は、「新生」によって叔父との近親相姦および息子の出産の顛末——彼女の同意もなくすぐに里子に出された──を描かれた姪、こま子であろう。小説表現と〈私的領域〉との衝突の様を島崎藤村の軌跡からたどる試みは、大正中期に発表されたこの長篇の検討で一つの区切りにしよう。

「新生」は『東京朝日新聞』『大阪朝日新聞』に連載された後、一九一九年に単行本として刊行された。長篇小説「新生」は、姪節子との関係の問題だけでなく、藤村のフランス渡航と第一次大戦の体験、また男やもめとしての藤村の家庭など論点は多いが、ここでは、主人公岸本が小説「懺悔」（＝「新生」）の執筆を思い立ち、発表していく物語として読むことを切り口としてみよう。すると「新生」は、書くことと、書かれることをめぐる物語としての相貌を現わすだろう。

「新生」における書くことをめぐるオーソドックスな解釈としては、たとえば次の相馬庸郎の見解がある。「最後にくる「懺悔」の稿を書くという行為は、このようにしておのれの真実と二人の立たされている矛盾的な場所を見据えるためにまず必要な行為であった。そしてそれを発表するという行為は、おのれの到達した世界を真に客観化するために必然的な行為であった」[47]。小説を書くことによる自分の過去の過ちの客観化、そしてその後の新生というストーリーである。これは藤村自身のいうところともほぼ一致する[48]。この書くことをめぐる構図を、ジェンダーの観点から再検討したのが千田洋幸の研究である[49]。「『新生』に語られているのは、岸本が自己の近親相姦の体験をえがく「懺悔」という小説を発見する物語、すなわち岸本がペンを獲得してゆくまでの物語なのであり、同時にこの〈書く〉という行為が、ジェンダーとつねに密接にむすびついた形で言説化されてもいる〔…〕」。「すなわち、岸本が「懺悔」を〈書く〉ことは、女を〈犯す〉こと──節子と肉体関係をむすび、反発心を抑圧しつつ懐柔し、自己にとって都合のいい女性像にしたてあげてゆく行為とアナロジーをなすことによって、岸本における男性性《マスキュリニティ》の意味を生成する」。千田は「新生」における書くことがすなわち男性性《マスキュリニティ》の獲得と一体になっており、同時に女性（節子）を抑圧的に成形していく行為ともなっていることを指摘する。

　この非対称的な抑圧の構図を女性（ここでは節子）に対する問題にとどまらず、〈書かれる者〉に対する〈書く者〉の抑圧の問題につなげて考えてみよう。作中、節子は書く女として登場する。彼女は手紙を書き、歌を詠む。その意味で、彼女は一方的な書かれるだけの存在とは言えないが、最終的にそれら彼女の書記物《エクリチュール》は、すべて作者／岸本の手中に束ねられ、その編集と検閲を受けたうえで「新生」という作品のなかに配置される。この意味で岸本は節子の——藤村はこま子の——〈ペン〉を奪い客体化することで、創作者の立場を独占する。

　これにより節子の〈書く女〉としての一面は、〈読まれる女〉としての一面に凌駕されざるをえなくなる。「新生」の語り手であり、その作中作「懺悔」の作者としての地位も握る岸本のパースペクティヴと語りが、彼女の振るまいと発話とエクリチュールを、読者の前に差し出す。岸本のまなざしには、極度に抑制＝隠蔽されているとはいえ、彼女に向けられた性的な欲望が張り付いている。彼のパースペクティヴにぴたりと寄り添った語りを読み進めるうちに、読者は岸本の欲望に同一化するよう導かれ、彼の目と彼の欲望をもって節子を〈読む〉ことになるだろう。

　書くことをめぐる小説の暴力性に、「懺悔」の作者・岸本はとことんまで鈍感である。彼の作品が新聞に連載され、事件が広まる。節子の姉が、抗議にやってくる。その彼女を前にして岸本は言ってのける。

さうお前達に心配を掛けて、それは俺も済まないと思ふ。しかし、誰が迷惑するツて言つたって、一番迷惑するのは俺ぢやないか。　（「新生」後編　百十五）

小説の表現が、書かれる立場、噂される立場に接近する場面がないわけではない。

彼はある新聞社の主筆が法廷で陳述した言葉を思ひ出すことが出来る。その主筆に言はせると、世には法律に触れないまでも見遁しがたい幾多の人間の罪悪がある。社会はこれに向つて制裁と打撃とを加へねば成らぬ。新聞記者は好んで人の私行を摘発するものではないが、社会に代つてそれらの人物を筆誅するに外ならないのであると。斯うした眼に見えない石が自分の方へ飛んで来る時の痛さ以上に、岸本は見物の喝采を想像して見て悲しく思つた。〔…〕

岸本は硝子戸に近く行つた。往来の方へ向いた二階の欄《てすり》のところから狭い町を眺めた。白い障子のはまつた幾つかの窓が向ひ側の町家の階上《うえ》にも階下《した》にもあつた。その窓々には、岸本の家で部屋の壁を塗りかへてさへ、『お嫁さんでもお迎へに成るんですか』と噂するやうな近所の人達が住んで居た。奈何なる町内の秘密をも聞き泄《もら》すまいとして居るやうなある商家のかみさんは大きな風呂敷包を背負つて、買出しの帰りらしく町を通つた。　（「新生」前編、十六）

ここに書かれているのは、新聞種にされ「筆誅」されることへの恐怖、それを喝采する「見物」たちへの嫌悪、近所の噂の種にされることへの恐怖である。これらはみずからの反社会的行為に対して課される制裁への恐怖であり、同時に〈書かれる側〉の恐怖を触知している場面とも見られなくはない。だが、書かれ、噂されることへの忌避感は、どこまでも彼自身の問題としての範囲を越えず、反転して節子に対してみずからが行なっている所業に当てはめられて想像されることはない。新聞記者の「筆誅」がくだされるのと正に同じ新聞紙という社会的回路に、みずからの小説もまた載っているのだということに岸本は思い至らない。

これは作中の「懺悔」の作者、岸本についての分析であり、岸本を藤村その人と同一視することには慎重であるべきだろう。だが、「新生」という告白の書を、東西の『朝日新聞』という当時の最大手級の日刊紙に連載してしまった島崎藤村が、この岸本の感覚と遠かったと私には思えない。

他者に言えるはずもない秘密中の秘密に属することがらを、周囲の多くの人が毎日眼にしうる新聞連載小説の形で公表され、膨大な読者の好奇のまなざしのもとで後半生を送らざるを得なくなった姪の身の上を、藤村はどう考えていたのだろう。この女性については、近年梅本浩志による詳しい研究が現われ、その苦しみに満ちた生涯をわれわれは知ることができるようになった。(50)

「新生」百十五章で岸本に抗議に来た節子の姉輝子は、会話の最後に諦めたようにこういう。「まあ、人の噂も七十五日ツて言いますから、今に何処かへ消えちまふ時もまゐりませう――もうこんな話はよしませう」。だが、「新生」は噂ではなく、小説だった。時代はすでに自然主義時代から一〇年を経、識字層の拡大とともにジャーナリズムの質、文学の読者の質も急速に変わってきていた。

新聞連載のあと単行本として刊行された「新生」は、そうした時代の変化を生きのび、繰り返し読まれる運命にある。「新生」は文豪島崎藤村による文学的名作という価値づけが利用されながら、中間層以下に向けたゴシップ的好奇心のなかにも取り込まれていく。作品はたとえば「懺悔物語」としてのち『婦人公論』の特集の一部を構成し、[51]とどまるところを知らないゴシップ・ジャーナリズムの欲望は、ついにはこま子自身の「自伝」さえ誌面上に引きずり出す——発表後二〇年近く経つという時期に（！）——だろう。[52]だがこの通俗文化ののぞき見の欲望については、章をあらためて論じ直すべきだろう。

第3章　大正、文壇交友録の季節——漱石山脈の争乱Ⅰ

1　大正期の文壇交友録小説と芥川龍之介「あの頃の自分の事」

大正期には、数多くの文壇交友録小説が書かれている。Aの作家がBの作家のことを書けば、Bはそれを自身の作品で書き返す。そこにCの作家も割って入ってくる——。文壇の仲間や知り合いたちが、互いに互いのことを作品のなかに書きあう。それが文壇交友録小説である。

うるわしい友情の記録がたくさん残されているのであればそれはけっこうなことだが、実際はむしろ逆の例が目につく。たとえば早稲田系の雑誌『奇蹟』の同人たちの応酬は、「奇蹟派の『道場』主義」[1]などと呼ばれるほど苛烈だった。

その頂点とも言うべき事件が、相馬泰三の長篇「荊棘の路」をめぐる一連のいざこざだろう。相馬はこの作品を九州の地方紙『九州日報』で連載したあと、一九一八（大正七）年に新潮社から出版する。相馬はこの作中で同人仲間の広津和郎や谷崎精二、舟木重雄らを、それぞれに女癖が悪かったり無能者だったり軽薄な才子であったりと、悪し様に書き連ねた。のみならず、相馬は同作の出版記念会を行なうに際して、無理矢理世話役を押しつけたり、承諾も得ないまま発起人としたりするなど裏で奔走しておきながら、表向きには関心がないようなそぶりで振る舞った。当然、『奇蹟』同人たちは憤激する。その後、この事件をめぐり、相馬、葛西善蔵、広津和郎、谷崎精二ら同人が、創作のかたちで断続的に応酬を繰り広げていくことになる。[2]

こうした傾向は、他の同人グループにおいても珍しいものではなかった。やはり同時期に活動していた『白樺』派においても、志賀直哉との交友関係を描いた里見弴の「善心悪心」（『中央公論』一九一六年七月）がある。この作品でお茶屋遊びなどの情景を描かれた志賀は激怒し、里見を絶交したという、これもいわくつきの作品である。

さて、本章が注目する第四次『新思潮』派も、やはりこの流れのなかで多くの交友録小説を残している。早稲田出身者が中心となった『奇蹟』、学習院の『白樺』に対し、『新思潮』には東京帝国大学出身の文士たちが集っていた。特に第四次に集った面々は、漱石の謦咳に接した最後の世代となり、後に著名な文学者となっていったこともあって、注目を集めてきた。芥川龍之介、久米正雄、菊池寛らである。

まずは芥川龍之介の「あの頃の自分の事」（『中央公論』一九一九年一月）[3]を切り口に考察を始めよう。この作品に対しては、従来さほど研究が進められてこなかった。その理由は、吉田精一が指摘したように、短篇小説として精読するには作品の強度が少々劣る――「当時やうやく流行の緒についた身辺雑記小説の一とも見るべく、文学青年向きには面白い読み物だが、作としてはある時代の彼等を知るに便利だと云ふにとどめる」[4]――という事情があったからだろう。そのため、研究は基本的に芥川の創作意識の変化をいかに説明するか、[5]そしてその反措定として、どう独立した作品として分析するかという方向に展開してきた。(6) こうした研究の展開は作家・作品研究の進展としてはよく理解できる。

だが、私の考えるこのテクストの面白さは、作家の創作意識の変化として考える方向からも、また作品外のコンテクストを捨象して考察するアプローチからもでてこない。たとえば、具体的に作品の冒頭を見てみよう。

以下は小説と呼ぶ種類のものではないかも知れない。さうかと云つて、何と呼ぶべきかは自分も亦不案内である。自分は唯、四五年前の自分とその周囲とを、出来る丈こだはらずに、ありのまま書いて見た。従つて自分、或は自分たちの生活やその心もちに興味のない読者には、面白くあるまいと云ふ懸念もある。が、この懸念はそれを押しつめて行けば、結局どの小説も同じ事だから、そこに意を安んじて、発表する事にした。序ながらありのままと云つても事実の配列は必しもありのまゝではない。唯事実そのものだけが、大抵ありのままだと云ふ事をつけ加へて置く。

この小説は「小説と呼ぶ種類のものではないかも知れない」と、奇妙な語り出しの冒頭となっている。語り手はこの作品を、彼の考える〈小説〉というジャンルの内側に入れてよいかどうか迷って見せている。境界の内側は、虚構性をもち、結構を供えた、小説らしい小説と考えていいだろう。では境界の外にあると想定されていたのは、どんな作品だろうか。「あの頃の自分の事」の内容から推測して考えるに、それは友人同士の交遊を描く交友録あるいは回想記ということになる。「あの頃の自分の事」もまた、大正期に数多く書かれた文壇交友録小説の一つだった。

すでに先の引用で、吉田精一は作品を「当時やうやく流行の緒についた身辺雑記小説の一」と位置づけていた。ただしかしながら、芥川は精緻に設計された短篇小説の名手である。実は先の引用にあった「ありのままと云つても事実の配列は必ずしもありのまゝではない」という一言に、彼の仕掛けたたくらみが隠されているのだが、それを分析する前に、同時代の文壇交友録小説の地平との交差をもう少し探っておきたい。

鷺《さぎ》只雄（注（6））が指摘したとおり、「あの頃の自分の事」には、下敷きとなった構想があった。それは、小説ではなく、「顧眄《こべん》」と名付けられた「随筆」となるはずのものだった。手帳に残されたメモをみると「顧眄」に含まれた要素の多くが、いまわれわれの知る「あの頃の自分の事」に生かされていることがわかる。[7] 小説「あの頃の自分の事」が構想段階では芥川の文壇デビュー前の時代を回想する「随筆」であったということは、この作品と文壇交友録小説との接点に位置する一つの流行を明らかにする。

一九一八年の文学空間には、これまでの近代文学の流れを回想するさまざまな企画が現われていた。このことはすでに山本芳明が的確に指摘しているが、山本の示したリストを少々補って並べると次のように列挙できる。潮青居「文壇旧夢録（一）（二）」、永井荷風「書かでもの記」、「「早稲田文学」及文壇十二年史」、『読売新聞』の「文壇昔話」[8]。とりわけ、『早稲田文学』の特集と『読売新聞』の連載が目を引く。

「顧眄」が「あの頃の自分の事」へと書き換えという事実それ自体が示しているように、回想記と文壇交友録とは表現のあり方としてかなり近い。内容的にいっても、過去の交友を回想するか現在の交友を語るかの違いである。しかもこの時代、小説の形式は「何と呼ぶべきかは自分も亦不案内」(「あの頃の自分の事」)というような境界的なスタイルの作品が、創作として商業的な大雑誌に載るような状況を迎えていた。当然、語られる交遊関係は過去のものと現在のものとが重なっていることも多いであろうから、回想記と文壇交友録小説とは、まさに隣接し、重なりあう位置にあったといっていいだろう。

もう一つ、隣りあう同時期の文壇動向があった。「告白小説」の流行である。中村友は、一九一八年七月に『中央公論』が組んだ特集「秘密と開放」以降、「告白小説の流行を指摘する声はめだって多くな」っていたと指摘している(9)。同時代の文学者たちの声を拾えば、「わたしの読んだこの頃の創作は、不思議にまた揃つて告白小説であつた。わたしはさういふ種類の創作を見る度毎に、其の作者の世界の奇異なのにしばく驚かされた」(前田晃)、「最近我が文壇に注目すべき告白文学として私はここに三つを挙げる。徳富健次郎氏の『新春』島崎藤村氏の『新生』田山花袋氏の『残雪』これである」(10)(本間久雄)などといった批評が連続して現われていた。これらの批評が指摘するように、一九一八年には島崎藤村の「新生」の連載、相馬「荊棘の路」、田山花袋「残雪」、徳冨蘆花「新春」というように文壇では「告白」に関連する話題作が続き、人々の目をひいていた。

告白小説の「告白」が作者の「告白」である以上、もちろんその内容は作者の実体験や身辺の描出(とみなされるもの)となる。告白小説の流行もまた本書の大きな課題である〈私的領域〉を表象の対象にしていく流れに関係しているのである。

いま互いの接点を確認してきた文壇交友録小説、回想記的随筆、「告白小説」の三つに関連する論議を通覧していくと、繰り返し出てくるキーワードがあることに気づく。それは単に流行の言葉ということではなく、以上の三つの流行に底流する比較的長期的な、――つまり表層の流行ではなく、文学という文化を成立させている枠組みのあり方に関わる基底的なレベルでの変化に関係しているようである。生田春月は、それを「自然主義の祟り」と表現した。

> 一体、今の読書子は昔日の自然主義の作品に養成せられて、作品の内容と事実その物とを一緒にして考へる悪い癖が付いてゐる。〔…〕然しこれは必ずしも作者の罪でもなく、読者の罪でもなく、多年ありのまゝの描写を標榜して当面の事実の直写を事とし、作品と事実とを同一のものと信ぜしむるに至つた自然主義の祟りである。と云ふよりは、作者の態度が変つて来て、現実を取捨し変更し、作為を加へるやうになつて来たのが未だ認められずにゐるより来つた禍である。[11]

あらためて考えてみれば、小説と随筆と告白が重なりあう状況というのは奇妙な状況である。しかし、「作品の内容と事実その物とを一緒にして考へる」ことが「癖」となっていたとするならば、三者を隔てる敷居は低いものとなる。小説作品に書いてあることを「事実その物」として受け取る読書慣習のもとでは、作者の心情や身辺を切り取っただけの短篇は、作品の表現様式としても読者の受容のあり方としても、随筆や身辺雑記あるいは心境告白とほとんど変わりがなくなる。こうした小説の書き方および読み方にかかわる慣習を生成した元凶を、春月は自然主義に帰する。自然主義が「ありのまゝの描写を標榜」し、「当面の事実の直写」を謳ってきたため、読者たちは「作品と事実とを同一のもの」と信じるようになってしまったというのである。彼のこの観察は正しい。前章で論じたように、日露戦後以降、自然主義文学が文壇を席巻する過程で、作品の内容と「事実」とが同一であることを前提として創作し、読解する小説のコミュニケーションの様態が広く認知された。

つまり、芥川の「あの頃の自分の事」を入口に見えてくる光景とは、作品内に書かれた出来事と「事実」とを交差させて読む慣習を基盤としつつ、文壇の交友録や回想がかなり自由な形式をもって——すなわち小説や随筆や、あるいはそのどちらともいえぬ作家自身にとっても「何と呼ぶべきかは」「不案内」なテクストのかたちで——こぞって書かれていた時代の景色である。本書のテーマに即してこれを言い換えれば、作家たちの〈私的領域〉が、文壇交友録小説や「告白文学」、あるいは随筆、回想といったかたちで、月々の文芸誌や新聞文芸欄に頻繁に掲載され、流通していく状況が現われていたのである。

2　第四次『新思潮』派の紛擾と菊池寛「無名作家の日記」

ただし以上のような指摘は、この時期の文壇作家たちの振舞いについての表面的な観察としては正しいが、たんにそれだけである。こうした状況は作家たちにとって何を意味し、彼らの活動にどのような変化をもたらしていたのか。作品に描き出された〈私的領域〉のあり方は具体的にどのようなものだったのか。また、彼らも気づいていない別の変動と何か関係があるとしたら、どうか。

ここからは芥川の作品に、菊池寛の作品を交差させながら、その具体的な内容と語りの戦略に注意を払って、さらに分析を進めていこう。芥川がこの時期に、自分およびその周囲の過去を振り返った動機としては、「作家としてもう一度スタートラインに立ってみる」（菊池論文、注（5））という作家個人のモチーフと、「彼に最も親しく近い友人同志が相食み、一人は空しく坐して葬られようとしていた」（鷺論文、注（6））という周囲の状況への反応から来るモチーフの二つが主に指摘されている。ここで注目したいのは、後者の要素である。「あの頃の自分の事」に登場する同人たちは、創作から離れた成瀬をひとまず除き、当時それぞれにやっかいな事情を抱え、それは芥川自身にも火の粉として降りかからずにはいない性質のものだった。

1920年の芥川龍之介と菊池寛（右）、左は宇野浩二（『文芸読本　芥川龍之介』河出書房新社、1975年11月）

菊池寛「友と友の間」[12]に「一高時代から、影と形のやうに交渉して来た間柄であった」と評された久米正雄と松岡譲の間には、漱石の長女筆子をめぐる恋愛事件――〈破船事件〉、次章で詳しく検討する――が起こっていた。これは、当初久米が筆子と結婚すべく鏡子夫人に相談をしていたのだが、先輩門下生の反対を受け、さらに久米側にあると（久米本人には）思われていた筆子自身の気持ちも松岡へと向かい、最終的に筆子が松岡と結ばれた（一九一八年四月）という一連の出来事を指す。恋人と親友の両方を同時に失って衝撃を受けた久米は、以後この出来事を直接的にも間接的にも次々と作品化し発表してゆく。一九一八年だけでも「蛍草」（『時事新報』三〜九月）、「大凶日記」（『新潮』五月）、「夢現」（『新潮』一二月）、「敗者」（『中央公論』一二月）と続いている。こうして一方的に言い立てる久米に対して、松岡は沈黙していた。「あの頃の自分の事」の松岡の造形は、文壇内外で注目を集めた〈破船事件〉の渦中で不利な状況にあった松岡への、芥川なりの援護として作られていると考えられるのである。

このころ、友人たちとは離れ一人京都帝国大学に進んだ菊池寛は、その後『時事新報』に職を得ながら、創作も続けていた。一九一八年は、その彼が次第に文壇的な認知を高めていく時期に当たっていた。この年の七月に彼は「無名作家の日記」という作品を発表した。発表誌は『中央公論』である。これは作中で、明らかに芥川がモデルと分かる人物が辛辣に描かれていたために、『中央公論』の編集者だった滝田樗陰が、「「芥川さんに悪くありませんか、大丈夫ですか。」と言つて念を押した[13]」という曰く付きの小説である。雑誌発表形の「あの頃の自分の事」第六章には、菊池への手紙が差し込まれる体裁がとられている。上記の経緯をふまえれば、この第六章は「無名作家の日記」への返答として読まれるべきものだろう。

菊池寛「無名作家の日記」は日記体の小説で、京都に住む作家志望の大学生が東京の文壇へ乗り出していくことを望みつつも、状況の不如意と才能の欠乏によってむなしく埋もれていくようすを描いたものだ。登場人物の設定は、明らかに自分とその友人たち、とりわけ第四次『新思潮』同人たちの関係性を踏まえている。

問題は、この作品が単なる交友関係を描いた小説であっただけではなく、滝田樗陰が心配するほどにその描写が過激だったという点にある。

殊に、山野となると、意識的に俺を圧倒しようと掛つて居た。彼奴は、自分の秀れた素質を自分より劣つた者に比較して、其処から生ずる優越感で以て、自分の自信を培つて居ると云ふ、性質《たち》の悪い男であつた。そして、その比較の対象となるのは、大抵の場合、俺だつたつけ。何時だつたか、俺が芳田幹三の、『潮』を読んで感心して居ると、彼奴は「何だ！『潮』が面白い！　そいつは、少し困つたなあ。」と嘲笑したつけ。

山野、すなわち芥川とおぼしい人物は、こうして「俺」富井を圧迫し、「俺」が京都で四苦八苦している間にまたたくまに東京の文壇で高い評価をえるようになっていく。しかも彼は、その高みから「俺」へ手紙を出し、創作の投稿を慫慂し、受け取っておいてこっぴどく批評するということをしてみせる。

先にも述べたとおり、「あの頃の自分の事」では、第三章において京都の菊池が送ってきた原稿を芥川・久米・成瀬・松岡ら同人たちが批評し返事を送る場面が描かれ、また第六章では「無名作家の日記」における山野からの手紙に当たる「自分」の手紙が差し挟まれている。これは、「君の方の大学も退屈だらうが、こつちだつて格別面白い事はない。英文科ぢや、松浦さんの講義が好いやうだ。齋藤さんの講義も聞いたが、これもロオレンス先生よりは面白いと思ふ」というくだけた調子の文体で書かれており、手紙を交わす二人の親密さと友誼とを示す役割を持っている。当然、これは自身と「山野」との差を明確にすることが期待されていただろう。

つまり、菊池の「無名作家の日記」と芥川の「あの頃の自分の事」は、同じ『中央公論』誌上において一種の対話関係を形成しているということができるのである。ただし、この対話は、二つの作品（だけ）が一対となって作り上げているものではないし、同じ平面上で交わされたものでもない。たとえば、「無名作家の日記」の末尾には、アナトール・フランスを引用しての山野への侮辱があるが、(14)「あの頃の自分の事」で芥川はこれについて何の反応も見せていない。つまり、「無名作家の日記」が投げかけた辛辣な言葉に、「あの頃の自分の事」は正面切って応答していない。同作には芥川の、一歩引いた高みからの挨拶、とでもいうような気配がただよう。そしてこの菊池の作品へ向けたような慇懃な挨拶は、実は菊池のみに向けられたものではなかった。別の方面へも向けた細心の配慮が、芥川のテクストには張り巡らされていたのである。この点が、作品の冒頭で言及された「配列」の問題に関わり、またこのテクストが「随筆」ではなく創作として雑誌に発表された理由にもなるのである。

3　芥川の仕掛けたもの――交友録小説と文壇の鳥瞰図

あらためて確認すれば、「あの頃の自分の事」冒頭で語り手は次のように言っていた。「ありのまと云つても事実の配列は必ずしもありのまゝではない」。この言葉に導かれて作品の構成を眺めなおしてみると、それがあまりに整然としていることに気づく。物語の基本となるストーリーは「十一月の或晴れた朝」から始まり「あくる日」で終わる『新思潮』同人たちの交友模様であるが、これが奇数章に順を追って配置されている。対して偶数章には、浮世絵やストリンドベリに対する「自分」の考え、成瀬を聞き手にしての純文学科批判の開陳、そして菊池への手紙が配されている。つまり、作品は〈あの頃の自分たちのこと〉を日付を追って連続的に語る奇数章に、自己の思想・手紙など日付をぼかした偶数章が寸断する形で挿入される形で構成されているのである。しかも、さらにこの構成に重ねて、奇数章には友人たちとの議論というかたちで、一章田山花袋、三章武者小路実篤、五章谷崎潤一郎と、作家評が振り分けて配分されている。「随筆」から創作へと構想を展開して進展させていく過程で芥川が行なったのは、こうした入れ子細工のような緻密なテクストの再設計だった。かつては吉田精一のように単なる回想に準ずる作品として捉えられていた「あの頃の自分の事」には、以上のように、菊池への慇懃な挨拶、夏目筆子をめぐる久米と松岡の相克への配慮[15]、現在文壇的には目立たぬ成瀬正一をも主要な同人として加えてみせる気配り、そして同時代文壇の自然主義、唯美主義、人道主義という三派への批評の挿入など、過積載になりかねないほどの要素が組み込まれていたのである。

なぜこれほどまでの配慮を芥川は行なったのか。先行研究が指摘してきた執筆のモチーフだけからでは、その理由は十分に説明できないようだ。ここで参照したいのは菊池寛の「無名作家の日記」を論じた前田潤の論考である。

> 作家が様々な形で「日常」を公表してゆくことは、作家周辺の錯綜とした人間関係、つまり「文士」達の「交友」の諸相を浮上させてゆくことに繋がる。同人誌グループの境界を超えて幾重にも重なり合うそうした「人」の繋がりは、常に変貌し続けながらも徐々に露呈され、やがては総体として大正期「文壇」の輪郭を映し出す。〔…〕一方、「文壇」に繋がれてあることが、職業作家としての存在を保証するという状況の中では、自らを語る行為に加えて、「文壇」所属の「友」を論じ、「友」を書くことが、書き手の立脚地をより強固なものとする意味を持つ。それは、「友」に論じられ書かれることで、「文壇」における認知の度合いが高まるという事情と相俟って、書き手達の相互言及を活性化する。[16]

ここでは、文壇交友録小説が隆盛を見せたことについての、小説技法上の潮流や文壇内部での流行の視点からではない説明が提示されている。すなわち、文壇交友録はそれが書き継がれていく効果として、〈文壇〉という集団の見取り図をメディア上に、そして読者たちの脳裏に描き込んでいくという利点をもっていたのである。そのために、その〈文壇〉に自らが所属しているのだということを示すための証拠として、他の文壇構成員である知人・友人との交友関係が繰り返し提示されていく。「あの頃の自分の事」も、大学での学生生活、帝劇での演奏会、久米の下宿、松岡の下宿、というように第四次『新思潮』同人たちの交友ぶりがスナップショットのように散りばめられているが、こうした作家たちの〈私的領域〉の描出は、それ自体「文学青年向き」（吉田精一）の興味を引く効果があるが、実はそれには文学空間のなかで遂行的に果たしていく別の効果があったのである。芥川の示したさまざまな方面への配慮は、こうした文壇政治的でありかつ経済的な利益を当て込んでいたものと推定できる。しかも「あの頃の自分の事」に関していえば、芥川がとった方法は、前田の指摘するような「「人」の繋がり」の描写が積み重なって次第に「文壇」の姿が浮かび上がる、というような間接的なものではなく、もっと露骨なまでに直接的なものだったともいえる。

「友達は皆あの頃で、御自分さまだけは此頃だ」。これは、松岡譲によって紹介された佐藤春夫によるとされる「あの頃の自分の事」評である[17]。実際、作中の語り手は「自分はこれを書いてゐる今でも」（二七頁）「今になつて公平に考へれば」（一二〇頁）「僭越のやうな気が今でもする」（一二三頁）などと、これを語っている現在時の思想を自由に挿入する。補足的にいえば、「あの頃の自分の事」は菊池、久米、花袋、谷崎などすべて実名で登場するため、語り手の「自分」はひとまず「芥川」として読解してよいと読者は考える仕掛けになっている。松岡譲はこれをつかまえて、自分だけが先に進んだ時間から過去を振り返って批評、裁断するやり口を「一寸油断も出来ない」と述べているが、実は「油断も出来ない」のは、こうした友人を描写する際の不公平さだけではない。テクストはさらなる仕掛けを織り込んでいた。「あの頃の自分の事」は、芥川が同じ年の一二月に発表した文壇時評「大正八年度の文芸界」[18]との構成上の類似性をもっているのである。

この評論は、「二　自然主義の諸作家」「三　唯美主義の諸作家」「四　人道主義並にその以後の諸作家」とし、文壇を既成の三派に分かった後、新しい次の世代の作家たちを、「「真」と「美」と「善」との三つの理想を調和しやうとしてゐる」存在としてクローズアップする文壇鳥瞰図である。既成三派の代表者としては、「往年自然主義の指揮者だつた田山花袋氏」、「この主義の作家として、鬼才の名を擅にする谷崎潤一郎氏」、「この新運動を率ゐて立つた」武者小路実篤が名指しされており、次世代作家としては有島武郎、里見弴、広津和郎、葛西善蔵と並べて、「新赤門派」菊池、久米の名前を挙げている。芥川自身の名は出てこないが、これは当然「新赤門派」のなかに読者たちが芥川龍之介を含めることを見越しての謙遜を込めた省略だろう。と見てくれれば、「あの頃の自分の事」がこの文壇鳥瞰図をそのままに引き写した構図となっていることはあきらかである。もちろん、実際の発表順としては「あの頃の自分の事」のあとに「大正八年度の文芸界」が来るわけだが、評論において芥川は「両三年以前になつて、又ぞろ一団の新進作家が〔…〕」と、新傾向の登場する時期をここ二、三年のこととしていることを考えれば、見取り図そのものは「あの頃の自分の事」執筆の時点で芥川の脳裏にはあったと推定してほぼ誤りはないだろう。こうして考えれば、「自分はアスファルトの往来に立つた儘、どつちへ行かうかなと考へた」という「あの頃の自分の事」末尾の一文は、既成三派の理想のなかで行き迷うあの頃の自分、そしてそれを「調和」しようとしつつある執筆時の自分を暗に示した一文として読解できるのである。

4 〈閉じた文壇〉論と私小説論

芥川の「あの頃の自分の事」という興味深い作品を通して見えてくる大正半ばの文学史的風景を、ここでいったんまとめておこう。

芥川にしろ菊池にしろ、それぞれに作家個人の創作モチーフやテーマがあったのはもちろんだが、それだけを見ていたのでは、大正期の文学という領域の動態は見えてこない。文壇交友録小説は、やはり登場人物を実在の人物（多くは作家）に同定して読もうとする、モデルに対する関心と切り離しては考えられないし、だからこそ各々の作家たちのさまざま作品同士を連関させて読む面白さも現われる。そしてその背後には、生田春月が「自然主義の崇り」と述べたところの、〈現実〉と照らし合わせて読む読書慣習がより基底的・長期的なレベルの変化として存在していた。大正期に広がりを見せた文壇交友録小説は、それに隣接して短期的に流行した回想記や告白小説と連動しながら隆盛を見せたのだ。

ここで重要なのは、こうした変化を当時の作家・批評家たちが意識していなかったり、あるいは意識していてもあえて記述したりはしなかったレベルまで含めて考察することである。二つの研究者の指摘を導入しておこう。

一つは、すでに引用した前田潤の考察である。前田は、文壇交友録小説がその遂行的な効果として果たすことになる「認知の度合いを高」める効果、そして「総体として大正期「文壇」の輪郭を映し出す」効果を指摘していた。つまり、文壇交友録小説は作家個人のモチーフはともかく、それを書くこと、書き合うことが文壇的地位を確認し合い、補強し合う現実的なメリットをもたらす営為だったということである。

もう一つは山本芳明『文学者はつくられる』(注(8))が行なった考察である。山本は「大正八年度の文芸界」などを取り上げつつ、芥川をふくめた同時代の多くの作家たちが見落としていた変化を指摘する。要約すると、それは以下のようになる。江口渙、芥川、宮島新三郎、久米正雄、田山花袋らの評論が描き出した構図には、ある文壇の変化が見落とされていた。それは柴田勝衛、太田善男など、当時文壇の外部にいた人々の指摘から、知ることができる。変化とはすなわち、(1)作家たちにとって、「需要過剰」の安定した市場が形成されたこと、(2)「既成の作家が未成の作家に向つて書き、未成の作家が既成の作家を鑑賞し、享受する」という自給自足の経済圏が成立したこと、の二点である。[19]

山本の指摘する二点は、この時代の文壇作家たちの振舞いと経済的基盤を考える上で見過ごすことはできない。とりわけ、芥川らの見なかったもの、抑圧したものについての指摘は重要だ。山本は、芥川が「彼の考える文学のあり方、彼自身のアイデンティティを確立するために、メディアに関わる情報を排除し抑圧してしまった」(一三一頁)という。そして同様のまとめを行なった宮島・久米・花袋らの存在を考えれば、それは「芥川の個人的な次元に止まる問題でないことは明らか」であり、「この排除によって、彼らは自分たちの世界の境界を定め、同時代の社会から独立した文壇という〈領域〉を設定しようとしたのではあるまいか」(同前)と推定する。

実はこうした指摘は先の前田潤も別の角度から行なっていた。「だが、「友」が「友」を、書き手が新しい書き手を呼び寄せる形で膨張し続けるかに見える「文壇」の裏面では、作家を「商品」として広く流通する「記号」となすことが第一命題となるメディアの制約を受けて、「作家」としての出発と生き残りを賭けた書き手達が、メディアの戦略をそのままに体現化する「文壇」主流への迎合を余儀なくされて、結果として「文学」の狭隘化に加担してゆくという事態が進行してもいたのである」（五一〜五二頁）。山本がメディアの変化への抑圧から推定した文壇という閉域の設定を、前田は文壇交友録小説を分析しながら文壇の主流への迎合が文学の狭隘化をもたらしたと述べる。ニュアンスは多少異なるが、いずれも大正の文壇および文学が、文壇の主流と目される領域を中心に閉じてゆく事態を指摘したものとして理解していいだろう。

両者の見解を総合して敷衍すれば、文壇が同時代の社会から自律性をもつものとして想定されるようになった時代において、文壇交友録小説はその狭い集団の内側から、集団の構成員と輪郭をなぞりつつ補強する役割をもったといえるだろう。本書の問題意識に引きつけていえば、大正期の文壇交友録小説は、作家の〈私的領域〉を描き出す行為を通じて、作家たちが生きる文壇という領域を読者たちの前に現前させ続けたといいなおせるだろう。この意味で作家の〈私的領域〉は、同時に「文壇」という〈公的領域〉の構成要素としてあったのだ。

だが、「文壇」は本当に閉じていたのだろうか？

前田潤が指摘した文壇交友録の相互言及がもたらす効果や、山本芳明が論じた作家たちが彼ら自身の考える文学（者）のアイデンティティを確立するために非‐文学的な要素を排除していったようすは、その側面だけをとれば正しいように私にも思われる。だがもし仮に、こうした指摘を拡大して、大正期の「文壇」そのものが閉域として成立していったという議論を行なうとすれば、それは誤りである。

「文壇」という閉域の成立という議論は、〈私的領域〉の描出にかかわる文脈で、実はこれまでにも繰り返し語られてきた。「私小説論」の文脈である。なぜ日本に作家が自分自身のこと（のみ）を描いてそれが芸術作品と受け取られるような形態の小説が形成されたのか。この問いに対する著名な答えの一つとして、伊藤整は社会的に孤立する「文壇」の形成という発想を提出した。

〔徳田〕秋声のような作品が成立したのは、日本の現実社会と融和し交渉し共感することを拒む思考者の狭い一群の中であった。文壇の中においてであった。〔…登場人物が作者だという〕推定がすぐに出来、秋声の過去について、恋愛について、生活の様式について、性質についての予備知識を、同じように社会から背いた一群の特殊人と、その中に加わることを志願する次の代の一群の若者たちは、十分に持っていた。そこに、書く方もまた、実社会の生活人に縁のない自分の読者への本能的な予期が働き、それに隆昌期の日本に残る封建思想を根とする功利的な社会人に読まれる気おくれや警戒もあって、また作者の日本人らしいものぐさや、無用なものを除くというタウトの指摘した潔癖さも伴って、結果としては、主人公を一つの符牒的なものとしてしか描かないという習慣を生んだ。[20]

前田・山本両者の論考、とりわけ山本の考察は、文学の歴史の分析に出版資本とメディアの動向を導入した点において大きな成果をもたらしたものと考えるが、文壇の独立性・自律性に関する議論の部分を取り出して考えた場合、「私小説」の誕生・発展史に関する伊藤整の「文壇ギルド」論を裏書きして補強してしまう効果をもつ(21)。

私がこの〈閉じた文壇〉論にこだわりたいのは、こうした「私小説論」の文脈があるからである。この図式は、果たして本当に正しいのだろうか？　作家たちは閉じた文壇にだけ向かって書いていたのだろうか？　文壇は閉域だったのだろうか？　たしかに、交友録小説の相互言及は、ある狭い人間関係の様相を浮き彫りにする。またそれを読み解き、享受し、かつ参入したいと望む予備軍の青年たちも存在しただろう。しかし、この後見ていくように、まさに〈私的領域〉の描出というその一点においてすら、文壇は、大正期の「純文学」は、閉じていないように思われるのだ。

5　〈通俗〉への通路をさぐる

具体的には章を改めて詳述するが、議論の要点は次のようになる。

そもそも文壇交友録が成り立つにはさまざまな要素が必要である。小説テクスト、作家という偶像＝商品、メディアの雑報欄、現実を参照する読書慣習。実はこれらの多くは、同じ大正の半ばごろから興隆しはじめた女性雑誌・大衆雑誌がそのいくつかを共有する要素である。たとえば、いま述べた要素を、次のように言い換えてみればどうか。通俗小説、スター（映画・スポーツ・文豪など）、ゴシップ・ジャーナリズム、窃視の欲望――。つまり、文壇人がいかに閉じたものとして自己規定しようが、彼らが利用する装置は、つねに／すでに、通俗メディアの装置と多くの部分で重なっていたのではないか。

もう一つ、作家という偶像＝商品についても掘り下げるべきだろう。前田潤が指摘したように、文壇交友録小説（「私小説」も含めよう）は、『文章倶楽部』に代表されるような文学青年向け雑誌や新聞文芸欄などが運んだ作家情報とあいまって、文壇の見取り図と作家個人の人となりを浮かび上がらせていく。人気作家は、その風貌が雑誌巻頭に挿画写真として掲げられ、ゴシップが報道され、談話が取られ、創作のみならず近況雑記すらが大きな扱いとなる。まさに作家の〈私的領域〉が積極的な商品となる時代といえるだろう。

ここで注意したいのは、メディアが、そして場合によって作家自身がみずからや仲間の作家を語っていくときの手段の一つとして、ある種の通時的なパースペクティヴを利用する語り口がありえたということである。文壇交友録の描き出す文壇の見取り図といえば、通常は共時的な、平面図としての文壇配置図が目に浮かぶ。もちろん、そうしたことも多いのだが、実はそれだけでなく通時的な系譜図もまた援用されていたことを忘れてはならない。

本章で分析した芥川龍之介の「あの頃の自分の事」はまさにそれを行なっているテクストである。作品にはたんに田山花袋＝自然主義（第一章）、武者小路実篤＝白樺派（第三章）、谷崎潤一郎＝耽美派（第五章）が割り振られていただけではない。作品中には「御自分さまだけは此頃」（佐藤春夫）であるところの芥川の視点が確保され、そこから田山花袋は「何しろ時代が時代だつたからね」、武者小路は「文壇の天窓を開け放って、爽な空気を入れた」、谷崎は「余りに享楽的な余裕があり過ぎた」というように、流派の交代が下敷きにされ、かつその先にそれらを調停していく自分たちのあり方が、空白の現在としてほのめかされているのである。つまりこれは、戦略的に文学史的系譜図を小説内に織り込んでいく正統化の手法といえるのだ。

文壇交友録小説の描く世界は、たしかに狭い。しかしそれが遂行的に果たした役割や、あるいはそれを支えた仕組みを考えていくとき、小説の見かけの狭さはたんなる物語内容に対しての評価でしかないといえるだろう。大正期文壇交友録小説の描いた〈私的領域〉は、文壇という〈公的領域〉の描出と再生産につながっている。そしてそれはおそらく、さらに向こうの、〈通俗〉の世界にもつながっている。続く第四、五章では、文壇と〈通俗〉の回路に目をこらしつつ、昭和戦前期へ連なる文学史的展開を見ていこう。

第4章　破船事件と実話・ゴシップの時代——漱石山脈の争乱II

1　〈芸術〉か〈通俗〉か

久米正雄は、漱石の長女筆子に対する大失恋の顚末を長篇小説にして発表している。作家としての彼を代表する作の一つとなったこの作品について、久米は後に振り返ってこう述べている。

　余り素材が知れ渡つてゐる為めに、人々は、読まなくても此の作品が分つてゐるやうな顔をしてくれます。然し、公平にこの作品を読んで下すつた読者は、改めてこの作品のゴシップ的価値以外に、真価を認めて下さるやうであります。少くとも個々の情景の描写や、行文の流麗さだけでも、認めてくれること丶思ひます。〔…〕

　殊に今になつて見ますれば、この篇中の、勝見漾石氏の臨終を描いた場面などは、幾分かの文学史的価値をさへ備へてゐはしないかと自惚れてゐます。(1)

この小説「破船」（一九二二年）は漱石の娘をめぐる若手門人たちの三角関係を描いた作品として、

かなりの話題作となった。久米は、自作の文学的価値を強調するために、それまでに受けた否定的な評価や読者の先入観に言及して打ち消そうとしている。だが、どのように否定しようとも、久米のこの作品は、明らかに「ゴシップ的価値」と切っても切れない作品だった。ただそれを久米当人の責任にのみ帰せられないところがあり、そこに本章における私の課題もある。

本章では破船事件を素材としながら、久米が否定しようとした「ゴシップ的価値」こそが、この時代の焦点であったことを論じる。三角関係の当事者、久米正雄と松岡譲の競作のようなかたちになったこの事件はそれ自体好奇心をそそるが、それ以上に大正後半から昭和戦前期にかけての〈芸術〉と〈通俗〉の問題を再考する上で格好の題材を提供してくれる。それは大正文壇が純文学系作家たちを中心に閉域化していくという把握の当否や、大正から昭和戦前期にかけて進行する〈私的領域〉の商品化の問題へもつながっていくように思われる。〈事実〉を語るための形式が、そのとき一つの課題として浮き上がるだろう。

破船事件の顚末をまずふり返っておこう。一九一四年末ごろから漱石山房へ出入りをはじめていた久米正雄は、一九一六年一二月の漱石の死以後、男手が足りず不便を感じていた夏目家のため、親友の松岡譲とともにさまざまな用足しなどを手伝うようになる。漱石の長女筆子とは、こうして同家に頻繁に出入りしていた時期に、親しい間柄になっていったらしい。筆子の気持ちを疑わなかった久米は、夫人の鏡子に結婚の許諾を願い出る。この願いは、久米のしばらくの自重と勉強を条件にいったん聞き入れられたようにみえた。しかし兄弟子たちの強硬な反対に加え、当の筆子との関係自体に暗雲が立ちこめ始める。松岡と筆子の仲が接近しはじめたのである。しかもこのころ、久米は夏目家に起こった小さなトラブル――ある男性が筆子宛にしつこく恋文を送った――を題材にして、それを勝手に「一挿話」という作品に仕立てて発表してしまった（『新潮』一九一七年一一月）。作中には、あたかも久米が筆子の許嫁であるかのように書かれていたため、これも鏡子の怒りを買う。こうした軽はずみな行動が筆子と鏡子の不審と不興を深め、最終的に久米は鏡子から縁談の白紙撤回を言い渡される。これが一九一七年一〇月ごろ、松岡が筆子と結婚したのは翌年四月だった。

久米はこの失恋をみずからの過失としてではなく、親友松岡による恋人の略奪として理解した。長篇「破船」ならびにその他の彼が書きまくった短篇群において、久米は松岡を一貫して裏切り者の強烈なイメージで覆いつくした。

ただこう書くと久米は感情にまかせて作品を書きなぐっていたかのようであるが、実はそうでもないようだ。失恋小説を矢継ぎ早に発表していく過程は、そのまま久米が文壇で地歩を固めていくプロセスでもある。このとき久米は、ある戦略をもってこれらの作品を書き分けていたと考えられるのである。前田愛が端的に表現するように、彼は「失恋事件そのものは通俗小説の形式で表現し、その予後は私小説・心境小説の形式で発表」していた。[2] つまり失恋事件を描いた「破船」は「通俗小説」、失恋後の痛みを描いた〈失恋もの〉の諸作品は「芸術小説」ということになる。

だが、この〈通俗〉と〈芸術〉の切り分け自体が問題である。「破船」を「可成厳正な芸術小説のつもり」であるといいながら、「それさへ書いてしまへば生活は安定」とそれを収入のための仕事であるかのように言ったり、[3] かと思えば、私小説論議のなかでは「私小説」を「散文芸術の、真の意味での根本」と主張するなど、[4] 久米には「通俗小説」と「芸術小説」をめぐるややわかりにくい発言が断続して存在する。久米の通俗文学に対する意識を分析した工藤哲夫は「一方で通俗小説を書くことの自己弁護をし、他方で、自らの本領は純文学にありということをにおわせるということである。この二つは表裏一体となっている[5]」と指摘する。しかもここに先のゴシップの問題も絡んでくるならば、この事態をどう考えればよいだろうか。

冒頭の久米の引用がいうとおり、「破船」は当時の一般的な「通俗小説」ではなかった。この問題は、「通俗小説」とは何か、「芸術小説」とは何か、という本質を問いつめる問題構成や、はじめから境界の画定をめざすような発想の仕方ではおそらく捉えられない。そうではなく、「芸術小説」としての「私小説」でありながら、かつ「通俗小説」でもありえてしまったその状況をこそ考える必要があるのではないのか。

2　久米正雄「破船」の戦略

「破船」は『主婦之友』に一九二二（大正一一）年一月～一二月、全一四回にわたって連載され、前編が一九二二年七月に、後編が一九二三年二月に新潮社から刊行されている。「敗者」や「夢現」といった久米の失恋のその後を描いた作品が、それぞれ『中央公論』『改造』（いずれも一九一八年一二月）という総合誌に発表されているのに対し、「破船」は『主婦之友』という婦人雑誌に掲載された。両者の書きぶりに違いはあるのだろうか。いくつかの角度から考えてみたい。

まず、物語の範囲である。先にも述べたように、「破船」が漱石の死から恋の破局までを扱っているのに対し、「敗者」など〈失恋もの〉は恋の破局以後を描いている。また「破船」全一四章のうち、実に五章までが漱石の死の物語によって占められているのも重要な特徴だろう。山岸郁子は、こうした特徴をふまえ、「この物語の中心は愛の喪失などではなく、漱石山房といったミニマム文壇の一シーン、ただそれだけといってもよいくらいなのだ[6]」と評するが、では、久米の「破船」は文壇小説＝芸術小説なのだろうか。そうではないだろう。のちに見るように、「破船」は文壇の外部にいるはずの読者たちからも、幅広い支持を受けた。その理由を、内部と外部二つの観点から探ってみたい。

内部から考えよう。久米の一連の〈失恋もの〉から「敗者」を取り上げて比較してみる。この作品は、文士たちの映画鑑賞会に出かけた「私」が遭遇した事件を描いた物語だが、「破船」と比較しても文体・表現の面における硬さ——すなわちリテラシー面での想定読者のレベル——はさほど変わらない印象である。どちらも、比較的平易な文体で語られ、語彙にも極端な差はない。時制に関しては「破船」が過去から未来へと流れる直線的で単純な時間を描き出しているのに対し、「敗者」はいわゆる錯時法——語りが現在と過去を往還する——を複数折り込み、やや複雑な展開を見せる。一方、何を主眼に語っていくかという物語内容の焦点に関しては、はっきりした違いが見てとれる。「破船」は物語の筋立ての面白さそのものを目指しており、総体として得恋と失恋のラブストーリーの起伏を描き出す。これに対し「敗者」は恋敵に出くわした「私」の心理展開の複雑さを詳細に描出し、屈辱と敗北感の機微を書き込もうとしている。

人称に注目すれば、「敗者」など〈失恋もの〉の系列は一人称であることが圧倒的に多く、これに対し「破船」は三人称である。おそらく「破船」においてはストーリーや人間関係の葛藤を読者に追わせたいという意図があり、一人称で描いた場合に不可避的に附随する回想機能をはずした形で事件を提示したかったのではないかと考えられる。ただし三人称といっても、のちに見るように読者たちが主人公小野を久米と同定することは非常に容易であり、かつ語りのパースペクティヴが小野に内的固定焦点化されているため、これは実質的な一人称語りになっていたといってよい(7)。

以上から考えて、久米が失恋事件を描き分けるに際してとった戦略とは、基本的には、〈芸術〉小説側に心理描写の複雑さを、〈通俗〉小説側に恋愛を中心とする筋立ての面白さを配するというものであったといえるだろう。この点は、同時期の通俗小説が、ほとんど恋愛関係の行方をその駆動力の源としていたことから考えて、当然の選択だ(8)。ただしいずれの側においても、語りの戦略の点から見れば、彼のテクストは作者が自身の体験をみずから語るという仕掛けを手放してはいない。

さて、『主婦之友』一九二二年二月一五日号には、「『破船』に対する愛読者の反響」という欄が設けてある。「反響」に特徴的なのは、ほとんどの読者の反応しているポイントが、この小説の「モデル小説」的な側面であることだろう。「破船」の読者たちが感じていたこの小説の面白さは、作品の内部的な要素よりもむしろ、圧倒的に外部的な要素にあったらしい。「大体を知つてゐるだけに、尚更ひし〳〵と身にしみて、一行〳〵感動せずにはゐられませんでした。今後の周囲の詳細が早く〳〵知りたうございます」（摂津　文子）。「久米氏の周囲を知つてゐるものには、その自叙伝的の面白さが深い。〔…〕小野（久米）や柳井（芥川）や杉浦（松岡）は、実際その人物が髣髴と

『主婦之友』新年号予告の作者写真（1921年12月）

『破船』の挿絵（部分）（『主婦之友』1922年２月）

してくる」（東京　夢郎）。ちなみにいえば、『主婦之友』初出の挿絵は、明らかに主人公小野を久米正雄に似せており、連載は読者たちの同定作業を前提として

いた（右図参照）。

とりわけ目立つのは、漱石への関心の深さである。「今度の漱石先生の臨終のところなんか、私涙なしには読まれませんでした」（名古屋　吉田綾子）。「漱石先生の御臨終！　私は次号が待遠しくて堪りません」（仙台　岩崎花代）。「久米先生の『破船』まあ私はこの題からすつかり気に入つてしまひました。しかもその内容があの崇拝してゐる漱石先生のことなのですもの」（摂津　文子）。

奇妙なことに、他の登場人物は主人公の小野までも役名で呼ばれているのに対し、一人漱石だけが役名の「勝見漾石」ではなく「漱石先生」「夏目さん」と実名で呼ばれている。これが実際の読者たちの記名法のままなのか、編集部による操作なのかは判断がつきかねるが、いずれにせよ、ここから窺えるのは、「破船」の魅力、とりわけその前半部の魅力は、夏目漱石の死という出来事そのものに大きく依存していたということである。

徳田秋声が「芸術の普及範囲を斯くまで開拓したのは、二三のポピユラな作家によつて重になされたことで、それらの題目には紅葉とか、漱石とかいふ大家を数へることができる。紅葉先生は洒落気のある智識階級と都会の子女のあひだに其の犂鋤を下し、漱石先生は学問的な中流の智識階級に汎く玩賞された[9]」と言ったように、大正後半期における漱石の人気と知名度は、他の作家たちから一頭地を抜けていた。そして晩年の漱石を師として仰いだ久米は、「文豪」としての漱石の人気を知悉していたことだろう。

「破船」において久米は、二重の意味で漱石を利用している。一つには、自分自身の文学史的配置図として。もう一つには漱石人気のゴシップ的・のぞき見的利用として。漱石の死を描くということは、当然、その系列に弟子としてつながる自分自身の姿を描くことになる。「破船」は漱石の死という文壇史的な出来事を描き、同時に作者自身の文壇的出自を明らかにするという役割を果たしていたのである。ゴシップ的・のぞき見的利用に関しては、もはや贅言を要しないだろう。「文豪漾石の娘冬子に対する若き作家小野の恋の破局までを自叙伝として描き尽くしてゐると知つただけで最早或種の興味は充分に高調される[10]」のである。

左から久米正雄、松岡譲、芥川龍之介、成瀬正一（『文芸読本　芥川龍之介』河出書房新社、1975年11月）

だが問題は、こうしたゴシップやのぞき見と文学との関係が、漱石だけに限定される問題だったのかどうか、ということである。ここでいったん掲載誌『主婦之友』やそのライバル誌たちのあり方に目を転じておくべきだろう。

3　告白・実話・ゴシップ

大正期に入って拡大を続けた女性向け中等教育は、雑誌の購買者となりうるリテラシーを備えた人々の層を確実に増大させていった。木村涼子の分析に従えば、こうしたリテラシーの普及を基盤としながら、婦人雑誌を購入する経済的余裕と女性の読書に対する社会的許容、都市を中心とした消費生活などが広がることにより、婦人雑誌を購読するという女性の市場行動が拡大していった。中心となったのは、官吏、会社員、教員など給与生活者たちが構成する都市中間層だった。[11]

こうした婦人雑誌は、読者獲得競争の有力な道具として創作欄の充実を図っていた。前田愛「大正後期通俗小説の展開」[12]は、この傾向を具体的に示す指標として、婦人雑誌が作家たちに支払った原稿料が騰貴してゆくありさまを記述している。また青野季吉は一九二五年の評論で「文学が青年社会の手から成人社会の手に移つた」と観察し、しかもその変移の顕著な部分は女性読者の動向にあると指摘した。[13]「文学は最早や、女学生の机の下に秘められる文学でも、文学少女の懐に温められる文学でもなくなつて、一般家庭の婦人、一般社会の女性の文学となつてゐる」。

創作欄はそれ単独で存在していたわけではない。それぞれの記事、欄は単独でも読まれうるが、一号の雑誌は総体としてゆるやかに、ときに緊密に連関性をもって編むのが編集側の意識だろう。こういう視点から大正末年ごろの『主婦之友』の誌面に立ち返ったとき、目につくのは、飽くことなく繰り返し掲載される「告白」記事である。[14]「破船」の連載第一回が掲載された『主婦之友』一九二二年一月一日の目次を見てみよう。最も目立つ大きなポイントで「中年婦人の恋愛」「男女初恋の思出」「一家のために働く若き婦人の告白」の特集が組まれ、識者による啓蒙記事と読者による匿名の告白記事とで構成される。

告白が前提とするのは、それが「実話」であるということである。告白において「実話」であるとは、語られていることが事実であるということと、語っているのが当人であるということの二つを意味している。これを文体の面で保証していたのが、一人称の語りである。一人称のもつ〈証言〉の効果が利用されているわけである。事実を語ることは、それ自体で一定のインパクトをもつが、その事実にさらなる附加価値――たとえば秘密や恐怖、性、著名性など――が加わった場合、その誌面上での商品価値は倍増するだろう。この後一九三〇年代にかけて『主婦之友』の誌面を通覧していけば、その変遷の歴史は事実をめぐるさまざまな語りのヴァリエーション――告白・実話・ゴシップが徐々に誌面を侵食していく歴史だったともいえる[15]。

実話もの、告白ものでは、「再婚して幸福を得た婦人の経験」（一九二七年三月）、「恐ろしい家に住んだ経験」（同年五月）、「失恋の怨みを蒙つた恐ろしい経験」（同年一〇月）などの課題が懸賞として募集され、それを受けて「（妖怪秘話）恐ろしい家に住んだ実話」（同年七月）などといった特集が組まれる。またゴシップものでは、一九二七年からは石上欣哉による〈女優情史〉のシリーズが一九二九年頃まで連載され、一九三〇年には同じく石上の〈事実物語〉シリーズが続く[16]。これは「天勝恋物語」（一・二月）、「高津慶子涙痕記」（一〇月）など、映画女優を中心とする当時の娯楽産業のスターたちの秘話を物語化したものだった。

強調しておきたいのは、ゴシップと実話への関心は、婦人雑誌にとどまるものではなかったという点である。それはこの後一九三〇年代にかけて、加速度を増していく通俗文化全般の傾向だった。当時の代表的な通俗誌『講談倶楽部』におけるその展開は次章において検討するが、中間層を狙っていた『文芸春秋』でも同じ傾向は見てとれる。この雑誌が六号記事による噂話や内幕話を得意とし、毎号のように「目・耳・口」欄や「政界ゴシップ」、文壇欄、映画欄などで各分野の噂話を報じたり、「銀座」「道頓堀」などの街の欄を設けて当地の情報を載せていたのはよく知られているところだろう。実話ものとしては、一九二八年に「実話」欄が登場し一九三六年頃まで続いている。文芸関係の実話では南部三郎「啄木が召喚された話」（一九三〇年一一月）、早瀬参三「二葉亭の死」（一九三四年六月）、濱崎曲汀「熊本時代の夏目漱石」（同年七月）などもあった。実話についていえば、この他の雑誌に目を転じても、スポーツ誌『アサヒ・スポーツ』までもが一九三三年には小説と並んで「スポーツ実話」の懸賞募集を行なっている[17]。

書籍をみても、「実話」の名を冠する全集だけで次のような書物がずらりと並ぶ。『明治・大正犯罪実話集』（春江堂、一九二九年）、『明治大正実話全集』（平凡社、一九二九〜三〇年）、『世界怪奇実話全集』（中央公論社、一九三〇〜三一年）、『現代教訓実話集』（東洋図書、一九三〇〜三一年）、『世界革命実話全集』（古典社、一九三一年）、『感激実話全集』（金星堂、一九三五〜三六年）、『日本探偵実話全集』（探偵全集刊行会、一九三七〜三八年）。「実話」のおおう領域は、家庭生活から歴史、教訓、革命、犯罪と幅広い。もちろんゴシップに関しては、この時代、映画スターや花形スポーツ選手に高い注目が集まるようになり、関連する書籍や雑誌が多数刊行されていたことは、もはやいちいちあげるまでもないだろう。

競争を激化させた通俗向けの諸メディアが、部数を稼ぐために争って際どい内容を取り込んでいく。そこで人気を博したのが実話とゴシップだった。通常は隠されているスターの、あるいは普通の人々の秘密や性、犯罪、怪異、美談が、曝露され、のぞかれ、告白され、喧伝される。人々ののぞき見と噂話の欲望が、メディアという社会的装置のお墨付きをえて公認されていく。実話であれ、告白であれ、噂話であれ共通するのは、そこで人々の関心の的となっているのが公の空間では語られることのない――もしくはこれまではなかった――他者の〈私的領域〉であるということである。本書ではこれを次のように言い換えよう。ここで大規模に進行していたのは人々の〈私的領域〉の商品化である、と。

もちろん、性も犯罪も以前から存在していたものである。とすれば、ここで起きていたのは、性や犯罪、秘密、怪異、美談、内幕などを遂行的に構築していく語りと伝達の形式の創造および増殖である。告白、ゴシップ、実話記事が行なっていたのは、それが「秘されてきた事実である」と言明することによって秘密を作り出す作業であり、人々の目の前にのぞき穴付きの壁を打ち立てることだったのである。

こう考えたとき、なぜこうした〈事実〉をめぐる告白やゴシップ、実話譚が、物語それもしばしば小説の形式をとる必要があったのかが理解できる。文芸春秋社から一九三三年九月に出た『新文芸思想講座』第一巻には、田中貢太郎による「実話小説」の項目がある。田中は「実話小説」を定義して「現代に起きた事件をなるべく誤らず文学的才能のある者の目を通して興味あるように書かれたもの」とし、次のようにその役割を述べる。

世人が事実のみ知ることを欲してゐるならば、何も小説的体系を備へずとも随筆体なり記録で充分である。しかし、事実のみでは余りに無味乾燥である。これに骨を仕立て肉を附けたならば、通俗小説なり探偵小説などとは異つた興味があるであらうとの想定からヂヤーナリズムが産んだものであらうと考へる。

告白と実話のモードに小説は親和的なのである。それは、事件の経緯をまとまりよく整理してくれ、かつ不可知なはずの究極の〈私的領域〉=内面をも自然なかたちで補塡してくれる。さらに小説という形式の利点は、単に登場人物の内面を語ることができるというだけにとどまらない。小説は、その内面に対置される状況を総合的に構築するし、また内面をのぞきこむ視線(パースペクティヴ)のあり方をも構成する。田中の言う「骨を仕立て肉を附け」る作業とは、こうした小説の保持する形式にあわせ、出来事を整形していく作業をさしていると考えるべきだろう。つまり〝小説化された事実譚〟を読む読者は、事件の概略とその秘密の核心を知るのと同時に、視点人物に同化することを通じて秘密をのぞく姿勢をならうのであり、またその秘密をテクスト内に召喚された「当事者」の声によって聞くことをも得るのである。告白、実話の小説的語りにおいて、秘密は本人か目撃者伝聞者の証言の語りによってなされる。一人称のもつ証言のリアリティがここで威力を発揮する。(18)

さらに付け加えるならば、物語／小説というパッケージによって商品化された〈私的領域〉は、大量に複製され流通する雑誌メディアを通じて読者たちの〈私的領域〉へと流入していくことも忘れてはならない。ハーバーマスは、「文芸的公共性は、今日では、マス・メディアの消費文化的公共性をつうじて小家族的内部空間へ放流される社会的影響力の落下口になる(19)」と述べていた。扇情的なゴシップと事実譚が、秘密ののぞき方をも含めて数十万の読者たちの経験のなかに「落下」していき、そのパースペクティヴに同化するプロセスを通じて彼らはみずからのまなざしをも再成形していくだろう。

久米の「破船」に戻ろう。「破船」の成功が証明して見せたのは、それほど文体や物語の質を落とさずとも（技法や語彙の選択はしている）、通俗小説として成立しうるということである。その背景には読者、特に女性読者たちの質の変化（中等教育の浸透）があったことは見逃せないが、なにより本章では作品の近傍に広がりはじめていた、〈事実〉に価値を置き、人々の〈私的領域〉を商品化していく同時代の通俗メディアの動向と、そこで生み出されていた表象の形式にこそ注意を向けたい。文壇の著名文士たちの交友録や「私小説」を読みたいという欲望と、小説化された映画スターのスキャンダルやスポーツ・エリートの苦心秘話、犯罪者の暴露話を読む欲望とは、異なる部分もむろん多いには違いないが、秘密をのぞき見る悦びというその根幹の部分において共通点があることは間違いない。人の臨終の場面など、窃視の欲望の対象として、最たるものの一つではないのか。文豪夏目漱石の死の床を描いた「破船」は、いくら著者の久米が「幾分かの文学史的価値をさへ備へてゐはしないかと自惚れ」（注（1））たとしても、小説という形式の手助けを受けながらその場をのぞきこんだ読者たちのまなざしは、やはり俗っぽい好奇心の色を多かれ少なかれ帯びずにいられないのである。

それでもなお、一九二二年に発表された久米の「破船」はまだ〈私的領域〉の商品化の大波はかぶらずにいたというべきかもしれない。数年後に同じ事件を書き直すことになる松岡譲の悲劇を見るとき、私はそう思わずにはいられない。

4　松岡譲「憂鬱な愛人」の受難

久米正雄にとって破船事件は、得かけた恋人を親友に奪われた大失恋だった。松岡譲にとってのそれは、成就のための手助けをしていた友人の恋愛を、みずからが原因となって壊した事件ということになる。筆子の心は当初から松岡の側にあったともされるが[20]、いずれにしても、久米の失恋小説が松岡を繰り返し批判的に描いたために、彼には友人の恋人を奪った裏切り者のイメージが固着していく。

松岡はこうした扱いに、「吾れと吾が心に十年の沈黙を誓」い、自重を守った[21]。これは個人としても相当な忍耐がいることだったと想像されるが、被害は家族にまで及んでいた。寺の離れを借りようとしたら「あの人なら悪人だらう」といって断られそうになり、彼の子供が遊んでいたときは近所の新聞記者の細君が「あんな悪党の家の子供なんかと遊んぢやいけない」と睨みながら言って娘の手を引いて家に入ったこともあったという[22]。

「憂鬱な愛人」は、物語の時間の大部分が「破船」と重なる長篇で、第四回までが『婦人倶楽部』（一九二七年一～四月）に、残りが『婦人公論』（一九二七年一〇～二八年一二月）に発表された。一〇年の自重の末に松岡が筆を執った力作である。膨大な字数と驚異的な密度で再構成され語り直されていく事件は、まさに彼の執念の結晶としてある。ここでは作品の内容に細かく立ち入らないが、「破船」が相手の気持ちを忖度して思い乱れ、結局敗れ去る個人の物語であったとすれば、「憂鬱な愛人」の特徴は、敵を排除することによって団結し、合意を形成していく家族の誕生の物語であるといえるだろう。

ただ残念ながら、発表された作品をとりまく現実は、「真実」を伝えたいという松岡の誠実な願いとは異なった方向へ展開した。

『東京朝日新聞』一九二六年一二月一六日に掲載された『婦人倶楽部』新年号の予告は、「十年間待ちに待たれた――／モデル小説出づ」と大きく謳い、著者松岡ではなく筆子夫人の肖像をそこに掲げた。つづけて二月号の広告（『東京朝日新聞』一九二七年一月一八日）では、「満天下熱狂！問題のモデル小説」「一世の文豪夏目漱石先生の令嬢を繞る文学青年の恋！」とあおり、さらに三月号の広告――これは『東京朝日新聞』一九二七年二月一七日では五面の2／3を占める大きなものだが――中央に大きな活字で「今や世を挙げて熱狂大評判！／見よ！大モデル小説『憂鬱な愛人』／漱石氏の臨終愈々迫る！恋！愛嬢筆子さんを繞る人々の面目躍如！松岡譲氏の描筆益々冴ゆ！／◎モデルは誰々？」「出場人物悉く実在の人々」と訴える。

『婦人倶楽部』の販売戦略は徹底しており、掲載が始まった同誌一月号には青木命雄による「大正文壇モデル総まくり」という記事を出し、菊池寛の「友と友との間」のモデル明かしの形をとりつつ破船事件の概略を紹介する。二月号の記事「アンコール」では、「憂鬱な愛人」の好評を述べながら、「空前絶後の大モデル小説は愈々次号より本舞台に入つて参ります。◇丸ビルの婦人は発売数日前から『松岡先生の小説の掲《の》つてゐる婦人倶楽部は未だですか』『憂鬱な愛人は未だですか』ときゝに参りました〔。〕そして発表即日瞬く間に数百部出てしまひました。（丸ビル冨山房小売部主任　野村卓）◇松岡さんの評判な作が発表されたので、女学生は勿論男子の学生間にも沸き返るやうな人気で　発売日には学生が店頭に殺倒する有様でした（神田三省堂小売部主任　天童頼太郎）」と、熱狂する読者たちのようすを誌面で伝える。『婦人倶楽部』編集者福山秀賢は、松岡宛の書簡で次のように述べている。「あの場合、圧倒的な人気、絶対の声価をかち得ますには、単に作品の広告にとゞまらず、所謂『結婚縁起』を基礎としたところのニュースを、社会に報道し、それによつて、人心を十年の前に引戻し、従つて、作品が十年の苦練と忍耐を母胎として生まれ出でしことを証明したかつたが為です」[23]。

松岡は、ついにこうした編集部の姿勢に我慢がならなくなった。

　新聞に出る広告の文句が、露骨で、扇情的なので、もう少し手加減してほしいとお願いしたが、なかなか聞きいれられなかった。私は始めから、自分の結婚問題に取材はするが、あくまで実話ではなく、文学的作品として書くつもりだとお話ししてあったので、そのつもりでいたところ、広告には、徹底的なモデル小説扱いです。そのために、十年前のことを、もう一度掘り返されるようなことになり、私はともかく、家内など、随分辛い思いをしたようです。[24]

作者と編集部は妥協点を探ったが結局決裂し、『婦人倶楽部』での連載はついに四月号までで休載ということになった。

扇情化の一途をたどる婦人雑誌に批判の目を向けたのは、当事者である松岡だけではなかった。野口米次郎は「婦人雑誌を□〔焼？〕いて仕舞へ」（『改造』一九二七年三月）という激烈な一文を書いて、その低劣ぶりを罵倒した。彼はもっとも不愉快な例として「憂鬱な愛人」をめぐる『婦人倶楽部』の広告戦略に言及し、「すべての婦人雑誌は三面記事的興味を中心として編輯されている」と断罪した。

関口安義は『評伝　松岡譲』（二一四頁）で福山の回想[25]に従いながら次のようにいう。「この事件は今日なら何も目くじらを立てるほどのこともなく、むしろ雑誌社側の肩入れの証左として、作家側も歓迎すべきことなのかも知れない。が、時代はこのような宣伝方法を受けつけない面があった」。私は、そうではないと考える。受けつけなかったのは「時代」ではない。なぜならここまで確認してきたとおり、「憂鬱な愛人」の時代はゴシップと実話を望んだ扇情的ジャーナリズムの時代だったからである。受けつけなかったのは作家松岡だったのであり、彼の悲劇はこの時代に小説の純粋性を信じてしまったところに胚胎した。

5　加速する大衆文化時代

松岡は「憂鬱な愛人」を振り返ってこう言う。「自伝的であるから、この小説は所謂私小説だ。〔…〕とにかく小説に於ける主人公は、特に象徴的な意味に於いて、正しくさう描かれて居れば、必ず何等かの共感を呼びおこす事だと思ふ。これは一個人であつてついに一同〔個?〕人であり得ない事、社会に実在する一個人が、一個人でありながらついに到底単なる一個人であり得ないのと同様だ。私小説は多くの私たちの小説であるに違ひない」[26]。

たしかに私小説に描かれた「一個人」に共感し、自分自身のこととして受け止め、それを「多くの私たちの小説」にしていく読者たちもいただろう。だが、同時に小説はすでに――あるいはそもそも――彼が期待したような読者との共感の構造のみで成り立つジャンルではなかった。

> あなたの作品が芸術品であつても無くてもそんなことはどうでもよい。私共の興味はあなたの取扱つた恋愛談にある、いな女主人公の夏目氏令嬢にある。あなたにお気の毒だが、この小説を私共は松岡譲先生の小説では面白くない……「文豪の娘の結婚に関する事実小説」といふ筋一つに価値がある。本来ならば写真を出すにしても、あなたの肖像を出さねばならないかも知れないがそれでは私共の方に都合が悪い、どうか夏目令嬢の写真を自由に使はして貰ひたい。私共にあなたの小説を芸術品として批判する力はないが、あなたの作に新聞の三面記事的興味

が多分にある　　　　　　　　　　　　　　　　　　　　　　　（六六頁）

引用は前掲した野口米次郎の婦人雑誌批判の一節で、野口が出版社の意図を代弁してみせたものである。ゴシップ・ジャーナリズムの欲望は、まさに野口がこう成り代わって説いてみせるようなものだったろう。このことに盲目だった松岡は、みずからの真摯な記述が、貪欲で扇情的なメディアの餌食になることに無防備であったといわざるをえない。彼の「憂鬱な愛人」は久米の「破船」よりもさらに〈芸術〉小説的な文体と思弁性をもつが、にもかかわらずそれは「満天下熱狂」の「問題のモデル小説」として売られてしまったのである。彼の沈黙の一〇年はジャーナリズムに煽られた人々の好奇の目と無責任な反感に耐えた一〇年であったはずであり、被害者であった彼こそがそれを知悉していたはずだとも思える。しかし、ジャーナリズムの俗化の加速度は、彼の予想を上回ってしまっていたのだろう。

次章で見るように、この後モデル小説は小説家やその近辺の者たちのみならず、映画俳優・女優や有名スポーツ選手たちをターゲットにしながら、ますます扇情的な色彩を強めていく。〈私的領域〉の商品化の観点からみたとき、〈芸術〉小説と〈通俗〉小説の垣根はいともたやすく乗り越えられていく。一篇の小説は描く対象や、選択された文体、そして読む人々の関心のあり方により、それはある時には実話小説と呼ばれ、ある時にはモデル小説と呼ばれ、ある時には私小説・心境小説と呼ばれる。それだけのことだと考えた方が、むしろ事態を正確に捉えるだろう。

第5章　のぞき見する大衆——『講談倶楽部』の昭和戦前期スポーツ選手モデル小説

1　問題のモデル小説

一九三〇年ごろ、大衆雑誌『講談倶楽部』に掲載された一連のモデル小説は、文士でも政治家でも作家の知り合いでもなく、どういうわけか、スポーツ選手をモデルとしていた。

問題のモデル小説いよ〳〵発表！
▲傷《きず》つける人魚（近藤経一）
世界的に有名な某スポーツ選手と、東京一のダンサー姉妹と、魔の様な魅力をもつ有閑婦人をめぐる哀しく悩ましき愛の葛藤を描いた長篇大傑作

引用は『講談倶楽部』一九三〇年一〇月号の広告である。(1) 発表する以前から「問題の」と謳っており、スキャンダリズムの匂いが濃厚に漂う。「傷ける人魚」なる作品は、発表以前から騒動を予告されたモデル小説としてあるらしい。そしてその「問題」性を支えているのは、「世界的に有名

な某スポーツ選手」「東京一のダンサー姉妹」「魔の様な魅力をもつ有閑婦人」という登場人物たちの属性の取り合わせであるようだ。

『講談倶楽部』のスポーツ選手モデル小説は、「傷ける人魚」のほかにもこの時期に数作掲載されている。登場人物の属性によって主に読者に訴えようとするこれらの作品は、ここまでの章で検討した内田魯庵や島崎藤村、大正期の交友録小説のような純文学寄りのモデル小説とまったく異なるものなのだろうか。また異なるにせよ、通底するにせよ、芸術指向とは遠いところにあったはずの『講談倶楽部』が、いったいなぜこうした企画を連続して打ち出したのだろうか。そこに登場した――正確にはさせられた、というべきだろう――スポーツ選手たちは、なにゆえに誌面に呼び出され、どのように描かれたのだろうか。そしてこのモデル小説を取り巻く状況の分析から、いかなる一九三〇年前後の大衆文化のあり方が見えてくるだろうか。

2　水泳選手の受難――近藤経一の「傷ける人魚」

近藤経一作の「傷ける人魚」は『講談倶楽部』に一九三〇年一〇月から一二月にかけて連載された。あらすじは次の通りである。

世界的な水泳選手三村龍彦は、プールで美しい姉妹、西田明子《はるこ》、陽子に会う。当初、姉明子に魅かれ交際を始めた三村だったが、ふとした会話の行き違いから明子と疎遠になり、妹陽子と接近していく。明子は別の男性と結婚の話が進み、陽子は三村と婚約するまでにいたる。パリ・オリンピックでも八〇〇メートル自由形で優勝した三村だったが、その帰朝の祝賀会をきっかけに、彼は一人の妖艶な女性から強烈なアプローチを受ける。「美しき毒蛇《コブラ》」・結城志摩子の魅力から逃れられず密会を続けた三村は、陽子に避けられ、ついに新聞にまでもそのゴシップを報道されてしまう。絶望した三村は志摩子に誘われるまま上海へと逃げ落ちる。しかし上海では、別の男性へと向かった志摩子にも捨てられ、三村はどん底の生活を送る。そこへ水泳部の親友、延原が日本から窮状を救うべく現われ、その説得により三村は再起を決意する。一方、西田姉妹も実父の会社が破産し、双方の縁談も破れて零落した生活を送っていたが、二人は自立した新生活を営むべく「東京屈指の大舞踏場メトロポリタン」のダンサーになる。

広告に予告された「世界的に有名な某スポーツ選手」とは、この水泳選手「三村龍彦」をさしていた。作中の描写から、より詳細な彼のプロフィールをたどってみよう。

> 中学五年の時、彼が得意の八百でつくつた記録は、世界の水泳界の檜舞台にもち出してもさほど恥ずかしくないものだと云はれた。
>
> だから卒業と同時に、殆ど迎へられるやうにしてX——大学の予科に入学した。そしてその水泳部員として、否日本の持つ、既に世界的になり掛りつゝある水泳選手として彼の名声は日を経るに従つて、益ゝ嘖々《さくさく》たるものがあるのだつた。
>
> （第一回、一三一頁）

彼は、濠洲で二年来の怨敵チンメルマンを得意の八百米で、鎧袖《がいしゅう》一触に撃破した。

（第一回、四〇頁）

八百米自由形に、世界の巨豪を一蹴して美事〔ママ〕最初の日章旗を、巴里オリムピック・スタヂウムの竿頭高く初夏の朝風に翻へしたのは彼だつた。

（第二回、二二七頁）

当時のスポーツに関心のある読者たちにとって、この描写から人物を特定することはさほど難しいものではなかった。「三村龍彦」は明らかに高石勝男を指していた。

高石勝男は、第二次大戦前の日本を代表する自由形の選手で、戦後には日本水泳連盟の会長や東京オリンピックの水泳選手団総監督も務めた人物である。小説発表当時はパリ、アムステルダム両オリンピックを経、まさに彼の競技人生の絶頂を迎えようとしている時期であり、「紹介の要なき程有名なる水泳界の権威者」と呼ばれるほどの存在だった。(2)「傷ける人魚」は、出身地、戦歴、外見（上図参照）などさまざまな面において、この高石を参照して

高石勝男（『早稲田大学水泳部史』稲泳会発行、1991年９月、63頁）

「傷ける人魚」挿絵（第１回掲載、部分）

いた。[3]

ただ、もちろんすべてが高石そのままというわけではない。たとえば「巴里オリムピック」で優勝云々は、過去の事実を踏まえたフィクションであり、高石は一九二四年のパリ・オリンピックの800mリレーで四位、100m自由形および1500m自由形で五位、一九二八年のアムステルダムにおいて、800mリレーで銀、100m自由形で銅メダルであった。

しかしなんといっても最大のフィクションはもちろん、その小説の筋立てだろう。記録も恋も順風満帆の選手が、「魔の様な魅力をもつ有閑婦人」に誘惑され、水泳部員としての行事を放棄した上、上海にまで逃げ落ちる。かと思いきや、親友の説得によって唐突に再起を誓う。こうしたストーリーの荒唐無稽さからは現実感を追求しようという意志はみじんも感じられない。モデル小説がモデル小説である以上かならず行なう「現実世界」への着実な参照と、まったく本当らしさを放棄したかのような奔放な物語的興味の追求。その双方が、「傷ける人魚」には同居しているようにみえる。いったいこれは何なのだろうか。

3 『講談倶楽部』の「実話」路線とスターの登用

その理由の一端は、『講談倶楽部』という雑誌の当時の誌面作りからうかがえる、ある傾向を指摘することによってひとまずは説明が可能だろう。

『講談倶楽部』は一九一一年に創刊された大衆雑誌で、講釈師の速記ではない、作家の執筆した

「新講談」を売り物にして部数を伸ばした。大正末より次第に大衆小説に重心を移し、昭和期には相撲や映画、そして各種スポーツ関連の特集も積極的に組んでいた。第二次大戦前の大衆文化を牽引した代表的雑誌の一つと言っていいだろう。この雑誌が当時どんなイメージで捉えられていたかは、編集者として働いていた萱原宏一の次の回想が雄弁に物語っている。「当時菊池寛が書いていたのは「キング」だけで、「キング」以外は絶対に書かないのです。〔…〕ブスッと出てきてね、一つ先生に書いていただきたいといったら、「『講談倶楽部』に書くほど俺は堕落しないよ」といって、その後は黙っている」(4)。通俗小説にも筆を染め、大衆文化にも幅広い関心を示していた菊池をしてこの発言をさせるほど、メディアとして格下に見られていたのがこの時期の『講談倶楽部』だったのだ。

　この『講談倶楽部』が当時積極的に採用していたのが、「事実」重視路線とも呼ぶべき企画の数々である。一九三〇年あたりの目次をながめれば、「桂公爵夫人零落の姪　霰降る夜」（一九二九年六月）、「女可愛さからこの犯罪　空き家の怪死体」（一九二九年一〇月、警視庁刑事部　梅野幾松の署名）、「愛と涙の事実美談集」計四話（一九二九年一二月）、「悲壮！日露戦争の大犠牲　佐渡丸遭難実記」「米国全土を震撼させた犯罪実話　少女誘拐惨殺事件」（一九三〇年三月）、「愛と涙の事実物語」計三話（一九三〇年四月）、「愛と涙の事実物語」計三話（一九三一年五月）などという記事、特集が次々に掲載されているのがわかる。いずれも読んで字のごとくの内容だが、「事実」「実記」「実話」が謳いあげられ、「桂公爵」「警視庁刑事部」などの現実の固有名や肩書きがその真実性を保証すべく書き込まれている。

しかも注意しておきたいのは、特集を構成する各エピソードは物語形式をとることが非常に多かったという点である。たとえば「愛と涙の事実美談集」中の渡部種義「蟹となつて愛児を誘ふ――涙ぐましい名巡査殉職物語」。博徒が賭場を開帳しているところに踏み込んだ巡査が、返り討ちにあい殉職する。博徒は逃げおおせるが、偶然巡査の息子が拾った父の巡査手帳に博徒の名前が記録してあったため捕捉することができた。息子は川で遊んでいたとき、蟹に誘われるようにしてその手帳を見つけていた。蟹はきっと死んだ巡査だったに違いない――という話だ。このストーリーは次のような文体で語られる。


戸を開けると寒い風がさつと顔を叩いた。

門田巡査は振り返つて細君に云つた。

『子供をあた、かくしてやれよ』

『ハイ』

やがて門田巡査の樵姿は木枯吹く村道をだんだん小さく遠のいて行つた。サヨ子さんは、今日に限つていつまでもいつまでもそれを見送つた。なぜか気がかりで、残り惜しかつた。


（二一二頁）

場面は期せずして最後の別れとなった朝、樵《きこり》の姿に変装した巡査を妻が見送るところである。事実を物語の形で語り直し、平易に、しかし臨場感あふれる語り口で伝える。これがこの時期の『講談倶楽部』の特徴の一つであった。

スポーツ選手モデル小説を考える上で、もう一つ当時の『講談倶楽部』の編集方針から注目しておきたいことがある。スターへの注目である。読者たちを誌面にひきつける魅力的な材料として、『講談倶楽部』は映画俳優・女優、著名なスポーツ選手を写真入りで積極的に登場させていた。

映画関連では「スター打明け話」（一九三〇年五月）、「映画ロマンス画報」（一九三一年五月）やゴシップ欄「芝居と映画面白帖」、物語調で各回一名を取りあげた「映画女優情艶史」の連載など、多数記事があり、スポーツでも「スポーツ大画報」「スポーツの花」「名選手出世物語」（一九三〇年五月）、「競技界優勝ロマンス」（一九三〇年八月）、「世界に輝く名選手」（一九三一年五月）などで陸上、野球、水泳、柔道など各種スポーツの花形選手をさかんに取りあげていた。このスポーツ関連の記事については、後にもう一度ふれることにする。

一九三〇年前後の『講談倶楽部』の編集を特徴づけていたのは、〈事実〉重視とスターの登用であると言えそうである。ひるがえって、同誌に掲載されたスポーツ選手モデル小説を考えてみれば、どうやらそれが〈事実〉とスターという二つの機軸をちょうど縒りあわせた交点に位置していたらしいということが見えてくる。一方にあくまで〈事実〉であることの衝撃を利用する流れがあり、一方に多くの人々が関心を寄せる社会的スターの価値を十全に援用しようという企図があった。花形選手たちのモデル小説という異色の企画は、こうした方向性のそれぞれによく沿うものであったわけである。(5)

4　大衆文化へと浸透するモデル小説

異色企画――しかし果たしてそれは本当に異色というべきなのだろうか。もしかしたら、〈純文学〉の領域を見慣れてしまった者の目にそうみえるだけではないのか。

近代文学におけるモデル小説の歴史は古い。本書では一九〇〇年ごろの内田魯庵の例から検討してきたが、新聞種の事件を利用した続き物などを含めれば、明治初期までさかのぼる。文学者をモデルとする――作者自身も含むが――モデル小説の登場は尾崎紅葉の「青葡萄」(一八九五年)のような早い例もあるが、増加が始まるのはもう少し後、写実を重視する文芸思潮が実在の事件・人物に取材する小説作法を生み、その描写の忠実さが評価の尺度となるような風潮をもたらしてからのことだ。これを受け、一九一〇年前後から田山花袋「蒲団」、島崎藤村「春」、森田草平「煤煙」、そして大正はじめの文壇交友録小説など数多くのモデル小説が書かれていく。こうしてモデル小説という小説の形態は、大正期には完全に定着していた。

そしてこうした芸術指向の文壇で練り上げられてきたモデル小説という形式とそれを支えるメディアと読書の仕組みが、実話指向などに典型的な通俗文化の枠組みとも共通するところをもっていたことは、前章までの議論で明らかになったはずである。

一九三〇年前後における『講談倶楽部』のスポーツ選手モデル小説の検討からも、やはり私小説に代表されるような芸術指向の小説と大衆文化指向の小説とが共有していた文化的基盤や読書のモードのようすが見えてくる。

このような芸術指向の文化と大衆文化の共通性の根幹には、他者の秘密をのぞき込みたいという人々の根深い欲望が存在していたことは明らかだが、近藤経一というこの忘れられた作家のプロフィールをたどることによって、さらに具体的な大正から昭和初期へとつながる文学史の一ページが見えてくるように思われる。雑誌『白樺』に寄稿し、『白樺の園』『白樺の林』(6)などのアンソロジーに名を連ねていることから白樺派に数えられる一人であったらしいこの人物は、大正文壇に盛行した文壇交友録小説の空気を存分に吸っていたことだろう。しかし一時は新潮社から名前を冠した戯曲集のシリーズまで出していた近藤も、昭和に入る頃から芸術を指向する著作は目立たなくなってくる。かわって彼が手を染め始めたのが、大衆文化系の仕事だった。文芸春秋社の『文芸創作講座』で「映画脚本精義」を担当し（一九二九年）、平凡社から一九二九〜三〇年に刊行された『映画スター全集』では編者を担当している。彼は大正末から昭和初期にかけてしばしば見られたような、より高額の原稿料を求めて大衆的メディアへとその活躍の場を移した作家の一人でもあったわけである。大正文壇のモデル小説作法と、成長しつつあった映画産業のスター・システムの双方を知っていたこの作家にとって、この時代もう一つのスター、スポーツ選手に取材したモデル小説を書くことは、それほど難しいことではなかったのかもしれない。

『講談倶楽部』が読者獲得のために〈実話〉重視と、スターへの注目という路線を採用したことはすでに述べた。この二つの路線の交わる地点に文壇が創り上げてきたモデル小説の骨法を移殖することによって、近藤は実在するスポーツ選手たちの荒唐無稽な物語を創出したのである。

『講談倶楽部』にスポーツ選手モデル小説が現われた理由を書き手の側からたどってみれば以上のようにいうことができるだろう。だが、むろんこのアプローチによっても先の課題――あからさまな実在の人物への参照とまったく本当らしさを放棄したかのような奔放な物語的興味の追求がどうして共存しているのか――に完全に答えることはできない。作品が抱えた過剰なまでの〈物語〉への欲望の意味を、近藤経一の別の作品からさらに検討してみよう。

5　野球狂時代

水泳の他に近藤が目をつけたスポーツ。それが、急激にファン層を拡大していた六大学野球であった。(7)

一八七〇年代に外国人教師や渡米帰国者によって広められた野球は、大正期途中からその普及を商機と捉えた『大阪毎日新聞』などのメディアの参入もあり、社会的な大規模イベントと化していく。中学野球の全国大会（後の「甲子園」、一九一五年から）や東京六大学リーグ戦（一九二五年から）が開始され、大人気をえる。一九二四年には甲子園球場、一九二六年には明治神宮野球場と、数万人を収容する規模の球場が相次いで建設され、二六年には六大学リーグ戦に東宮杯が授与されるなど、国家的な行事としての認証も進む。ラジオ放送の登場も、人々の熱狂を加速させた。坂上康博によれば、ラジオ放送の開始が一九二五年、夏の甲子園と東京六大学野球の実況放送が始まったのは一九二七年である。(8) 人気アナウンサーも登場し、松内則三の早慶戦実況のレコードが一五万枚を売り上げたのもこの時代のことだ。

一九三一年の六大学野球春季リーグ戦の最終節（六月一三、一四、一五日）は、早慶戦。全国の「好球家」が注目した当時最高の対戦カードである。入場券発売日の前日から女性も含むファンが列をなし、夜を明かす人々を目当てに周囲のカフェや飲食店は終夜営業を決め、ムシロ屋、おでん屋、大道易者までもが群がった。五万をゆうに超える入場者をさばくため、試合当日は球場の周囲の交通が制限されたが、午前八時には入場を待つ人々の列が青山三丁目の電車通りまで四、五町続いた。

三連戦初戦は敵のエラーと走塁ミスに乗じて慶応が獲った。二戦目は早稲田がエース伊達正男の投打にわたる活躍と、連日の失策を一気に挽回する三原脩《おさむ》のホームスチールの余勢をかって勝利した。決勝戦――『東京朝日新聞』（一九三一年六月一六日夕刊）はファンたちの興奮をこう伝えている。

これは一つの熱病時代だ、狂気じみた興奮の嵐だ、全部の神経はこの西南の一隅に吸ひつけられた、ラヂオのスイッチはひねられた、全国をあげて耳と目の総動員令下る！　たぎるやうな真夏の烈日のもとけふ早慶の決勝戦が神宮外苑球場で戦はれるのだ

試合は伊達の三連投にかけた早稲田が、一点を争う好ゲームをものにして、このカードの勝利を決めた。

言うまでもなく、野球狂時代は新聞、雑誌に格好の題材を与えた。試合の日程や結果、戦績はもちろん、詳細な戦評や球場内外のファンたちの狂態が熱心に伝えられていく。大衆誌『講談倶楽部』がここに目をつけないわけはなかった。一九三〇年前後の誌面から拾ってみても、「早慶台頭の日　向ヶ岡の大決戦」（一九二九年二月）、「好敵手好取組物語」（一九三〇年九月）、「本塁打物語」（一九三一年一月）、「強打者銘々伝」（一九三一年五月）、松内則三「壮烈鬼神も哭く　早慶大決勝戦」（一九三一年八月）、とずらりと記事が並ぶ。いずれも写真入りであり、巻頭のグラビア特集になっていることも多い。

『講談倶楽部』に固有の傾向というわけではないが、速報性に重きをおかない雑誌メディアは、付加情報の提示とそれを総合しての物語化に力を注いだ。たとえば『講談倶楽部』には、先の早慶三連戦の模様を伝える記事が載っている。題して「壮烈鬼神も哭く　早慶大決勝戦」。先にも紹介した当時の人気アナウンサー松内則三によるこの文章は、試合の経過と勝敗の行方にも増して、選手たちの舞台裏の物語を熱を込めて語る。

而かもこの夜、慶軍切つての強打者たる名捕手小川年安君は、図らずも、その父君の訃報を郷里の友からの悼み状によつてはじめて知つたが、それは、父君が去月十五日の臨終に、『早慶戦が済むまでは、ゆめ、年安にわが死を知らすな』と云つた健気にもまた涙ぐましき遺言を重んじて、一家親戚みなこれを年安君に知らせなかつたのだと云ふ。突如父君の訃報を知る悲しみを胸に秘めて、尚且つ明日の早慶決勝戦に出場しなければならなかつた小川君の胸中！

郵 便 は が き

恐縮ですが、
切手をお貼り
下さい。

101-0051

（受取人）

東京都千代田区神田神保町三―九
幸保ビル

新曜社営業部行

通信欄

通信用カード

■このはがきを，小社への通信または小社刊行書の御注文に御利用下さい。このはがきを御利用になれば，より早く，より確実に御入手できると存じます。
■お名前は早速，読者名簿に登録，折にふれて新刊のお知らせ・配本の御案内などをさしあげたいと存じます。

お読み下さった本の書名

通信欄

新規購入申込書

お買いつけの小売書店名を必ず御記入下さい。

(書名)	(定価) ¥	(部数) 部
(書名)	(定価) ¥	(部数) 部

(ふりがな)
ご氏名　　　　(歳)
ご職業

〒　　Tel.
ご住所

e-mail アドレス

ご指定書店名	取次	この欄は書店又は当社で記入します。
書店の住所		

慟哭せんもなほ足りぬ父君の死にいたき胸に、虚実の策戦を描かなければならなかつた悲壮の心境！

戦士として、戦士の父として余儀なき犠牲とは云へ、それは余りにも痛く大きな犠牲ではなからうか！

（二二九頁）

読者たちの多くはおそらくラジオやレコードで馴染んだ松内の名調子を耳に響かせながら、この語りを読んだことだろう。単なる大学対抗のリーグ戦の一コマにすぎない野球試合に、みずからの死を伏せよという親心と、それを忠実に守った親戚たち、そして図らずもその事実を連戦のただ中に知ってしまった選手、という新たな舞台裏の情報が付け加えられ、滅私と忠節と奮闘の物語にまとめ上げられていく。飽くことなく生産され消費されていく逸話や伝説の数々は、スポーツ選手の競技場における活躍の姿の向こうにある〈私的領域〉を読者たちの前にさし出してみせるだろう。スポーツはもはや単にスポーツの枠内にとどまってはいない。

この種の記事から「野球界モデル小説[9]」までの距離は、もうすぐそこだ。近藤経一が描いた「青春の天地」「青春涙多し」という二つの小説は、野球とその選手たちをめぐって絶え間なく産出されていた物語群の、一つの変異形でもあったのである。

6　三原脩と小説「青春涙多し」

二作をそれぞれ分析する余裕はないため、より長い分量をもつ「青春涙多し」に紙幅をさき、第一作目「青春の天地」（一九三〇年五月）についてはは簡単にあらすじなどを注に紹介する[10]。第二作目「青春涙多し」は、一九三一年の一〇～一二月に『講談倶楽部』に連載された。明らかに六大学秋季リーグ戦開催（九～一〇月）の盛り上がりを当てこんだものと見ていいだろう。

将来を嘱望される香川中学の野球選手三沢進二は、城北大に進むか城南大に進むか迷っていた。彼にその決断をさせたのは、恩師の夫人である敬子の一言だった。彼女にしたがって城北大へ入学することにした進二だったが、その上京の旅程は偶然その夫人とともにすることになった。その途上、夫人は箱根に一泊することを主張し、進二を誘惑する。進二はからくもそれを逃れる（以上、第一回）。進二の親友三木本は死の床にあった。見舞いに訪れた進二は、病床に付き添っていた三木本の恋人幸子が、敬子に似ていることに驚く。幸子は敬子の妹だったのだ。しかし彼らは互いにそのことを知らない。そのころ、敬子は夫にすべてを話し、離縁を申し出ていた。「自由女性」となった彼女は、進二にあらためて接近する。一方、進二は死ぬ間際の三木本に、幸子をよろしく頼むと言い残されていた（第二回）。春のリーグ戦、進二は自分の失策から敗戦する。原因は、「敬子との浮華《ふか》な交際、幸子との恋愛」で練習が不十分だったからであった。進二は敬子に別れを告げるが、それを機にもう一人の彼の恋人、幸子が敬子の妹であることを知る。幸子も進二のもとを去る。

すべては悪夢のようなものだった、と思いながら、進二の心は意外にも晴れやかだった。彼はすべての事情と自分の非を監督の前に告白し、ともに宿敵城南の打倒を誓う。二人の目には熱い「男の涙」があった（第三回）。

進二と恩師とその妻、そして進二と美人姉妹、という二つの三角関係への興味で読者を引きつけつつ、物語は熱い涙を伴った再起の誓いで結ばれる。主人公には、もちろんモデルがあった。彼は「香川中学の野球選手」（第一回、二九頁）とされ、お坊ちゃん大学「城南」（言うまでもなく慶応を指す）と対比される「城北」（早稲田）に入った人物だ。選手としての特徴は次のように語られる。

> 入学したばかりの進二は、勿論すぐに正選手《レギユラア》の九人《ナイン》に加へらるべくはなかつたが、それでも危《ピン》機打者《チ・ヒツタア》としては屢々起用された。大物打《スラツガア》ちではなかつたが、確実《シユーア》な当りを持つ彼は、若い割には危機《ピンチ》に強かつたのである。（第一回、四二頁）

「球狂《ファン》」たちは、語り手が誰をほのめかしているのかすぐに気づいたらしい。「野球戦に於て敵チームの最大脅威となるものは、謂ふところの長打型打者《ロング・スラツガー》にあらずして、早大軍の花形三原君の如き、走力の秀でた、ピンチに強い、確実《シユア》な打者である」[11]。このように主人公・三沢進二のプロフィールをそのままなぞったような選手が存在したからである。早稲田大野球部の三原脩《おさむ》。半年前、春の早慶戦でミスを重ねながらも、第二戦で勝利を呼ぶ劇的なホームスチールを決めた選手だ。三原は高松中から早稲田大学へ進み、一九三四年には初のプロ野球契約選手として大日本東京野球倶楽部

（巨人の前身）に入団する。戦後には、ジャイアンツ、ライオンズ、ホエールズ、バファローズ、スワローズで采配をふるい、名監督と呼ばれた球史に残る人物だ。[12]

ファンたちがこれに気づいた――あたりまえだが――ことは、この連載中に起こったちょっとしたエピソードから確認できる。連載第二回の末尾（二四〇頁）に、次のような作者近藤の釈明が載ったのだ。

坊間、本篇の主人公を早稲田大学の三原君なりと伝ふる浮説あれど、こは事実無根にして、本篇は全部作者の空想の所産なり。

近藤経一

第一回目の連載開始時に、麗々しく「野球界モデル小説」と掲げられた「青春涙多し」は、こうしてあっさりとその看板を下ろし、第二回以降「モデル小説」の語はタイトルから消える。「浮説」の流布を原因に「モデル小説」の語を取り下げれば、「浮説」を認める効果をもってしまうと編集部は考えなかったのだろうか――。

それはともかく、この小事件は『講談倶楽部』のスポーツ選手モデル小説の事実喚起力の強さと、底の浅さ、作者および編集部の気構えのなさを、存分に露呈しているだろう。著名なスター選手をただ読者の注意を喚起するためにだけ利用し、まったく事実無根の恋愛物語の登場人物として使用する。[13]その作業に取り立てて主張も思い入れもないために、面倒が起こりそうになれば「全部作者の空想」として逃げを打つ。モデルにされた選手の災難こそ、思いやられるというものだろう。

7　ヒーローは墜落する

　モデル小説の要件である現実世界への参照と、事実の裏付けを完全に欠いたまま行なわれる物語的興味の追求。『講談倶楽部』のスポーツ選手モデル小説には、この両者が同居している。いったいこれをどう考えればよいだろうか。

　モデル小説という側面に目を向ければ、明治期からつらなる芸術指向の文壇におけるモデル小説の系譜が目に入る。近代以降、小説という散文の形態は、書かれた内容が虚構であるというジャンル的前提を形成しつつも、一方で現実の出来事や人々の〈私的領域〉をあたかも活字の背後に読みうるかのような錯覚をもたらす力を蓄えてきた。『講談倶楽部』のモデル小説が、この読書慣習を利用していることは間違いない。

　そしてモデル小説において参照される「モデル」が、『講談倶楽部』においては、作家たちや彼らの身辺の人々ではなく、より広範な一般読者たちの興味を容易に引きつけうるスター――映画俳優・女優やスポーツ選手たち――から選ばれていたことも、その大衆誌としての性格上、当然のことというべきだろう。

　ではなぜ、近藤経一らが描いたモデル小説は、「現実のありのまま」のスポーツ選手たちを描かなかったのだろうか？　些細な日常の一コマを一篇の小説に仕立て上げ、彼らの〈私的領域〉を描出することとは、この時期の心境小説の作法を知る作家ならさほど難しい作業とも思えない。まして近藤経一は、『白樺』派として出発し短篇集や戯曲集も出版しているほどの作家だ。また細かく報道される有名選手たちのプロフィールを見てみれば、スターについての些末な情報さえもが伝達価値を持つ状況はとうにできあがってもいたはずだ。しかし、『講談倶楽部』はそうはしなかった。実際に掲載されたのは、現実を無視してまで過剰にストーリーの面白さを追求する物語である。ここに何を見てとることができるのだろうか。

その答えを探すためには、ここでいったん『講談倶楽部』以外の雑誌に掲載されたスポーツ小説に目を向けておくのがよいだろう。実は一九三〇年には、中村三春が「スポーツ小説の年」と名付けるほどの小ブームが訪れている。[14]その展開は幅広く、ここで簡単にまとめることは困難だが、[15]モダニズム文芸としてのスポーツ小説の特徴は、「スポーツ小説」を自ら謳いながらも、競技や競技者そのものを描くことはまれで、むしろスポーツをめぐる風俗や、スポーツの提供した概念や発想を新しい修辞の型として援用する――たとえば恋愛をラグビーにたとえる――ところにあったとひとまず言える。

これらのモダニズム・スポーツ小説と比較すれば、『講談倶楽部』のスポーツ選手モデル小説の特徴がよりはっきりする。「傷ける人魚」にしても「青春の天地」「青春涙多し」にしても、いずれも基本となる物語の型は同じだ。周囲から嘱望される優秀なスポーツ選手が、恋愛事件を引き起こして選手としての危機に陥いるが、改心して立ち直る。このうち、スポーツ選手としての活躍や最後の改心の場面は、手短に、唐突に語られるにすぎない。つまり全篇を支えている屋台骨は、選手の陥る恋愛と堕落の物語である。

もちろん、モダニズム・スポーツ小説にも恋愛は登場する。というよりも、むしろそれは付きものと言うべきほどだった。しかしそれらの小説に登場する恋愛事件の主要人物は、「スタジアム・フラッパー」などと呼ばれる、恋多き軽やかなモダンガールたちであった。一方近藤のそれは、妖艶で淫らで陰謀をたくらむ「毒蛇《コブラ》」たちである。彼女たちはむしろ大正期の通俗小説が創造した〈娼婦型〉[16]の系譜に連なる女性たちなのだ。

しかも二つのスポーツ小説の違いを際だたせるのは、近藤がスポーツ・ヒーローたちに用意した堕落の物語である。モダニズム・スポーツ文芸に登場する失恋モダンボーイたちのあっけらかんとしたようすに比べ、近藤のヒーローたちは徹底的に苦悩し、墜ち尽くす陰性の男たちだ。重ねて確認すれば、彼らはそもそも実在の人物として作品内に呼び出されているのである。実在の選手とされる人物が、性的な誘惑に打ち負かされて堕落してゆく。しかも付け加えねばならないのは、『講談倶楽部』は堕落の姿のみを一方的に描いていたのではないということである。むしろ、この雑誌が誌面全体の傾向として積極的に掲載していたのは、スポーツ選手たちの晴れやかな勇姿である。すでにいくつかの記事で紹介したように、『講談倶楽部』は選手たちのオリンピックでの好成績やリーグ戦での活躍を写真入りで大きく紹介し、ヒーローとして顕彰し祭り上げていた。堕落は、実はこうした顕彰と同時に行なわれていたのである。ここにこそ、おそらく本章が追求してきたスポーツ選手モデル小説の秘密があり、芸術指向の小説との共通性などといった説明だけでは理解しきれない、大衆文化に固有の要素がある。

ヒーローが墜ちるということ。ヒーローはむろん優れた存在であるからこそ祭られる。このことを裏側からみれば、祭る人間は、ヒーローと比較すれば劣位の存在だということになる。祭り上げ、墜《お》とす。優れたものが墜落する瞬間を見ようという隠微で残酷な快楽が、そこになかったろうか？『講談倶楽部』のモデル小説は、スポーツ・ヒーローたちが堕落し零落する仮想の物語を平々凡々たる劣位の者たちの前に差し出していはしなかっただろうか？　物語の結末に付け足りのように書き込まれる再起の決意は、読者たちの一抹のやましさに、弁明の逃げ道を与えるために存在していたのではないのか？

現実への確かな参照と、奔放な物語的興味の追求という一見相反するかのような二つが結びつけられていたのは、一つには作品が〈恋愛〉と〈堕落〉についてのステレオタイプ的な物語類型をそのまま利用し、受け継いでいたからであり、もう一つにはそこに一九三〇年ごろの大衆の屈折した願望がすくい取られ描き出されていたからであった。『講談倶楽部』のスポーツ選手モデル小説は、この時代の大衆がこっそりとのぞき窓から思い描いた、少々意地悪な他人の悪夢だったのである。

第6章　〈プライヴァシー〉の誕生――三島由紀夫「宴のあと」と戦後ゴシップ週刊誌

ドナルド・キーンの次の指摘は、ふとわれわれの足を止めさせる力をもっている。

事実、『プライヴァシー』に当たる日本語は存在せず、こうした考えを表わすわずかな言葉は、『私怨』『私利』など、みな必然的に孤独や利己心を意味するものばかりである。西洋の風習に強く染まった人々を除けば、プライヴァシーという言葉のみならず、そういう考え方すら未知のものなのである。(1)

はたして、これは本当だろうか。たしかにprivacyという言葉のもつ概念の範囲が、日本の言葉の体系のなかにその正確な対応物をみつけられない（なかった）ということは当然ありうることである。だが一方、人間が集団のなかで日常生活を送るに際し、たとえprivacyという言葉がなくとも、それに近似、隣接するなんらかの言葉や感覚があったとしても、それはやはり自然なことであるようにも思われる。

〈プライヴァシー〉なる言葉が日本の一般的な人々の前に姿を現わしたのは、一九六一年のことであった。それは、都知事選の落選候補が人気小説家を訴えたという裁判の報道のなかで登場した。いわゆる「宴のあと」裁判である。

本章は、一九六〇年前後の日本社会において、文学、法、人々の〈私的領域〉の三者がどのようなかたちで接しあっており、そこに〈プライヴァシー〉なるアメリカ法に起源をもつ新たな概念が導入されることによって、いかなる変動が引き起こされたか、という問題を追求する。とりわけ課題となるのが、次の三点である。一つはプライヴァシーという概念が一九六〇年前後の日本社会の文脈のなかでいかに誕生させられたのか。二つめはプライヴァシー侵害と芸術の自律性との衝突がこの時代にどう論じられたのか。三つめは「宴のあと」という小説作品の表現そのもののあり方が、そこにどう交差していっているのか、である。

1 「宴のあと」、訴えられる

「宴のあと」に対する訴状が東京地裁の民事三部に提出されたのは、一九六一年の三月一五日のことだった。元外相で、二年前の東京都知事選の候補者だった有田八郎が、プライヴァシーの侵害を理由に、作者三島由紀夫と単行本出版元の新潮社の佐藤義夫、佐藤亮一を相手取って損害賠償一〇〇万円と謝罪広告の掲載を求めて訴えたのである。

当時の報道を追いかけて興味深いのは、そもそも当初から、この裁判は事件の内容や当事者たちへの関心よりもむしろ、プライヴァシーという新奇だが重要らしい概念をめぐって注目が集まっていたらしいことである。起訴を報じた『朝日新聞』は、「まったく新しい法理にメスを入れるものだけに、学者、文化人を証人として繰り出し、活発な法廷論戦を展開するものとみられている[2]」と予想していた。実際、この事件を報じるほとんどのメディアが、「プライヴァシーとは何か」を解説する記事を付しており、まずはそこからはじめなければならない状況であった。

ただし、これはたんに概念の新奇さと興味深さの問題だけではなく、原告有田側の法廷戦術、対メディア戦術が功を奏した側面もあるようだ。先の『朝日新聞』の記事は、次のような「有田氏側」の発言を紹介していた。「最近の出版などによるプライバシーの侵害は目に余るものがある。この訴訟を通じて、ぜひ日本でもプライバシーの権利を法的に確立させたい」。〈私的領域〉を暴かれた個人的怒りを前面に出すのではなく、「最近の出版など」の問題として事件を一般化しつつ、「日本」において新しい法理を「確立」させるという、公益的かつ学理的な目標を前面に掲げたのである。波紋の広がり方をみる限り、この石の投じ方は非常に適切であった。

詳細は後にゆずり、まずは裁判の経緯と争点とを整理しておこう。

一九五九年四月　東京都知事選に有田八郎、立候補

一九六〇年一～一〇月　「宴のあと」、『中央公論』に連載（一一月、新潮社より単行本刊行）

一九六一年三月一五日　有田、「損害賠償百万円及び謝罪広告」を求めて三島と新潮社を提訴

一九六四年九月二八日　結審。プライヴァシーの侵害を認定、八〇万円の損害賠償。ただし謝罪広告の必要なし。被告側、即日控訴

一九六六年三月四日　有田死去

一九六六年一一月二八日　和解成立。修正なしでの出版・頒布・翻訳を認められる

争点となったのは以下の諸点である。原告側は「宴のあと」を「モデル小説」であるとした上で、「被告等がこのような原告の私生活を「のぞき見」し、もしくは「のぞき見したかのような」描写を公開したことによって、原告はいわゆるプライバシーを侵害された」ということを問題にした。このとき原告側が規定したプライヴァシーの範囲は、「原告を連想させる「野口雄賢」の私生活」であり、そこには「原告の妻であった畔上を連想させる「福沢かづ」」を描写することによってうかがわれる箇所も入るとされた。これはより一般化して、「プライバシーすなわち身体のうち通常衣服をまとっている部分、夫婦の寝室および家庭の内状、非公開の私室における男女の愛情交歓などその性質が純然たる私生活の領域に属し、しかも他人の生活に直接影響を及ぼさない事項」と言い直されている。その一方、「都知事候補「野口雄賢」とその妻が選挙の告示後に公の場所に登場する部分」は、その範囲から除外されていた[3]。

これに対し、被告は「モデル小説」であると広告を打ったことは認めたものの、それは作者三島には「無関係」であり、かつ「モデル」としたのは「社会的に知られた原告および畔上輝井の経歴、選挙に関連する公私の行動およびニュース等を創作の基礎的事実として着想した」限りにおいてであり、「それ以外の「野口雄賢」の言動や心理の描写」はそれにあたらないと主張した（二〇六頁）。さらにプライヴァシーという概念そのものについても、「個人のプライバシーが尊重されるべきも

のであることについては同感」であるとしながらも、「実定法上いわゆるプライバシーの権利を認めることができるかどうかについては疑問」であるとした（二〇八―二〇九頁）。

つまり、まず「宴のあと」が「モデル小説」であると見なせるかどうか、すなわち「野口雄賢」を有田八郎と同一視することが可能かどうかが一つの論点となり、かつプライヴァシーの権利が、日本の「実定法上」認めうるかどうかがもう一つの論点となったのである。

原告が一審で勝訴した結果から知られるように、「宴のあと」は「モデル小説」と認定された。

地裁判決後に記者会見する三島由紀夫（中央）と伊藤整（右）（1964年9月28日、東京地裁で。読売新聞社提供）

被告三島側の主張は、広告の意図など一部強弁に近いところがあったり、言論および表現の自由がプライヴァシーの権利に優先するという先鋭的な主張を行なった部分があったりしたにせよ、モデル小説の虚構性やその創作プロセスにおける「芸術的昇華」の議論は、作家側として当然の主張だったといえる。しかし、裁判闘争の面についていえば、原告有田側が「一般読者」に判断基準をおくことに成功した点、そしてプライヴァシーの権利の現代的必要性を認めさせることに成功した点で、すでに勝敗は決していたのかもしれない。とくに後者に関して、「サンクチュアリー」である「各人の私生活」を「出版、映画、演劇、ラジオ、テレビ、写真等の手段」で「公開すること自体が人格的利益の不当な侵害」（以上七一頁）であると、同時代の複合的なメディア状況を裁判のコンテクストとして指し示したことは効果的であっただろう。

いや正確にいえば、このコンテクストは原告を含むこの裁判の関係者すべてにとって余りに自明だったはずであり、そうした状況こそが、実は真の問題だったはずである。裁判そのものから少し視野を広げれば、肥大化するマスメディアとその暴力性の問題こそが本当の論点であり、「宴のあと」はそれを法的な観点から制御しようとした人々によって犠牲の羊として供されたにすぎないことが見えてくる。

2　なぜプライヴァシー権は要請されたのか

裁判が闘われる以前まで少し時間を戻そう。「宴のあと」の連載がはじまる少し前の一九五九年五月、法律専門誌の『法律時報』が「プライヴァシーの法理　官憲とマス・メディアの侵害を中心に」という特集を組んだ。そこに掲載された座談会「マス・メディアとプライヴァシー――その実情と対策」において、冒頭、編集部が次のように企画の趣旨を述べていた。

プライヴァシーというのは日本ではまだ熟した観念・言葉ではないのですけれども、最近の社会生活の状況を見ていますと、従来の既成の考え方ではなかなか律し切れないいろいろの問題が生じてきております。中でも官憲によるプライヴァシー侵害、及びマス・コミュニケーション・メディアによる侵害という問題は、ようやく各方面で注目されていることはご承知のとおりです。

編集部は総括的に「マス・コミュニケーション・メディア」という言葉を用いているが、具体的に想定していたのはどうやら週刊誌であったらしいことは、編集部の次の発言からも見えてくる。

新聞の場合は何といってもストーリーを報道するのではなくてニュースとして報道していくので、事件が中心になるわけですが、週刊誌になるとニュースは新聞に報道されていて、そのあとのストーリーが中心になる。そうなると、やはりどうしても人が焦点になるし、その中でも色ごとが狙われる。そういう面からプライヴァシーの問題は新しい展開を示してきているのじゃないか。

速報性に劣るメディアが、それを補塡するために「ストーリー」や「人」「色ごと」を前面に押し出した内容で売っていく。この発言を受けた東京大学新聞研究所の何初彦は、それを「ヒューマン・インタレスト（人間的興味）」と呼び、今後はテレビ・ラジオに圧されて新聞もそちらに向かうだろうと予測するが、いずれにせよこの「ヒューマン・インタレスト」の氾濫が問題だった。「週刊」誌というスタイルは戦前から存在したが、経済週刊誌を別にすれば、『週刊朝日』と『サンデー毎日』（いずれも創刊は一九二二年）など新聞社系のものがほとんどであった。『週刊朝日』は一九五七年に一五〇万部という記録的な部数を残すなど一時代を築いたが、ブームと言われる大衆週刊誌の競合時代がやってきたのは、一九五六年以降だった。『週刊新潮』『アサヒ芸能』に続き、『週刊女性』『週刊大衆』『週刊明星』『週刊実話』『週刊文春』『女性自身』『朝日ジャーナル』『週刊平凡』など出版社系の雑誌が次々に刊行され、皇太子成婚の一九五九年などは、この年だけで二〇誌が創刊されたという(4)。

週刊誌は、「中間文化」の担い手と目された、昭和三〇年代から日本社会の主流となった層をターゲットとし、会社員たちの週単位で過ごす生活のリズムに合わせて新しい雑誌の形を作り上げた。第一報の速度が新聞、テレビに及ばないために週刊誌が狙ったのが、「第三報主義」であった。求めたのは速報でも続報でもなく、「人間くさい興味であり」「やじ馬根性、のぞき趣味(5)」である。これを硬い言葉で言い直すと、「ヒューマン・インタレスト」となる。ヒューマン・インタレストとは、記事にするときに「人物をとおして、あるいは、人物そのものに焦点を当て、とくに、その私生活面や人間としての喜怒哀楽に触れることによって、いわば、その記事を血の通った、温かいものにし、読者の心をとらえようとするテクニック(6)」をいう。こうした週刊誌のリズムと手法はしっかりと読者たちの心を捉え、一九六〇年には週刊誌の合計部数が月刊誌のそれをついに上回った。

もちろんこの姿勢は大きな問題を生んだ。「宴のあと」裁判の後のこととなるが、一九六六年秋に「マスコミによるプライバシー侵害」に関する被害実態調査が芸能、スポーツ、文筆業などの著名人を対象として行なわれている。このアンケートによれば回答者二〇八名のうち七五％がプライヴァシー侵害を受けた経験があると答え、被害を受けたと答えた者のうち八七・二％（重複回答を含む）が、それが週刊誌によるものだったと答えている（ちなみに第二位は日刊新聞で三二・一％である）[7]。

伊藤整は、「現実の日本の問題としていま取り上げられるべきものは、人気商売の人々やある種の不幸な人々の私生活が、近年多く現われた週刊雑誌に露骨な書き方で遠慮なく書かれることであろう」といい、その理由を「ちまたや職場のうわさ話を楽しむと同様な安易な興味で、手軽に買える週刊雑誌を買」う読者たちと、「激しい競争の中で、なるべくセンセーショナルなものを取り上げたくなる」編集者とに求めた[8]。

週刊誌を中心とする、人々の〈私的領域〉を遠慮なく描き出し、それを売り物とするジャーナリズムの暴力性は、ほとんど誰の目にも明らかな状況だったのである。

3　プライヴァシーの誕生と拡散

プライヴァシーの権利が法学上の概念として最初に登場したのは一八九〇年、アメリカの法律家ウォーレンとブランダイスが「プライバシーの権利」という論文を発表した時のこととされる[9]。著名人や上流階級の私生活を暴露的に取り上げて報道した、アメリカのイエロー・ジャーナリズムに対抗するために生まれた論考であった。

この言葉を「宴のあと」裁判の原告側の弁護士が唱えたとき、たしかにそれは新しく響いた。弁護士で詩人でもある中村稔も、「文学者にとってプライバシーの権利という言葉が耳新しいという事情は、法律家にとってもそう変りはない。ふつうの法律教科書にはこういう言葉はのっていないし、この数年一部の学者によつて紹介されてきたアメリカ法の概念にすぎない」と述べていた[10]。

裁判の論点をまとめた際に確認したように、裁判における具体的な請求は、損害賠償と謝罪広告であったわけだが、原告側は闘争に際しその新聞発表の時点から「プライバシーの権利というものがあることをひろく知ってもらいたいと思って、こんどの提訴になった。この種の被害者はたくさんいるだろう。私たちはこの機会に、その人たちが目ざめることを期待している。つまりこんどの提訴は、プライバシー宣言でもあり、そのテストケースなのである[11]」と述べていた。この問題提起は伊藤正己、戒能通孝らといった、ジャーナリズムの行き過ぎたあり方に危惧を抱き、法的な理念や規制によってそれに歯止めを掛けようとする法律家たちによって援護を受ける。新聞を中心に「私生活を守る」ことの重要さを説く論説が続き、伊藤や戒能ら法学者が解説的発言を行なっていくのである[12]。

興味深いのは法学者だけでなく、すでに裁判が始まった最初期の時点で、各新聞の社説は、プライヴァシーの権利を尊重するという点においては、すでに異論の余地がないという姿勢で一致していたということである。プライヴァシーはたしかに新しかった。だが、どうやら当時の社会は、その重要さを理解するという面においては、ほぼ完全に準備を終えていたようなのである。

たとえば『朝日新聞』一九六一年三月一七日の社説「私生活の尊重とその保護」は、「マスコミの異常な発達」とその「悪影響」として「マスコミの側に節度を欠くことが少なくない」ことを指摘しながら、「たれが考えても、この思想〔プライヴァシー〕そのものが尊重されねばならぬことは明らか」であり、「プライバシー保護の風潮を、もっと強めてゆかなければならない」と主張していた。『毎日新聞』の社説「私生活を守ることの意味」（一九六一年三月一七日）は「我々の望むのは、この際、裁判によって言論表現の自由と「プライバシーの権利」との間にケジメをつけることだ」といいながらも、「いずれにしても、私生活は守られるべきであることを徹底させる契機としたい」と結論づけていた。

目新しい言葉だが、しかしその価値は充分に認識できる、というこの状況を考えるのに、興味深い論説がある。福田恆存の「言葉の魔術 プライバシー」である。[13] 福田は、みな外来語に欺されているだけなのだ、と辛辣に批評する。

〔有田〕氏はいうかもしれない、「意味は問題ではない、ただそれが日本にはないが外国にはある。したがって芸術作品同様に高級なものであるという感じを与えるのが目的なのだから」と。事実、新聞、雑誌、ラジオ、テレビをはじめ、世間は、それが外国語なるがゆえに、それに引っ掛かったきらいがある。（二四日）

福田は、プライヴァシー権などというのは日本の法律には根拠を見いだしがたく、「私事」「私的生活」という言葉を使った場合には糊塗できない論理的な飛躍を埋めるために、この外来語が援用されているのだという。

福田の指摘は、半分は正しく、半分は誤っている。たしかに福田のいうとおり、外来語を用いたのは、弁護団の法廷闘争上の計略であった面が多分にあろう。「肝腎（かんじん）の民法の条文を蔭に追いやって、あたかも『プライバシー』そのものに裁判の争点があるかのような印象を世間に与えた」（同前）という福田の指摘はおそらく正しい。ただし一方で、「意味は問題ではない」とし、その「言葉の魔術」だけに効果を限定してしまった福田は、どうして多くのメディアや読者たちがこの言葉に「引っ掛かった」のかが理解できない。

そもそも長野国助が早くも指摘していたように、個人の私生活を守ろうという意識は旧民法から存在した[14]。人が生活するに際し、内と外、自分と他者という区分を行なうことはきわめて当然かつ自然である。ドナルド・キーンの発言は、その意味で誤っているといえるだろう。人々が守りたいと考える〈私的領域〉は常に存在する。問題は、それがどう捉えられるのかであり、その境界が歴史的にどう移動したかである。プライヴァシーは、「宴のあと」裁判という檜舞台を用意されるやいなや、あっというまに市民権をえ、人々が日常的に使いうる言葉のなかへと浸透していった。その理由をこそ考える必要がある。

一つには、当然すでに検討してきた週刊誌を中心とするゴシップ・ジャーナリズムの問題がある。人々は急激にその規模を拡大していく新しいメディアの暴力性に気づいていた。前掲の「座談会マス・メディアとプライヴァシー」で東京新聞編集局次長の酒井寅吉は次のように述べる。「プライヴァシーの歴史的な変化というのがあるのではないかと私は思うのです。機械文明が非常に発達してくると、今のカメラや隠しマイクでもそうですが、個人の生活がほとんどまる見えになって、ガラス張りになってしまう。そうすると人間の考え方自身を変えて、プライヴァシーの範囲がだんだん狭くなるのはやむを得ないという考えを持たなければならんのじゃないでしょうか」。酒井の観察は正しい。「やむを得ない」かどうかはともかくも、人々の「私生活」の境界はたしかに変動し、脅かされていた。映画スターや有名スポーツ選手などメディア上の偶像たちの〈私的領域〉が売られている間はよい。だが彼らを遠慮会釈なく裸体にしてゆくそのジャーナリズムとテクノロジーの暴力が、もし自分の方を向いたならば――。

〈私的領域〉を暴き出し、電波に乗せてあるいは膨大な部数をもって公表していく一部のメディアの暴走と、それによって煽りたてられる読者たちののぞき見の欲望を、いかにして制御するか。そもそもが米国のイエロー・ジャーナリズム対策から出発していたプライヴァシー権というものが、そうした戦後の日本の文脈にあつらえたように合致したと見えても、何の不思議もないだろう。もう一つ興味深いことがある。プライヴァシーは、外来語であるがゆえに、人々の別の欲望を吸い寄せていたようにも見える。

三島の小説がどんなに偉いのか知らないが、それにしても有田の私生活をあばく権利は絶対にない。それが真実であるとないとは無関係である。〔…〕ガラス張りの生活というモットーは公生活のこと、文化国家はもっと私生活を護るべきである。(15)

他人のしあわせをねたみ、他人の生活をのぞき見てウワサのタネにするような、いやしい島国根性が捨て去られないかぎり、現状から脱皮することは困難だ。民主主義が移植されて十数年、ここらでみんなが反省し、他人のしあわせをよろこび、他人の私生活を尊重し合うという寛容で建設的な風潮をつくり出さないかぎり、プライバシーの権利も、幸福追求の権利も絵にかいたモチでしかない[16]。

いずれも新聞への読者の投書である。外来語「プライヴァシー」は、文化、個人主義、民主主義にまつわる人々の進歩的な想念を刺激したように見える。この点についてはすでに佐藤秀明による的確な指摘があるが、「私生活」の秘密がのぞき見される社会を遅れた「田舎」とし、それが幸福を追求するための権利として守られる社会を進んだ「文化国家」とみる対比構造が、この新しい言葉をめぐって生起しているのである[17]。佐藤はこれを有田側による「世論形成」の「戦術」として把握する。もちろん、それは正しい。だが、ここでむしろ照明を当てたいのは、投書から浮かび上がってくる人々の心性である。「民主主義が移植されて十数年」という言葉がその文脈を浮かび上がらせるように、米国で形成されたこの新しい権利は、戦後米国によって主導された民主化の文脈のなかに節合され理解された。それが外来のものであろうと、民主化を受け入れる立場の人々は、この言葉をみずからのものとして抱きとめ、この言葉のもたらす未来を育てていこうと考えた。

起訴から三年後の一九六四年九月、三島側の敗訴が確定した。ニュースを報じる『朝日新聞』は「プライバシー保護の判決」と題した社説で、「マスコミ一部の〝のぞき見〟的風潮を合わせ考えるならば、時代の要請に適合した考え方といわねばならない」（九月二九日）と評価した。有田側の設定した、日本にもプライヴァシー権を、という問題構成の延長上でみる限り、これは当時の大多数が妥当と見る判断だったはずである。

4　プライヴァシー論議と文学の自画像

むろん、この問題構成ではない観点から「宴のあと」裁判をみる場合、判決はとうてい受け入れられるものではなかった。三島由紀夫の「宴のあと」が告訴されたとき、おそらく同時代の文学者たちは、またかという気持ちになったことだろう。判決が出た際に大岡昇平が述べたとおりに、「二十六年のチャタレイ裁判以来、文士の裁判による被害は続いている。チャタレイとサドはわいせつ文書販売に関する刑事事件だが、名誉毀損について、多くの事件が積み重ねられてい」た[18]。チャタレイ裁判は一九五七年三月に最高裁判決で敗訴、サド裁判は一九六〇年四月に発禁処分、翌年一月に起訴されたものだ。

裁判に関連する動向に加えて、三島自身がモデル小説の執筆を積極的に行なっていた時期であることもあわせて押さえておくべきだろう。京都大学の男女の学生間の刺殺事件に取材した「親切な機械」（一九四九年）、闇金融会社「光クラブ」の学生社長の自殺事件を扱った「青の時代」（一九五〇年）、金閣寺放火事件の「金閣寺」（一九五六年）、そして「宴のあと」（一九六〇年）が続く。

この時代、文学者の関心を引く事件が起こったとき、それを種に小説が書かれることはさほどめずらしくはない。少し時代をさかのぼるが、三島の「親切な機械」は同じ事件を阿部知二が「おぼろ夜」（一九四九年）に描いているし、同時代ではたとえば大江健三郎が社会党委員長浅沼稲次郎刺殺事件に発想をえた「セヴンティーン」（一九六一年）、小松川事件に取材した「叫び声」（一九六二年）を発表するなどしている。

十返肇は、「宴のあと」とともに小島信夫の「女流」に触れながら、しばらくぶりにモデル問題が起こってきたといい、その理由を読者の傾向の変化に求めた。「興味ある人間、興味ある事件を、読者が小説に求めている点は同じなのだが、その興味の質が、戦前と戦後十五年の今日では変ってきた。〔…〕今日の青年にとっては、時任謙作のように、作家によって創造された人物よりも、現実になにかセンセーショナルな事件をおこした人物のほうに興味が深いのだ。なぜなら、そのほうが、彼らにとっては、より複雑な人物と思われるからである」[19]。志賀直哉「暗夜行路」の主人公・時任謙作よりも、社会的事件の方に読者は興味をひかれるようになっていると十返は分析する。

文学作品が現実に起こった事件に取材することそのものは、さほど特異なことではない。この時期、社会的な事件をもとに発想された小説が目立ったからといって、それがかならずしも週刊誌の創刊ブームとそれが引き起こした煽情的なジャーナリズムの席巻に関係があるわけではない。であるから、大岡昇平の次の疑念は至極当然であったのである。「「宴のあと」の前には「般若苑物語」があり、三島由紀夫より百倍もプライバシイを侵害した週刊誌の氾濫があつた。同じようなことは「幹事長と女秘書」や平林たい子「栄誉夫人」の場合にもあつた。政治家が週刊誌やパンフレットで受けた「精神的苦痛」を、文士にかぶせて来る傾向なきにしもあらずである」（同前）。

にもかかわらず、三島の小説は訴えられ、そして敗れた。チャタレイ裁判で負け、さらにサド裁判も闘いつつあった文学者たちにとっては、むろんこれは悪い知らせだった。日本文芸家協会は一〇月五日に声明を発表した。「プライバシーの尊重は現代社会のすう勢であり、われわれも異議はない。しかし今回の判決は問題の複雑性を無視し、独断的先入観をもって結論を急ぎすぎたきらいがある。〔…〕ことにこの判決が一般に誇張して伝えられる結果、言論表現の自由に影響するところ多く、無視することはできない。この判決が一つの悪しき基準として、社会通念と化することをおそれる[20]」。プライヴァシーの権利は否定できないが、しかし文芸の自由を守らなければならないという協会の抗議の声だった。

プライヴァシーの権利と表現の自由との衝突があらわとなったこのとき、論争の過程で時代の文学像が浮かび上がる[21]。判決が出されたときの『毎日新聞』の社説（一九六四年九月二九日）は、この点からみて興味深い。記事は「いずれにしても、この裁判は「文学裁判」であった」と総括する。このまとめはすでに振り返ってきた「宴のあと」裁判についての言論空間の趨勢から考えれば、もちろん完全に的を外したものであった。興味深い、というのはこの『毎日新聞』のずれ方のことである。記事は「文学作品の場合は、当然芸術性の問題と表現の自由の問題が前面に提起されるので、〔…〕すべてが観念、抽象の問題であって、そこに文学裁判の困難さがある」と指摘し、さらに「この裁判は、文学裁判ではあったが、けっきょく「宴のあと」の芸術性について、全体的な掌握という点での判断がなされたかどうか」と疑問を投げかけた。この主張が前提としているのは、文学には一般的な基準を準用しては測れない芸術性が備わっており、それが審判にふされる際には、この芸術性を議論の埒外において判断をすることはできない、という主張である。簡単にいえば、文学・芸術の自律性を前提とする議論といえよう。先の文芸家協会の声明にもこうした発想がうかがえたように、この時期の文学者たちの発言にはしばしばこの自律性の発想が強固なまでに繰り返される。

たとえば批評家の高橋義孝の評論(22)は、この主張をほとんど極論にまで推し進めたものだ。高橋は作家やその作品創造過程の問題として考えた場合、プライヴァシーの権利との衝突をどう調整するかなどといった課題は「ほとんど問題にならない」といい、次のように作家のあるべき姿を説く。「作家の面魂というものは、作品という形で外化させざるをえないその「何か」を、少なくとも作品創造過程のうちでは、一切の市民的思惑や配慮を念頭に置かずに〔…〕ずばりと言い切ろうとして夢中になってしまうという点にうかがわれるのではないか」。「書かずにはいられない作家的な気持ちが、予想されるそういう波紋に対する顧慮を吹き飛ばしてしまったのなら〔…〕三島氏としては何もいうことはないであろう」。

高橋の評論は、ほとんどその対話の道を閉ざそうとでもするかのように、「市民的思惑や配慮」との切断を強調する。作家はいわく言い難い「何か」に突き動かされ、すべての市民的顧慮を度外視して、創作行為へと身を捧げる。高橋のこのほとんど信仰的とも言える浪漫主義的天才像は、当時としても極論の部類に入るものであったと考えられるが、文学というものへの信頼、それが保持する日常とは切り離された領域を尊重しようという理解は、かなり広範囲にわたって共有されていたらしい。

5　作品と読者

もちろん被告三島側の主張も、文学の自律性を背景に置いていた。「「野口雄賢」および「福沢かづ」は被告平岡〔三島〕が抱いている人間観、社会観を表現する媒体として創作した芸術創作上の人物であり、その言動や心理の描写は、あくまで「野口」なり「福沢」なりのそれであって原告もしくは畔上輝井の言動や心理の描写ではなく両者は次元を異にしている」[23]。たしかに、「作品」として論じる構えをとれば、この三島側のいう方向での反論も可能である。先行する研究が実証的に明らかにしてきたように、三島は登場人物の造形に際してかなり綿密な調査を行なった形跡があるが、実際の作品では事実の取捨や内面の補塡などを行なっている[24]。その結果、当然登場人物はモデルから離れた部分をもつし、また政治と愛の相克および相似という小説の主題も、現実の都知事選とは言うまでもなく無関係である。

だが残念ながら問題となったのは、小説の内部ではなく、外部だった。原告側は、プライヴァシー侵害は事実そのままであることを必要とするものではないと主張し、その理由を次のように述べた。

なぜなら一般読者にとっては、世間周知の事実である原告の経歴、公的活動とくに選挙とこれをはさんでの結婚および離婚という一身上の変化と「宴のあと」の梗概とを結びつけるならば

「宴のあと」に登場する「野口雄賢」が原告をモデルにしたものであることを直ちに知ることができるが、このような世間周知の事実以外の部分の叙述についてモデル本人を除けば一般読者はもとより原告と親しい者でも実際に生起した原告の挙動、心理、感情という客観的事実を探知したうえでの描写であるかそれとも被告平岡の空想の所産であるかを識別することは不可能であり、かえって「野口雄賢」の私生活の描写が迫真力を有し、これらの場面をつなぐ主人公の社会的活動が原告のそれと一致することによって原告自身に生起した具体的事実（私生活）を描写したものであるとの印象を与えるからである。（二一一～二一二頁）

「一般読者」には、小説中の描写が「事実」であるか「空想」であるか弁別することはできず、そのためモデル「有田」と登場人物「野口」の同一視は避けられないというわけである。原告側の提出した資料が示すとおり、新潮社は、新聞広告に「注目の長編モデル小説」とうたい、また「この度私の夫野口雄賢は都知事選挙に革新党より立候補することになりました」云々という福沢かづ名の挨拶状が印刷された扉付宣伝用マッチを書店で無料配布するなど、積極的にモデル小説であることを広告していた。これもあわせれば、読者たちが「野口」を「有田」と見ることは当然である。

ここで興味深いのは引用した原告側の主張にあった、事実か空想か不明であったとしても、挙動、心理、感情の描出により、「かえって「野口雄賢」の私生活の描写が迫真力を有し〔…〕原告自身に生起した具体的事実（私生活）を描写したものであるとの印象を与える」という点である。これは、読者の誤解もやむをえぬということのみを言っているのではない。ここで問題となっているのは、読者の能動的な想像力である。

窃視や盗撮、盗聴などは、それ自体が暴力的な〈私的領域〉への侵犯であるが、それがいっそうの脅威となるのは、そのイメージや映像、音声がメディアによって不特定多数の人々に配布され、彼ら受け手たちの想像力がかき立てられるときである。侵犯の事実だけでなく、記録され配布された文字やイメージ、音をもとに、そこで得られた情報を超えて受け手たちが想像をたくましくしていくこともまた、被害者にとっては深刻な打撃となる。

「宴のあと」という小説が面白いのは、プライヴァシーをめぐる時代の試験薬の役割を果たしたのと同時に、その小説の表現のなかに、読者の能動性とプライヴァシーとの関係についての洞察をも含みこんでいた点にある。最後の課題として残された、作品の表現の分析に進もう。

6　テクストは知っていた？

なぜそのようなことが可能になったのか。それを考えるには、「宴のあと」の作品内外の構造を理解しておく必要がある。

「宴のあと」事件の空間には、三つの〈暴露本〉が登場する。一つめは、現実の都知事選のさなかに登場した和田ゆたか『割烹料亭般若苑マダム物語――元外務大臣有田八郎夫人』（太陽出版社、一九五八年三月）。これは、畔上輝井を誹謗中傷することを目的とした政治的な暴露本である。そして三島由紀夫の『宴のあと』。もちろん文学作品だが、モデル小説として見れば有田八郎の公私を描き出した暴露本という側面ももつだろう。そして最後が、「宴のあと」の作中に登場する、和田の暴露本をふまえて書かれた『野口雄賢夫人伝』である。とくに、「宴のあと」が『野口雄賢夫人伝』をその内部に抱え込んでいることに注目しよう。これにより、「宴のあと」は、悪意に満ちた煽情的な暴露本とその読者の姿を、作品のなかに描き出すことになる。

応援演説のさなか突然現われたかづの昔の情人戸塚は、その小冊子を彼女に売りつけようとする。冊子は、かづを「色を売物にして、多くの男を踏台にして」、「都知事夫人の座に納まらうとする悪辣な女に仕立てて」いた。「よくもまあ出鱈目ばかり」とつぶやくかづに、戸塚は「さあ、出鱈目かどうかは、あんたと俺だけが知つてるわけだ」と笑う（以上、第十四章[25]）。虚実の入り交じった記述のもつ危険性が、充分に認識されていることがわかる。

この暴露本、『野口雄賢夫人伝』は選挙戦が進むなかで、徐々に効果を発揮しはじめる。性的な中傷と暴露に満ちたその冊子の果たす効果を、「宴のあと」は被害者であるかづの視点から次のように鮮烈に描き出す。

「私は革新党都知事候補野口雄賢の妻でございます」

そのときたしかに二三の失笑がかづの耳に伝はつた。〔…〕

こんな印象は半ばかづの恐怖から生れたもので、いかにも熱情に充ちて喋つてゐながら、かづは心の片方で、群衆の目に映る自分の姿を思ひ描いてゐた。それはあの醜い小冊子の描いたままの肖像画で、田舎出の貧しい少女が体を張つて成り上つてゆく姿だつた。一人の中年男は

> かづの裾のあたりをじつと見上げてゐるやうに思はれた。〔…〕
> 二三の女学生のグループがかづを見上げてゐる目は、まるで怪物を眺めてゐるかのやうだつた。
> 喋りながら、かづの頬は恥かしさに火照り、耳はあれこれと幻聴をきいた。閨房といふ言葉。秘事といふ言葉。愛撫。手練手管。挑発的。淫乱。……これらの、あの冊子に鏤《ちりば》められた腐つた宝石が、今や聴衆の口のはたにきらめいて見えた。〔…〕
> かづは冷たい汗が全身を濡らすのに委《まか》せて喋りつづけた。人々の目が一枚一枚着物を脱がせ、かづを裸にするのが感じられる。目は衿元に喰ひ込み、胸に喰ひ込み、腹にまで及ぶ。見えない爪がかづの肌の汗にしとどに濡れて、すべてを剝ぎ取つてゆくやうに思はれる。（第十四章）

ここでは読む側と読まれる側の二つの想像力がからみあって増殖していくようすが描かれている。かづの応援演説に好意的だった人々は、暴露本を契機にその態度を変える。かづはその変化を敏感に察知する。ただし、作品は聴衆たちが実際にその冊子を読んでいたかどうかは明確には断言しない。かづの視点から、どうもそうであるらしい、という恐怖に充ちた推察としてそれを描き出す。真実と嘘が入り交じる悪辣な記述に煽られ、目の前に立って喋る女性の過去と体を、好奇と欲望と嫌悪に充ちたまなざしで眺める聴衆たち。そのむさぼるような視線を内面化してしまい、幻聴を聞き、裸にされる幻想を抱くかづ。描き出されているのは、応援演説の一幕ではなく、読者の能動的な想像力が扇情的な記述によって加速され増殖していく場面なのであり、その増殖をおののきをもって体感する被害者の恐怖である。

7 公の裸体

以上考えてくると、初発期のプライヴァシーをめぐる議論でもっとも鋭い洞察を見せていたのは、実は他ならぬ訴えられた「宴のあと」そのものであるという逆説が見えてくる。

原告側の問題の構成は、次のようにきっちりと公私を区分し、〈公〉の場面においてはその侵害性を除外するというものであった。「要するに、原告を連想させる「野口雄賢」の私生活の描写の全部が「のぞき見」であり原告の妻であった畔上を連想させる「福沢かづ」を描くことによって原告の私生活を「のぞき見」したとみられる部分もこれに含まれる。ただし「東京都知事選挙の告示後原告が都知事候補として公の場所で活動した部分に関する描写、すなわち都知事候補「野口雄賢」とその妻が選挙の告示後に公の場所に登場する部分はここにいう「のぞき見」から除外される」[26]。たとえばこの姿勢は、選挙運動中を描いた第十四章について、「夫婦間の私生活の部分」に関しては原告のプライヴァシー侵害であるとし、「その他については（選挙運動に関するので）プライバシーを主張しない」[27]という立場となって現われる。

だが、かづの裸体は原告側がプライヴァシーを主張しなかった選挙運動に関する場面にも登場するのだ。それは暴露本の影響のためだけではない。『野口雄賢夫人伝』が出回る前、かづの初めての演説においてすでにそれは描かれていた。いつ終わるともしれないかづの長い演説に業を煮やしたスタッフが、かづのマイクを奪い取る。かづは激昂する。

かづの激昂の瞬間は、群衆にとってこよない見物《みもの》であった。西日にあかあかと照らし出され、氷の滴にかがやいたその顔が、大ぜいの目の前で変貌したときに、群衆は一瞬しんとした。彼らは裸体を見たやうな気がしたのである。（第十四章）

〈私〉の部分における裸体描写が、プライヴァシー侵害とされることは不自然ではない。プライヴァシーの権利を公私の線を引きながら訴えた原告は、一般読者の想像（力）を問題にすることによって勝訴した。だが、実はその一般読者の「読む」欲望の危険さをより正確に察知していたのは、テクストの方ではなかったのか。「宴のあと」が描き出すかづの裸体は、公私の別をまたぎ、物理的な視線の障壁さえまたいでいることがわかる。

小説「宴のあと」は、人々の想像力の前には「公私の別」が究極的には成り立たず、プライヴァシーの境界はつねに侵犯の危険にさらされざるをえないという先鋭的な洞察をすでにこのとき示していたのである。

第7章　〈芸術性〉をいかに裁くか――昭和末、高橋治「名もなき道を」の勝訴

1　唯一の小説家側勝訴例

小説の表現によるプライヴァシー侵害をめぐって、モデルとされた人物から小説家が訴えられた事件で、戦後ただ一つだけ小説家側が勝訴した例がある。それが一九九五年に東京地裁で判決が下された、高橋治「名もなき道を」（一九八四年連載開始）をめぐる裁判である。

憲法学者の棟居快行《むねすえとしゆき》は、この地裁判決について「小説表現の自由に手厚いきわめて注目される判決」と評価した(1)。実際、三島由紀夫の「宴のあと」（一九六〇年発表）、伊佐千尋のノンフィクション「逆転」（一九七七年刊行）、清水一行の「捜査一課長」（一九七八年刊行）、佐木隆三の「女高生・OL連続誘拐殺人事件」（一九九一年刊行）、柳美里の「石に泳ぐ魚」（一九九四年発表）といった作品についての、名誉毀損やプライヴァシー侵害などをめぐる裁判では、作家側が敗れている。

「名もなき道を」裁判における判断の分かれ目となり、いまなおその当否をめぐって一部の法律家たちの議論の対象となっているのが、小説のもつ〈芸術性〉を、司法の場でいかに論ずるのか、あるいは論じないのか、という点である。小説はたしかに言語芸術であり、新聞報道や論評の表現

とは性質を異にする。小説の言葉がプライヴァシー侵害を行なっている可能性があるとして、その判断の基準は報道や論評の言葉と同じでよいのだろうか。侵害の判断は、侵害に相当する一部分のみをもって認定されていいだろうか、あるいは小説の「全体」をめぐる評価のもとに勘案されるべきだろうか。非常に芸術的に優れた小説作品と、読者の嗜好におもねった売れればよいという程度の小説作品とは、法の下で等しい並みに扱われるべきなのだろうか。扱われるべきであるにせよ、扱われるべきでないにせよ、では芸術的に高度だという価値判断は、裁判の空間において、いったい誰がどのようにして行なうのだろうか。いっそ、そうした芸術をめぐる議論はすべて裁判という仕組みの埒外にあるものとして放逐するという判断もありうるが、それでかまわないだろうか。

あらかじめ私の主張を述べるならば、私は裁判の場に〈芸術性〉をめぐる議論を導入すべきであると考えている。ただしそれは、これまでの法的議論が想定していたような、芸術作品として高度な達成であるとか、純文学作品として社会的に尊重されるべきカテゴリーに属しているとか、そういった芸術的価値の高低にかかわる意味においての芸術性ではない。この種の意味での芸術性は、たしかに司法判断には馴染まない。私がここで述べようとしているのは、別種の〈芸術性〉である。それは芸術とりわけ文芸作品が公共圏のなかに人間性をめぐる広範囲な理解の枠組みを提供できるという、芸術の機能をめぐっての問題となるはずである。

『名もなき道を』（講談社、1989年８月、８刷）

文学研究者の立場からみて、〈芸術性〉をめぐる法的議論は、さらに精緻化できる余地が残されているように思う。「宴のあと」から「捜査一課長」「名もなき道を」などをへて、「石に泳ぐ魚」へといたる文学作品のプライヴァシー侵害裁判の論点を歴史的に検証しながら、文学作品の〈芸術性〉およびそれについての法的議論に対して、現在の文学研究がどのような寄与を果たせるかを検討する。言い換えれば、文学をめぐって法と芸術と社会的常識や慣習が衝突し合う場である裁判という言説空間に、文学研究の知見を提供し直そうというのが、本章の大きな射程である。

2　高橋治「名もなき道を」とその訴訟

本章の焦点となる高橋治の作品「名もなき道を」について、まず作家と作品、そして裁判の経緯を整理しておこう。

高橋治は一九二九年五月千葉県に生まれた小説家である。旧制第四高等学校、東京大学文学部を卒業し、一九五三年に松竹へ入社。一九六〇年、映画『彼女だけが知っている』を初監督する。その後、文筆業に転じ、ドキュメント「派兵」や、小説「絢爛たる影絵　小津安二郎」を発表。一九八四年「秘伝」で直木賞を受賞し、一九八八年「別れてのちの恋歌」「名もなき道を」で第一回柴田錬三郎賞を受けた。一九九六年には「星の衣」で吉川英治文学賞も受賞している。伝記物の他、叙情的な恋愛小説でも広い読者をもった。

長篇小説「名もなき道を」は、『高知新聞』に一九八四年一一月一一日から一九八五年九月二三日に連載されたのが初出となる。同作はほかにも、『秋田魁《さきがけ》新報』『信濃毎日新聞』『北国新聞』『富山新聞』『中国新聞』『神戸新聞』『熊本日日新聞』に、順次掲載された。最終掲載紙は『熊本日日新聞』で、掲載終了日は一九八五年一一月六日だった。一九八八年五月に単行本として講談社から発行、訴訟提起の時点で第八刷であったとされる[2]。文庫本は、やはり講談社から一九九一年一〇月に上下巻本で出ている。

あらすじは以下の通りである。金沢大学名誉教授吉松暁雄は、白山山中で黒百合の撮影中に意識が遠のき、息絶える。死ぬ間際に、四高時代の教え子である槙山光太郎のことが想起された。槙山はすでに世を去っていたが、その生前、吉松は槙山を彼の生家のある伊豆に訪ねたことがあった。槙山は大学卒業以来一五回も司法試験に落ち続け、定職にもついていない。吉松は槙山という人間への興味を深め、家族や友人などを訪ねてまわり、その生い立ちや人となりを知っていく。槙山は地元の大病院の長男として生まれ、医師となることを期待されながら、色覚障碍によりその道に進むことを自ら断念していた。槙山は観光ホテルで泥酔し、浴場で死亡した。奇矯とも思える振舞いが多く、周囲に多大な迷惑をかけ続けたが、しかし同時に強い人間的な魅力を備えていた存在だった、ということが親密な関係にあった服部苑子や、かつての友人たちの口から語られていく。物語は冒頭にかえり、吉松の死で結ばれる。なお、小説の題名は旧制四高の寮歌「北の都」の一節にちなむ。

文学研究の論文としては、日高昭二による論考のみが存在する[3]。

訴訟の経緯については、巻末のモデル問題関連年表に、他の訴訟の経緯などとあわせてまとめておいた。裁判において、原告側は著者高橋治および講談社に対し、名誉毀損およびプライヴァシー侵害を理由に、出版発行の中止、謝罪広告の掲載、慰謝料一〇〇〇万円の支払いをもとめた。名誉毀損に相当する箇所として、（1）原告X1が現在経営している医院の沿革について、（2）主人公のモデルAの死亡と葬儀についての原告らの行動や会話、（3）Aの七回忌（思いの宴）について原告らがとった態度、（4）墓及び町長選について、（5）原告らについて小説中の言動などが真実のものと受け取られてしまうこと、が問題視された。プライヴァシー侵害としては、（1）原告らの学歴、（2）原告らの結婚の経緯、（3）原告らの医院開業の経緯、財産関係、（4）遺伝的要因（Aの色覚異常）、（5）Aの死因、（6）原告X2の両親の結婚の経緯や家族関係、（7）原告らの人物像、が指摘された。

一審は、原告の訴えを棄却し、被告の作家側が勝利した。原告は控訴し、東京高裁において争ったが、その過程で一九九九年三月に和解が成立した。作品にモデルが存在したこと、モデルとなった人物の遺族が作品によって精神的苦痛を受けたこと、を互いが確認し、作家側が和解金（金額は非公開）を支払って決着した。また映画化などの場合に際しては、主人公の出身地を別の土地に移すことも確認されたという[4]。

3　モデル小説の〈芸術性〉をどう評価するか

先にも述べた通り、プライヴァシー侵害を訴えたモデル側が敗訴するという結果は、先行する同様の事例である三島由紀夫の「宴のあと」裁判（一九六一〜六四年）とは対照的だった。川端康成の自死の経緯を取り上げた臼井吉見の「事故のてんまつ」（一九七七年）の訴訟が和解に持ち込まれ、伊佐千尋の「逆転」（一九七七年）についての係争はあったもののノンフィクション作品であったため、いわゆる文芸作品についてのプライヴァシー侵害訴訟について司法判断がおりたのは、「宴のあと」以来、ほぼ三〇年ぶりのことであった。

モデル小説による名誉毀損ならびにプライヴァシー侵害の違法性を判定するに際して、芸術性をいかに考慮するか。三島由紀夫の「宴のあと」裁判に始まる、その展開を整理する。

小説なり映画なりがいかに芸術的価値においてみるべきものがあるとしても、そのことが当然にプライバシー侵害の違法性を阻却するものとは考えられない。それはプライバシーの価値と芸術的価値（客観的な基準が得られるとして）の基準とは全く異質のものであり、法はそのいずれが優位に立つものとも決定できないからである。

引用は「宴のあと」裁判における、東京地裁の判決文である。考え方は明確であろう。芸術性の問題と、プライヴァシーの問題は「全く異質のもの」であるから、その優劣を判断することはできない。したがってプライヴァシー侵害の問題はプライヴァシー侵害の問題として判断する、というのである。この考え方に従い、東京地裁は「宴のあと」の違法性を認定した。

これに対し「名もなき道を」裁判では、被告側の作家が勝利した。「小説表現の自由に手厚いきわめて注目される判決[5]」とされ、「モデルがある文学作品とモデルに模された実在の人物に対する名誉毀損・プライバシー侵害との関係を規範的に整理したもので、大きな意義を有する[6]」と評価されるものである。具体的には、どのような点が注目に値するのだろうか。少し長くなるが、東京地裁の判決文から確認する。

実在の人物を素材としており、登場人物が誰を素材として描かれたものであるかが一応特定し得るような小説であっても、実在人物の行動や性格が作者の内面における芸術的創造過程においてデフォルム（変容）され、それが芸術的に表現された結果、一般読者をして作中人物が実在人物とは全く異なる人格であると認識させるに至っている場合はもとより、右の程度に至っていなくても、実在人物の行動や性格が小説の主題に沿って取捨選択ないしは変容されて、事実とは意味や価値を異にするものとして作品中に表現され、あるいは実在しない想像上の人物が設定されてその人物との絡みの中で主題が展開されるなど、一般読者をして小説全体が作者の芸術的想像力の生み出した創作であって虚構（フィクション）であると受け取らせるに至っているような場合には、当該小説は、実在人物に対する名誉毀損あるいはプライバシー侵害の問題は生じないと解するのが当然である。けだし、右のような場合には、一般読者は、作中人物と実在人物との同一性についてさほどの注意を払わずに読み進むのが通常であり、実在人物の行動ないし性格がそのまま叙述されていて、それが真実であると受け取るような読み方をすることはないと考えられるからである。

〔…〕小説中に実在人物のプライバシーに属する事実が記述されている場合であっても、その事実が当該小説の主題及びこれを支える構成上不可欠であると認められかつ、表現の方法・内容において秘事のあからさまな暴露とならないような慎重な配慮がされており、小説全体としても作者の芸術的想像力の生み出した創作であって虚構(フィクション)であると認められるときには、プライバシー侵害としての違法性を欠くものと解するのが相当である。

(傍線は引用者による)

まず判決は、たとえ実際の出来事や人物を題材にした小説であっても、「作者の内面における芸術的創造過程においてデフォルム(変容)され、それが芸術的に表現」されていた場合には、名誉毀損あるいはプライヴァシー侵害の問題は生じないと判断する。また、その「デフォルム」や「表現」が不足していたとしても、「小説全体が作者の芸術的想像力の生み出した創作であって虚構(フィクション)である」と「一般読者」が受け取ることができる場合には、同様に名誉毀損やプライヴァシー侵害は起こらないという。

さらに判決は続けて、たとえ小説中に実在の人物のプライヴァシーに当たる事実が描かれていたとしても、「小説全体としても作者の芸術的想像力の生み出した創作であって虚構(フィクション)であると認められるとき」においては、プライヴァシー侵害にはならないと述べる。

つまり判決は、たとえ描かれたことが事実であっても、芸術的に変容を受け、虚構と見なせるようになっていれば、違法ではないというのである。この判断は、芸術制作における「デフォルム」の力と虚構の意義を、明確に肯定していると言っていいだろう。そしてこの点に関連して重要なのは、この「デフォルム」と虚構性の程度を判定する根拠が、「一般読者」の認識如何に置かれているということである。

なお、先行する研究が評価する、この判決の示したモデル小説を判断する際の規範とは、次のようなものである。

（A）実在の人物の行動や性格に依拠して小説が表現されており、作者は実在の人物と異なるように描く配慮を行なっていない（暴露小説、実録小説、伝記小説、ノンフィクション小説など）。

（B1）実在の人物の行動や性格に依拠して小説が表現されており、作者は実在の人物と異なるようにデフォルムし、芸術的に表現している（「名もなき道を」が該当）。

（B2）B1ほどではないが芸術的表現がなされ、小説全体が作者による創作であり虚構（フィクション）であるとみなせる。

（A）においては、名誉毀損やプライヴァシー侵害に相当する記述がある場合、小説の違法性は認定される。（B1）（B2）においては、名誉毀損やプライヴァシー侵害に該当する記述があったとしても、違法性は認められないというものであった。

「名もなき道を」裁判と同年である一九九五年一二月に下された「捜査一課長」裁判の大阪地方裁判所の判決においては、芸術性の問題は考慮のうちに入れられなかった。ただし、同裁判では、モデル小説について「名もなき道を」裁判と類似した分類の試みを行なっている。

（C）小説の描写中において、素材事実が、本来の事件をもはや具体的に想起させないほどに完全に消化され、作家の想像・虚構に基づく小説の構成要素に換骨奪胎されてしまった場合。

（D）小説の描写中において、素材事実の重要な一部ないし全部が、本来の事件を容易に具体的に想起させる程度に原形をとどめた形で、使用された場合。

（D1）素材事実と虚構事実（及び作者の意見表明）との間が截然と区別されている場合。

（D2）素材事実と虚構事実とが渾然一体となって、区別できない場合。

「名もなき道を」でいう（B1、2）がまとめて（C）とされており、（A）をより細かく分類して（D1）（D2）となっているのがわかる。「捜査一課長」裁判の大阪地裁判決は、（C）および（D1）についてはそれが違法でありうるか否かについてコメントをしていない。（D2）の場合――「捜査一課長」はここに該当すると判断された――は、名誉毀損、プライヴァシー侵害が成立しうるとしているようである。(7) つまり判決は、モデル小説を「虚構事実」と「素材事実」の間の距離の問題として把握した。この問題は商品としての小説の営利性の問題とも関連づけて論じられたが、その一方で芸術性は判断の外に置かれたのである。
佐木隆三の「女高生・ＯＬ連続誘拐殺人事件」をめぐる裁判は、実名で書かれたノンフィクション小説をめぐるものであった。第一審の名古屋地裁（二〇〇〇年一月）は小説による名誉毀損、プライヴァシー侵害は認めなかったが、名誉感情の侵害は認定した。同年一〇月に判決が下りた控訴審の名古屋高裁では、一審の判断を覆し、名誉毀損、プライヴァシー侵害、名誉感情の侵害、いずれをも認定し、作家側は敗訴した。両裁判では、ノンフィクション小説の表現における真実性と虚構性の混同のされやすさについて言及がなされたものの、ノンフィクション小説は芸術という観点から検討されなかった。
モデル小説による名誉毀損・プライヴァシー侵害を論じて最高裁まで戦われた「石に泳ぐ魚」裁判ではどうだろうか。東京地裁の判決文（一九九九年）は次のように述べている。

読者が「朴里花」が原告をモデルとする人物であると認識するかどうかは、本件小説の小説としての価値評価とは必ずしも関連性がないというべきであるから、仮に、本件小説が被告ら主張のような純文学小説ないしは文芸作品に当たるとしても、そのことによって直ちに、「朴里花」と原告とが同定されないということはできない。

たとえそれが「純文学小説」であったとしても、小説内のモデルが実在の人物と同定されることはありうる。実在の人物と小説内のモデルとを結びつけるという読者の営為は、小説の価値評価とは無関係に行なわれる。判決文はこう判示した。考え方の基本線は、「宴のあと」の判決と同じだろう。つまり、違法性の判定は、小説の質とは関係がない、というのである。

こう見てくると、「小説全体としても作者の芸術的想像力の生み出した創作であって虚構（フィクション）であると認められるときには、プライバシー侵害としての違法性を欠くものと解する」とした、「名もなき道を」裁判の判決文が、突出して芸術性を認定していることが、あらためて見えてくる。

4 〈芸術性〉をめぐる法学者たちの見解

法学者たちの間にも、芸術性を考慮するべきという立場と、そうでない立場とが存在する。まず、考慮すべきという側の意見を整理しよう。

のちに最高裁判事を務め、表現の自由の問題にも造詣の深かった伊藤正己は、「宴のあと」裁判に関する一九六四年の記事で、次のように述べている。(8)

作品が芸術的価値をもつことは、権利侵害の成否に影響を及ぼすことも否定できないところである。（四九頁）

芸術的な昇華が十分であるときには、権利侵害の様態を弱め、さらにすすんでは侵害を〔が〕

成立しなくなることである。結局は、芸術的に高められた表現は、とくに作品全体をみるときには、私生活の事実がとりあげられていても、通常人の感覚からみて受忍しうる範囲にはいることが少なくないといえるであろう。（四九頁）

「芸術的価値」が権利侵害の判断に影響を及ぼすことがある、と伊藤は主張している。鍵になるのは「芸術的な昇華」といわれる作業である。「芸術的な昇華」がなされており、また「作品全体」のあり方を考慮に入れたとき、たとえ「私生活の事実」が作品に書かれていたとしても、普通の感覚で考えて忍べる範囲になることが少なくないはずだ、と伊藤は言う。

憲法学者で、やはり表現の自由の問題に多くの発言がある奥平《おくだいら》康弘は、一九九七年の著書において、次のように述べる[9]。奥平は、「「作品全体としての評価」という判断基準は、〝わいせつ〟法領域では許容されるかもしれないが、モデル小説など文学作品と個人の人格権侵害が問題になる法領域では、適用妥当性がない、という議論がありそうである」（二二九頁）というように、まず「作品全体」として判断をするか否か、という問題を立てる。そして個人の人格権侵害が問題となるモデル小説裁判などでは、その判断が該当しない、すなわち部分的にでも問題箇所があれば違法性が認定されうる、という立場があることを示す。その一方で逆の立場もありうると併記する。

他方にはしかし、文学上芸術上の作品は、これまで政治上・思想上・学問上の作品に比べて低い価値を与えられてきたが、そうであると決めつける根拠は乏しいのであって、前者もまた、それにふさわしい表現の自由がよろずにつけ与えられるべきだという議論も成り立ちそうである。そうだとすると、この法分野でも、「作品全体としての評価」という判断基準もありえていいことになる。

（二二九頁）

奥平は、文章のジャンルを問題としている。文学・芸術の作品は、これまで政治・思想・学問の作品に比べて低く価値付けられてきたが、同様に、それにふさわしい表現の自由が与えられて当然だという議論もありうる、と言うのである。そしてもしそう考えるならば、「作品全体としての評価」にもとづいて、文学作品の表現の自由が論じられてよい、という。両論併記の書き方ではあるが、芸術作品をその芸術性を考慮に入れて判断する立場を認める記述となっている。

家族法などの民事法の専門家である宮崎幹朗も、ノンフィクション作品「逆転」をめぐる裁判についての一九八九年の研究で、マスコミ報道と文学作品の差異を考えるべきだと主張する。マスコミ報道の場合は「報道される事柄の公表価値を中心に判断されるべき」であり、ルポルタージュのように報道性の比重が高いノンフィクション作品も同様の判断で問題はない。しかし「逆転」のように、事件後に相当の年月が経過したものや、「文学性の比重が高いノンフィクション作品や、場合によっては、『宴のあと』のようなモデル小説」については、「事実」についての「公表価値」で判断してしまうと、作品の「価値を認められず、文学作品としての可能性を奪われることにもなりかねない」と指摘する。宮崎は続けて言う。「作品の文学性、あるいは芸術性、いいかえれば作品自体の持つ社会的価値というものがプライバシー侵害の判断の素材に加えられることが必要のように感じられる」(以上、一三九頁)。

法学者ではないが、ジャーナリズム研究の塚本晴二朗も「作品の芸術性」を考慮すべきであると「名もなき道を」および「石に泳ぐ魚」裁判をふまえて、二〇〇二年に論じている。(10)

小説の場合は、モデルとなった人物やその行動等には一切公共性や公益性がない場合もあり得る。そのため、その小説の作品全体としての価値、すなわち「作品の芸術性」というようなものに、犯罪報道等における公共性や公益性と同じような位置づけをしないと、モデルを正確に描写すればするほど、名誉毀損やプライバシー侵害が成立してしまうことになる。小説と表現の自由の問題を考えるときに「作品の芸術性」を考慮することは、性表現に関する訴訟では、ごく一般的なものであるから、このようなアプローチの仕方をすることに特に問題はないはずである。(二三二頁)

塚本は、小説の「公共性」「公益性」を、犯罪報道等のそれと同一の基準で考えるべきではないという。小説においては、その描写対象となった人物、およびその行動に「公共性」「公益性」がないこともありうる。とすればその人物を事実に即して描けば描くほど、プライヴァシー侵害などが成り立つ危険性が増し、その表現を救済する道がなくなる、という趣旨とまとめていいだろう。そこで塚本が主張するのが、「「作品の芸術性」というようなものに、犯罪報道等における公共性や公益性と同じような位置づけ」を行なうということである。根拠とするのは、奥平と同じく、性表現に関する訴訟の例である。猥褻性をめぐる法的議論においては、作品の芸術性が問われうる。であるならば、モデル小説の裁判においても、そうされてしかるべきだというのである。

さて一方で、裁判という場において、芸術性を考慮すべきでないと考える法学者たちもいる。そうした判断がなされる根拠の一つは、そもそも芸術性の判定は、裁判所には不可能だということである。憲法学者の内藤光博は、次のように言う。「裁判所は、モデル小説の「芸術的価値」が高いことを理由に、プライバシー権侵害を容認することはできない。なぜなら、裁判所には、小説の芸術表現としての昇華の度合いや完成度を認定する権限・手続・能力が備わってはいないからである」[11]。棟居快行も、次のように述べる[12]。

要するに、芸術作品として成功しているかいないか、が不法行為の成否を分かつことになるのである。このような判断基準に立てば、芸術的成功度の主張立証が当事者によってなされ、裁判所がそれについて一定の判断を下すことにならざるをえない。このような判断が裁判になじむとは、到底考えられない。（一七頁）

たしかに、言語芸術としての小説の完成度や質の高さを、裁判所が判断するのは、性質上馴染まないと思われる。小説をどう評価するのかは尺度がさまざまにありえる。だれもが納得でき、また他の小説にも通じるような普遍性を有した判断を下すのは、かなり難しい。

また、芸術性を判断に入れるべきではない、あるいは重要視すべきではないと考える法学者の、もう一つの判断基準となっているのは、芸術性という基準そのものの重要度が低いとする考え方である。この考え方は、先の奥平康弘の引用にも「文学上芸術上の作品は、これまで政治上・思想上・学問上の作品に比べて低い価値を与えられてきた」とあり、法学の世界においてさほど珍しくない考え方のようである。なぜそうなるのだろうか。たとえば民法学者の玉樹智文は、次のように説明している(13)。

文学等の芸術表現について特別な基準を考える場合、結局「芸術性」に特別な違法性阻却事由としての地位を認めるか、ということがポイントになろうが、後述のように、「芸術性」もここにおける「公共利害性」の一環として位置づければ足りると考える。そして、その場合、「芸術性」の有する公共性は、民主主義社会の根幹を担う報道や論評の公共性に比して低度であると言うべきである。(一二六頁)

学説には、芸術性による違法性阻却を肯定する意見も見られるが、否定意見が多く見られる。前述のように、「言論の自由」との関連で表現行為の違法性が阻却されるのは、言論行為が民主主義社会の基盤を成すからである。「芸術性」が広い意味での「公共性」の一環であるとはいえ、「言論の自由」と同列に並ぶものとは考えられない。(一二七頁)

玉樹の立場は明確である。「芸術性」もまた、「公共利害性」の一部をなしている。ただし、「芸術性」が有する「公共性」は、報道や論評のもつ「公共性」よりも重要度において劣る。玉樹はその理由をはっきりとは示さないが、当然その理由は、報道や論評などによる言論行為こそが民主主義社会の根幹をなすものであり、芸術による表現行為はそうではない、ということにある。

5 二つの〈芸術性〉1——〈虚構化〉

飯野賢は、モデル小説をめぐる法的議論においては、二種類の〈芸術性〉が混在していると指摘する。芸術的価値の高さに関する問題と、虚構度の判断を行なう場合の芸術化の問題である[14]。以降の議論では、この飯野の分類を踏まえつつ、前者を〈芸術的価値の高さ〉、後者を〈虚構化〉の名称で呼び分けて混乱を避けることとする。

まずは、〈虚構化〉の問題から論じよう。「宴のあと」に始まり、「名もなき道を」「捜査一課長」「石に泳ぐ魚」、いずれの判例も、この問題に検討を加えている。「宴のあと」では、読者がモデルの私生活を描いているという認識をもたない場合にはプライヴァシー侵害が否定されるが、これは「芸術的に昇華が十分な場合に多い」として、〈虚構化〉という尺度の存在を認めている。ただし〈虚構化〉と認めながら、「たとえ小説の叙述が作家のフイクシヨンであつたとしてもそれが事実すなわちモデルの私生活を写したものではないかと多くの読者をして想像をめぐらさせるところに純粋な小説としての興味以外のモデル的興味というものが発生し、モデル小説のプライバシーという問題を生む」と結論した。つまり、〈虚構化〉がなされていたとしても、一般読者がモデルについての想像をめぐらしてしまい、しかも読者たちに虚構か否かの判断が付かない以上は、プライヴァシー侵害は発生すると結論した。なお、このとき虚構の度合いが強いときにプライヴァシー侵害が否定されるのは、「芸術的価値がプライバシーに優越するからではなく、プライバシーの侵害がないから」だとして、〈芸術的価値の高さ〉という尺度については導入していない。

「名もなき道を」裁判においては、「実在人物の行動や性格」が作者の「芸術的創造過程においてデフォルム（変容）され、それが芸術的に表現され」ていることを認定しており、同時に「実在人物の行動や性格」が「取捨選択ないしは変容」されるなどして、「小説全体が作者の芸術的想像力の生み出した創作であって虚構（フィクション）」だと一般読者に受けとられるようになっているとしている。〈虚構化〉の議論を導入しているだけでなく、「芸術的に表現」という言葉を用いており、明確にではないが〈芸術的価値の高さ〉についての判断を含んでいるようにもみえる。

「捜査一課長」裁判では、「虚構事実」という用語を用いており、その程度に応じて場合分け（C、D1、D2など）して示していることをすでに確認した。

「石に泳ぐ魚」裁判では、以上の判例とは、さらに異なった判断を下している。第一審で被告側は、「石に泳ぐ魚」が「実在人物の行動や性格がデフォルム（変容）され、それが芸術的に表現された結果、一般読者をして小説全体が作者の芸術的想像力の生み出した創作であって虚構（フィクション）であると受け取らせるに至っている」と主張した。これは「名もなき道を」の判例を踏まえた被告側の戦略だっただろう。これに対し、第一審判決は、「宴のあと」の判例のとおり、現実か虚構かの区別を読者が行なえない場合には、プライヴァシーや名誉感情の侵害が発生しうるとしている。

特徴的なのは、控訴審となった東京高裁の判断である。

現実に題材を求めた場合も、これを小説的表現に昇華させる過程において、現実との切断を図り、他者に対する視点から名誉やプライバシーを損なわない表現の方法をとることができないはずはない。このような創作上の配慮をすることなく、小説の公表によって他人の尊厳を傷つけることになれば、その小説の公表は、芸術の名によっても容認されないのである。他者の実生活は、文学作品の形成のためであっても、犠牲に供されてはならないのである。

この判例は、〈虚構化〉という尺度を明確に認めている。「昇華」――「宴のあと」で被告側が用いた概念である――を十分に行なえば、「現実との切断」が可能となり、名誉やプライヴァシーを損なわない表現ができるはずだと述べているからである。この意味において、控訴審の判断のポイントは、第一審の判断とは移動しているというべきである。

整理すれば、〈虚構化〉の効果を認め、その適切さ次第では違法性を欠くこともあるとしているのは、「名もなき道を」「捜査一課長」、そして「石に泳ぐ魚」控訴審およびそれを踏襲した上告審。一方、〈虚構化〉というプロセスの存在を認めながら、実際に表現の違法性を判断する上でその効果を認めていないのは、「宴のあと」と「石に泳ぐ魚」の第一審である。

一見、「宴のあと」と「石に泳ぐ魚」の第一審の判断は、ほぼ〈虚構化〉の議論を無効にする究極の判断のようにも見える。現実か虚構かが判断できない場合には、読者は両者を混同する。混同されれば侵害が発生しうる、という論法となっているからである。この論理で判断される場合においては、〈虚構化〉の十分さを根拠として、作品表現の適法性を主張するのは困難となる。

この論理は強力だが、強力すぎる。公刊されたリアリズム小説——すなわち現実の出来事に取材し、写実的な手法で描かれた小説——の場合を考えてみる。取材された人や作家の近親者など一部の例外的な人々を除き、読者は、そこに書かれている出来事のどの程度が現実に即しており、どの程度が虚構化されているのか、判断できないのが普通である。文学作品に表現される前の現実なるものがどのようなものか、読者には不可知であるからである。

判断できないから危険だとするのか、判断できないから処罰に抑制的になるのか。どちらを取るのか、慎重を要すると私は考える。次章で検討するが、判断できないから危険だとして違法性を認定した「石に泳ぐ魚」裁判では、作家や文芸批評家たちから強い批判が出された。上記のように、〈虚構化〉の程度は判断できないのが普通なのであるから、判断できないときに有罪になる可能性があるというのは、ほとんどすべてのリアリズム小説は訴えられれば負ける可能性が高いということを意味する。これは、非常に強い萎縮効果を、文芸の創作現場にもたらす。司法は、萎縮効果の意味に、もう少し真剣に向き合うべきである。〈虚構化〉を、その程度に応じて判断する試みが、必要とされているのである。

いかなる人物と出来事が、どのように描かれているのか、その度合いを判断する際には、裁判所がその調査能力をもって個別に判断することになる。ポイントとなるだろう要素を試みに挙げれば、

（1）事実の改変の程度、（2）作品全体におけるその人物や出来事の位置づけの仕方、またその扱いの軽重、（3）作品のリアリズム指向の強弱、が数えられるだろう。さらにつけ加えれば、作品外の要素として、（4）作家の創作歴や従前の評価がもたらしうる予断、（5）作品外におけるモデルの同定に資する付加情報の有無（モデル小説だという広告など）も考慮する必要があるだろう。

6 〈虚構化〉と読者

いま列挙したのは、作家と作品およびそれらの周囲にある付加的な情報をめぐっての考察ポイントであるが、これ以外に考慮した方がよい点がある。読者の問題である。これまでのモデル小説裁判のほぼ全てが読者に言及していることからわかるように、モデル小説に名誉毀損やプライヴァシー侵害の違法性があるかどうかの認定は、読者がどう読むかという問題と切り離すことはできない。その小説によって実害が出るかどうかは、読者たちの反応次第だからである。

これまでの裁判では読者は「一般読者」（『宴のあと』）を想定することが普通だった。より詳細に読者の問題に踏み込んだのが、「石に泳ぐ魚」の第一審だった。そこでは、「原告と面識があり又は〔…〕原告の属性の幾つかを知る不特定多数の読者」が問題化された。平たくいえば、同判決は、特定できないが複数いるはずのモデルの知り合いたちがその小説をどう読むか、を考慮したのである。ここではこの種の読者を一般化して〈モデルを知る不特定多数の読者〉と呼んで考えることにする。

「石に泳ぐ魚」の第一審の判決は、判断の基準を、「宴のあと」裁判のような「一般読者」の読解のあり方から、〈モデルを知る不特定多数の読者〉の読解のあり方へと移動させた。これにより、問題とされたモデル小説が違法だと判断される可能性は、格段に上がった。その小説が現実の出来事や人物に取材するモデル小説である以上、その出来事や人物を知る人は、ほぼ必ず複数いる。つまり〈モデルを知る不特定多数の読者〉は必ず存在する。そしてその読者たちには現実と虚構の区別を付けることは原理的にできない。なぜなら、作家と一〇〇％知識を共有する読者は存在しないからである。したがってどこまでが虚構で、どこまでが現実なのかは、作者以外の誰にも判断できない――作者が虚構だと考えていても、モデルがそれを現実だと主張する可能性すらある――。事実認定は、裁判所が自身の判断に基づいて行なうことになるが、もちろんその判断が判示以前にお いて読者たちに影響を与えることはありえない。だとすれば、小説による名誉毀損やプライヴァシー侵害は、ほぼ常に成り立ちうる状況となる。

つけ加えれば、「不特定多数の読者」という言い方には危うさがつきまとう。たしかに、モデルとなった人物・事件を知る人間の数を特定するのは難しい。だが、それを「不特定多数の読者」と呼んでしまうと、その小説の取材が限られた範囲でなされており、モデルとされた人物・出来事を知る人々も僅かだった場合、その狭さを正当に評価できなくなるのではないか。たとえば、「石に泳ぐ魚」のモデルは無名の大学院生だった。モデルとされた人物の痛みを無視しようというのではないが、この事件は訴訟にさえならなかったら、わずかな範囲内でのトラブルでおさまった。そこで両者による相談と作品の書き直しが行なわれ、和解へと至れば、この小説の〈モデルを知る不特特定多数の読者〉の規模は、おそらく一〇～二〇人でおさまった。しかし、最高裁まで争われてしまったことにより、〈モデルを知る不特定多数の読者〉の数は数百人にまで増えただろう。被害の拡大を食い止めるはずの裁判が、むしろ当該小説の読者を増やす効果をもたらしてしまっている。

先の〈虚構化〉の議論と同様、〈モデルを知る不特定多数の読者〉を基準とする判断は強力すぎる。侵害を認定する際の判断は、より「一般の読者」に近いかたちへと戻した方がよいのではないか。萎縮効果が、やはり強すぎるのだ⑮。

7　二つの〈芸術性〉2――〈芸術的価値の高さ〉

最後に、モデル小説をめぐる法的な論争の場で登場する、もう一つの〈芸術性〉すなわち〈芸術的価値の高さ〉の問題に進もう。

文学の失墜が言われて久しい。芸術性をめぐる現代の文学の状況はといえば、正典的な作品の数々を読破することが教養の一部である時代はとうの昔に去り、創作や評論の問題作が論壇の大きな話題となるようなこともめったになくなっている。あらためて言うまでもないことだが、文学は、現代日本の文化空間のなかで、かつてのような優位を占めてはいない。文学の価値が自明だった時代においては、作品の芸術性をあらためて問う必要はなかったが、現代はそうではない。

学術の領域で文学を分析する、いわゆる文学研究者にとってもこれは同様で、作品の〈芸術性〉であるとか〈芸術的価値〉というものは、実際たいへんに懐かしい響きの言葉である。一般的イメージとは異なるかもしれないが、ある作品が芸術的価値をもつか否かは、現代の文学研究者の主要な関心事ではない。もちろん、場合によってはそのような判断を下すことも求められはするが、おおむねそれは本業とはみなされない。現代小説をめぐっては、文芸批評家と呼ばれる人々が別に存在し、どの作品の価値が高いかということを論評している。過去の作品については、芸術的価値の有無自体よりも、芸術的価値を価値たらしめていた時代的枠組みの方にこそ、主要な関心が向けられるようになっている。したがって、いま文学研究者は文学作品を取り上げて、その芸術的価値を云々することはほとんどない。

こうした現代に、名誉毀損やプライヴァシー侵害などの可能性がある文学作品を、〈芸術的価値の高さ〉を根拠に擁護することはかなり困難である。そもそも、何をもって〈芸術的価値の高さ〉を証明するのか、相当難しい。文章の彫琢の素晴らしさだろうか。テーマの重要性だろうか。思考の深遠さだろうか。世界観の広がりあるいは深さだろうか。作者のこれまでの創作の経歴に対する評価の高さは勘案するべきだろうか。〈芸術的価値の高さ〉は時代を超えるものだろうか、あるいは時代によって変わるものだろうか。

そして、この〈芸術的価値の高さ〉はだれが証明するのだろうか。文芸批評家や文学研究者たちが複数関わり、その価値の高さを証言すればいいのだろうか。そうした証言や、弁護側の弁論をもとに、裁判官が認定すればいいのだろうか。

そもそも〈芸術的価値の高さ〉が、名誉感情を傷つけられたり、私事や個人情報などを明かされたりすることから守られたいという個人の権利主張に優越するものだと、何を根拠にすれば言えるのだろうか。「石に泳ぐ魚」裁判の第二審判決は、「小説の公表によって他人の尊厳を傷つけることになれば、その小説の公表は、芸術の名によっても容認されないのである。他者の実生活は、文学作品の形成のためであっても、犠牲に供されてはならないのである」と激しく指弾した。こうした主張を、「芸術の名」において覆すことが、いったい可能だろうか。

たとえば、「源氏物語」のような一〇〇〇年先の人々をも魅了する高度な言語芸術の達成が日本の社会に存在することは、その構成員にとって非常な価値をもつことであり、そのような作品が最大限擁護されねばならない、ということは多くの人の納得を得られるかもしれない。評価の定まった過去の名作の〈芸術的価値の高さ〉には、人々への訴求力がある。

しかし、過去の評価の定まった名作が、いま、名誉毀損やプライヴァシー侵害についての法的係争の場に立つということはまずあり得まい。問題が起こるのは、当然、書かれて間もない作品だ。現代小説、しかも書かれたばかりの作品について、だれもが反論のしようのない形で、「源氏物語」級の高評価が下されるということは、これもまずあり得まい。では、「源氏物語」レベルは無理として、その半分程度の〈芸術的価値の高さ〉を説得的に主張できれば、それで裁判官を説得できるだろうか。これはそういう問題――すなわち程度の問題なのだろうか。

〈芸術的価値の高さ〉への敬意は、私はこの社会から消えて欲しくはないと思う。芸術の社会的意義について一顧だにせず、強い口調で裁断した東京高裁の判決文には、反発を感じる。だが、〈芸術的価値の高さ〉をテコにこの主張を覆すのはやはり難しい。

では、〈芸術性〉はモデル小説を裁く司法の場に関与しないとしておくのがよいだろうか。それは法を語る言論の空間において考慮されるに値しないものなのだろうか。私はそのようには考えない。たしかに〈芸術的価値の高さ〉については、導入は難しい。だが、〈芸術性〉を再定義すれば、議論の様相はまた変わってくるのではないか。

8　法の場における〈芸術性〉の再規定のために

法学の言論が、なぜ報道や論評に公益性を高く認め、芸術に公益性が少ないと判断するのかあらためて確認しよう。先にも引用した玉樹智文の主張がわかりやすい[16]。「「芸術性」の有する公共性は、民主主義社会の根幹を担う報道や論評の公共性に比して低度である」(二二六頁)。「「言論の自由」との関連で表現行為の違法性が阻却されるのは、言論行為が民主主義社会の基盤を成すからである。「芸術性」が広い意味での「公共性」の一環であるとはいえ、「言論の自由」と同列に並ぶものとは考えられない」(二二七頁)。つまり報道や論評などの言論行為は、民主主義社会を担う重要な要素であり、その公共性は高く評価され保護されねばならない、というのである。これに、異論はない。政府当局をはじめとした大きな権力を有する存在が、人々の生を制限しすぎないために、チェック機能を果たす報道は重要だし、人々がよりよい社会の形を論じ、考え、実現するためには、多様な論評が自由に交わされる必要がある。

たしかに、このような角度から考えると、小説のような言語芸術は、民主主義社会において報道や論評のような機能を果たしていないようにも思える。それは虚構を多く含むし（少なく含むこともあるが）、権力の監視の機能をもっているわけではないし（それが不可能だというのではない）、政治的意見を発表するための形式でもない（やはりそれが不可能だというのではない）。登場人物という虚構的な媒介をわざわざ作りあげ、物語世界という現実世界の人工的似姿のなかでそれを動かし、主要なテーマに関係が深いエピソードも深くないエピソードも両方抱き合わせで織り込みながら、冒頭から結末に至る物語を綴る。その迂遠な作業は、情報の開示、あるいはメッセージの伝達、という観点から見れば、たしかにまどろっこしい。芸術は、余剰であると考えられてもおかしくはない。

だが、芸術は民主主義社会の言論のシステムのなかで、現に重要な役割を果たしていることを忘れてはならない。プライヴァシー権をめぐる近代日本の法的論争の歴史そのものが、実はその例証となっている。日本においてプライヴァシー権が初めて大きな論争となったのは、「宴のあと」裁判である。また一九九〇〜二〇〇〇年代におけるプライヴァシー権をめぐるもっとも著名な判例の一つは、「石に泳ぐ魚」についてのそれである。なぜそれら著名な判例が「宴のあと」や「石に泳ぐ魚」という小説をめぐってのものなのかということを、あらためて考えてみる必要がある。

前章で論じたように、「宴のあと」裁判は、元東京都知事選候補者による申し立てから始まった。だが、報道を追う限り、原告側は法廷闘争の戦略として、単に一人の人物のプライヴァシーを守ること自体を目指す構えを取らなかった。そうではなく、彼らは現代（一九五〇年代）の日本においてプライヴァシー権の確立がいかに必要であるか、ということをアピールしたのである。つまり、法的な闘争を行なうために、人気作家三島由紀夫とその作品の知名度が利用された。

「石に泳ぐ魚」についてもそうである。柳美里という芥川賞作家の知名度こそが、この裁判への注目度を上げているのであって、小説による名誉毀損やプライヴァシー侵害という問題それ自体の重要さではない。「石に泳ぐ魚」裁判は、モデル小説のトラブルとしては、さほど特異とはいえない。

プライヴァシー権をめぐる法的な議論に参加する言葉が、報道や論評の類いに列する、民主主義社会の基盤となる言論行為であるということを否定する者はいないだろう。では、それらの報道、論評、学説、判示の言葉は、三島由紀夫あるいは柳美里という作家とその作品の周囲に積み上がっていたその時代の言説的資源の豊かさと切り離せるのだろうか。なぜ前者が民主主義社会の基盤となる言論行為であり、それらが言及の対象とした三島由紀夫や柳美里の言葉はそうではない、と主張できるのだろうか。私は、むしろ「宴のあと」や「石に泳ぐ魚」裁判をめぐって産出された報道や論評の言葉は、三島由紀夫や柳美里という小説家がその当時有していた公共的な言説の編み目の濃さと強度なくしては成り立たなかったと考える。その意味で、両裁判においては、むしろ小説家の周囲に存在した言葉の堆積こそが、より基盤的だった。

かつてほどではないにせよ、著名作家のもつ社会的注目度は、依然として高い。作家の作りだす小説が、報道や論評と同じ機能を果たすわけではないが、著名な小説はいったん注目を集めると、数多くの報道と論評を呼び起こし、公共的な言論空間を生成していく。なぜそのようなことが起こるのだろうか。

一つには、著名作家およびその作品は、社会がストックし、共有する言説的資源となっているからである。その作家の名前を知っており、その作家の作品を知っており、その作家の書いたものを読んでいるということを前提でき（読んでいない場合には要請でき）、それらの情報にアクセスできるだけのリソースが用意されており、その作家・作品をめぐって産出された関連言説も数多い。著名作家が私たちの社会における言説的資源だというのはこの意味である。

係争の対象となる文学作品は、多くの場合、望めば一般読者も手にとって読むことができる。差し止め請求によって手に入りにくくなることはあるが、事後的に訴えられることが多い以上作品はすでに流通を始めており、したがって読者は比較的容易に問題となった当の作品を入手できる。事件に関心を持った人々が、まさに事件の核心たるその表現に、直接接近できるのである。訴訟をめぐって報道や論評が集まりやすく、また一般の人々も参加しやすいのはこのためである。

もう一つ。小説はそもそも、市民社会において公共的な議論を成り立たせるための前提となる人間性を涵養した装置だった。このモデルを提示したのは、ユルゲン・ハーバーマスの『公共性の構造転換』である[17]。

公衆の圏は、広汎な市民階級の層においては、小家族的親密圏の拡張として、且つ同時にその補完として、発生した。居間と客間は、おなじ屋根の下にあり、一方の私的性格が他方の公開性に依存し、私的個人の主体性が始めから公開性へ関係していたように、「フィクション」となった文芸においても、この両者がひと組にされていた。一方において、感情移入する読者は、文学の中で描写された私的人間関係を模倣し、虚構された親密性に現実の親密性で内容を与え、前者にてらして後者のための自己吟味を行なう。他方では、始めから文芸的に媒介された親密性、文芸化されうる主体性は、事実上、広い読者層の文学となり、公衆として寄り集まる私人たちは、読んだ事柄についても公共的に議論し、共同で推進される啓蒙過程の中へそれをもちこんでくる。（七一〜七二頁）

ハーバーマスは、これに続けて、「法律規範という中心的カテゴリーについて実証された政治的公共性の自己理解は、文芸的公共性の制度にそくした意識によって媒介され」ると述べ、その鍵になるのが「愛と自由と教養」「一言でいえばフマニテート〔人間形成〕」の「内面的」「実現」だとしている（七六頁）。つまり私人たちが公衆として議論を行なうためには、共通となる土台が必要だった。それが市民を市民にしている「フマニテート」、すなわち人間性である。ハーバーマスは、小説がそれらの人間性を涵養したという。私人は、小説を読むことを通じてそこに描かれた私的な人間関係や親密性を模倣し、それらを公共の場に持ち込んだ、というのである。公共的空間において論議し行動するためには、人間的（市民的）な主体のあり方を内面化する必要があり、文芸はそれを媒介する一つの主要な経路だった。

小説は、私的領域と公共性をつなぎ、人間性についての理解を広める重要な役割を果たしている。それは現実から遊離した、たんなる虚構の嗜好品ではない。むしろそれは、私性を媒介し、公共の空間に議論できる形で投げ出すという、重要な社会的回路の役割を有している。

ここまでくれば、文芸作品の創作・流通に萎縮効果を与えることの問題性は明らかだろう。私性と公共性をつなぐ回路に、できるかぎり制限を設けるべきではない。多様な回路は、多様な私性を公共空間に運び、多様な感受性と想像力を涵養する。〈芸術性〉は、今一度、司法の場に呼び返されねばならない。

第8章　モデル小説の黄昏——平成、柳美里「石に泳ぐ魚」のデッドエンド

1　「石に泳ぐ魚」裁判の経緯

柳美里の「石に泳ぐ魚」は一九九四年九月、『新潮』に発表された。主人公の梁秀香が戯曲作家としての道を歩みはじめながら、家族や劇団の仲間、そして「柿の木の男」や留学生の朴里花らと出会い、葛藤するありさまを描いた作品である。発表二ヶ月後の一一月、里花のモデルとされた女性が、この作品に対する出版差し止めを求めて東京地裁に仮処分を申し立てた。八年に及ぶ、「石に泳ぐ魚」裁判の始まりである。裁判の詳細な経緯は省くが、[1]一九九九年六月に原告勝訴、二〇〇一年二月に東京高裁が控訴を棄却。二〇〇二年九月に最高裁が原告の上告を斥けて東京高裁の判決が確定している。そのあとすぐ、二〇〇二年一〇月に柳美里は新潮社から改訂版を出版している。裁判の経緯は次の通りである。

一九九四年　九月　柳美里「石に泳ぐ魚」『新潮』九一巻九号に発表。
　　　　　一一月　「朴里花」のモデルとなった女性（以下原告）、出版差し止めの仮処分

一二月　を東京地裁に申請。柳美里側が単行本などで公表する場合には改訂版を使うとし、原告は処分を取り下げた。

一九九五年一二月　原告、損害賠償と単行本出版差し止め、謝罪広告および初出誌の回収依頼広告、図書館宛通知書の掲載を求め、東京地裁に提訴。柳美里、評論「表現のエチカ」（『新潮』九一巻一二号）に原告のイニシャルを書き、モデルとした上で障碍の事実も描出。原告、損害賠償を追加請求。

一九九九年六月二二日　原告勝訴（一三〇万円の損害賠償の支払い、一切の方法による公表差し止め）。ただし謝罪広告の掲載および修正版の公表差し止めは認められなかった。被告側、控訴。

二〇〇一年二月一五日　東京高裁、控訴を棄却。被告側、上告。

二〇〇二年九月二四日　最高裁、控訴を棄却。東京高裁の判決が確定。

二〇〇二年一〇月二五日　柳美里、新潮社から改訂版出版。

原告側が問題にしたのは三点、プライヴァシー侵害、名誉毀損、名誉感情の侵害であった。プライヴァシー侵害として、原告女性の経歴、腫瘍の描写、来日の経緯、受験の過程などを作中に描いたこと。名誉毀損として、父親の逮捕歴、受験の選考過程、新興宗教についての仮構。名誉感情の侵害として、腫瘍にかかわる描写を中心とする里花の表象を問題とした。また裁判開始後に柳が発表したエッセイ「表現のエチカ」（『新潮』一九九五年一二月）についても、同様に名誉毀損、プライヴァシーおよび名誉感情の侵害を主張している。

これに対し被告柳と新潮社側は、モデルに対する一般の関心も低く、また原告が無名であるため同定可能性も低いこと、純文学小説が虚構性をもつこと、顔面の腫瘍は秘匿性を欠くためプライヴァシー侵害とならないこと、里花の描写は小説の主題（「困難に満ちた〈生〉をいかに生き抜くか」第一審判決文による）にもとづくものであり里花への「生の讃歌」であること、表現の自由はその表現が社会の正当な関心事であり適当な内容・方法によってなされた場合には優越的に保護されるべきこと、などを根拠に作品の正当性を主張した。

控訴審判決後に記者会見する柳美里（2001年２月15日、弁護士会館で。読売新聞社提供）

最高裁まで闘われた裁判は原告の勝訴に終わり、損害賠償の支払いと「石に泳ぐ魚」の公表差し止めが確定した。論点のすべてを紹介することは避けるが、純文学小説の虚構性に関して、第一審は読者には虚実の弁別が不可能でありそのために権利侵害が起こりうると指摘し、第二審はこれに加え、さらに現実に題材を求めたとしてもそれを「昇華」し現実から「切断」することができないことはないと踏み込んで斥けた。主題にとって必要という主張も、第一審では、小説の主題・構造とその表現の名誉感情を侵害する性質とは「別個の次元において成立する」し、また問題の記述が小説の主題や作家の意図を実現するうえで必要不可欠とはいえないと判断した。第二審では芸術上の必要があるとしても名誉感情の侵害は許されないとした（最高裁の判断は二審までの追認に終わっている）。

原告が無名の大学院生であった点、また彼女に〈容貌障碍〉があった点、〈表現の公然性〉についてかなり間口の広い解釈をとった点など、見過ごせない特徴があった（これについては再論する）が、純文学小説の虚構性や主題と表現との連関性の問題をめぐる議論の展開は、井口時男もいうとおり既視感を覚えるものである。(2) 三島由紀夫の「宴のあと」裁判で争われた小説の虚構性や一般読者の読解の問題が、多少の細部の緻密さを増しつつも、そのまま繰り返されているのである。

私は井口のようにそれを文学側の三〇年の怠慢であるという論点から考えようしているのではない。ここで検討したいのはむしろ、同じような構図が反復されている面があるにもかかわらず、この裁判に対する作家批評家および法律家たちの反応がまったく異なったものとなったという点である。その背景にあると考えられる〈私的領域〉をめぐるわれわれの社会の心性の変化にこそ、目を向けよう。

2 「時代の流れ」――法律家、文学者の分裂

最高裁の判決を受けて行なわれた公開法律シンポジウムにおいて、弁護士の木村晋介は、これまでであればこの種の判決が出ると「大体、書く側からは一斉に裁判所に対する批判の声が上がったのですが、今回は文学者の中でもわりあい意見が分かれていますし、また憲法学者の方の意見が分

かれた」といい、「時代の流れ」を感じさせる判決だったと述べた。(3)「宴のあと」裁判においては、ほとんどの文学者たちはおおむね被告三島側に立ち、発言を行なった法律家たちはプライヴァシーという新しい用語を解説する役に回るか、その概念の現代的な必要性を説く立場に立った。これに対し「石に泳ぐ魚」裁判においては、木村の指摘の通り文学者・憲法学者それぞれにおいて立場が分かれたのである。

原告弁護団の梓澤和幸が最高裁判決の後、「こんな加害が作家の特権としてまかり通る時代ではない」(4)と声明する一方で、メディア法に詳しい憲法学者田島泰彦は、高裁の判決に対し、「判決はもっぱらモデル側の人権の観点からのみ一方的、一面的にアプローチしているようにみえる」と述べ、「「表現の自由」という言葉すらほとんど出てこない」と批判していた。(5)

『毎日新聞』が「文壇も真っ二つ」(一九九九年六月二三日、二七面)、『朝日新聞』が「『石に泳ぐ魚』出版差し止め判決に文学者　見解大きく分かれる」(二〇〇一年二月一八日、二七面)と報じたように、第一審から文学者たちの反応も割れた。文学擁護側としては一審に高井有一、島田雅彦、福田和也、竹田青嗣ら作家・批評家が陳述書を出している。福田は一貫して柳美里を支持し続けており、現在刊行されている「石に泳ぐ魚」の新潮文庫版の解説も彼が擁護の立場から執筆している。(6)

一方、原告の擁護側には大江健三郎が立った。大江は作品がモデルを苦しめたとき自分の作品が表現に際し「まちがっていた、よく把握しえていなかった、ということを率直に認めねばならなかった」といい、「傷つき苦しめられる人間をつくらず、そのかわりに文学的幸福をあじわう多くの読者とあなた〔柳〕自身を確保」するために「幾度でも書きなお」すことを提言した。(7)

「宴のあと」の一九六〇年代と比べ、確実に時代は変化していたというべきだろう。文芸批評家の渡部直己は「社会における『芸術』の意義が変化している以上、その歴史性に鈍感であってはいけない」と指摘していた。(8) 自分自身の創作の論理を貫きたい作家の論理と、自分自身の〈私的領域〉の安全性・静穏性を守りたいモデルの論理とが衝突した際に、モデル側を支持する方向へわれわれの社会は確実に振れてきたのである。高裁判決の次の一文は、その変動を明確に言明しているように思われる。

創作上の配慮をすることなく、小説の公表によって他人の尊厳を傷つけることになれば、その小説の公表は、芸術の名によっても容認されないのである。

「宴のあと」以降、「石に泳ぐ魚」に至るまでの過程で、われわれの社会には〈私的領域〉をめぐる大きな感性の変化があったと見るべきだろう。

3　報道被害と個人情報の登場

どのようにしてこうした変化が起こったのだろうか。その動因のすべてを挙げるのは難しいが、主要な二つほどを考えることはできそうだ。

一つは、〈報道被害の発見〉である。先の梓澤和幸は長く報道被害の問題に取り組んでおり、『報道被害』（岩波新書、二〇〇七年一月）も書いている。同書において梓澤は、一九八〇年代の半ばに事件報道のあり方が集中的に問題化されたと指摘している。一九八三年から八四年にかけて三つの死刑囚の再審無罪判決が次々と出され[9]、一九八五年には日航機墜落事故での遺族への取材手法が問題になる。同年にはロス疑惑で三浦和義氏が逮捕されるが（のち無罪判決）、逮捕前後の報道合戦には凄まじいものがあった。八六年に法律家たちの人権交流集会がはじめて「報道と人権分科会」を開催、その準備過程で刑事事件の被疑者・被告人たちに対するアンケートが行なわれ、報道被害の深刻さが次々に明らかとなったという。

『朝日新聞』（二〇〇八年四月六日）はロス疑惑の容疑者が再びロサンゼルス市警によって逮捕された事件をとり上げ、八〇年代以降のメディアの報道姿勢の変化を整理している。ロス疑惑当時の過熱報道と三浦氏自身によるメディアを相手取った多数の提訴が報道のあり方についての関心を高め、さらに八九年の女子高校生コンクリート詰め殺人事件、連続幼女誘拐殺人事件に対する過剰報道批判、東京都足立区の母子強盗殺人事件の不処分判断、そして島田事件の死刑再審無罪判決を受けて、多くのメディアが犯人と目される人物を呼び捨てから「容疑者」呼称へと切り替えるという配慮をするようになったという。

報道被害だけでなく、より広く犯罪被害についても、一九九〇年にはその救済のあり方を学術的に考える日本被害者学会が発足、九二年に東京医科歯科大学に日本ではじめて犯罪被害者相談室が設置され、九八年には民間組織である全国被害者支援ネットワークが設立されている。

メディアによる加熱した取材や過激な記事がしばしば問題を引き起こし、それは報道される側に深刻な被害を引き起こすという認識は、こうして一九八〇年代以降、一般の人々の意識のなかへ次第に浸透してきたと考えてよいだろう。「石に泳ぐ魚」裁判は表現の自由とプライヴァシーの権利の対立として考えられることが多いが、この裁判をめぐる司法の判断やそれを受け止める一般の人々の側には、底流としてこの報道被害に関する感性の変化が潜在していたとみるべきである。

実際、この裁判の原告側の弁護人のなかには、梓澤の名がある。原告女性が地裁判決後に出したコメントには、「この小説はまさしくペンの暴力」という一節があり[10]、当初から原告側は報道被害に準ずる問題としてこの事件を認識していたと考えてよいだろう。梓澤は前掲『報道被害』の「報道被害とたたかう」の章において、その対抗策として裁判所による公表差し止めの仮処分を利用することをあげている。その実例の一つとして「石に泳ぐ魚」裁判は引用されており、「報道被害の救済のうえでも今後この〔最高裁〕判例が用いられることになると思われます」（一一四頁）と述べているのである。

一九六〇年代以降の〈私的領域〉に関わるわれわれの感性を変えたもう一つの要因は、〈個人情報の登場〉であると考えられる。一九八六年四月に刊行された『プライヴァシー権論』（日本評論社）において阪本昌成は次のように整理している。

消極国家から積極国家への国家の役割の変容は、「私生活」の範囲を狭めたばかりでなく、公的生活との境界を相対化した。また、「情報化社会」における積極国家は、個人情報を収集・保有・利用する最大組織となっている。こうした時代的背景に対応した新しいプライヴァシー権は、なによりもまず、公権力による個人情報の取扱い（収集、貯蔵、利用、伝達等）を――「私生活」領域に限定することなく――いかに事前に規制するか、という問題点にこたえるものでなければならない。〔…〕こうした欠陥に対応すべく提唱されてきたのが、プライヴァシー権を「自己情報コントロウル権」とする有力な見解である。（二一頁）

日本社会で「個人情報」という概念が用いられるようになった起点は、一九七五年に社会党が提出した「個人情報保護基本法案」および「個人情報処理に係る電子計算機等の利用の規制に関する法律案」だとされる[11]。堀部政男の整理によると、一九七〇年前半からアメリカ、西ドイツ、スウェーデンなどでプライヴァシー権を「自己に関する情報の流れをコントロールする権利」と考え直してコンピュータ化に対応するための法律が制定される。一九八〇年にOECDがプライヴァシー保護と個人データの国際流通についてのガイドラインに関する理事会勧告を採択し、また欧州評議会も同年「個人データの自動処理に係る個人の保護に関する条約」を採択、これらが日本に大きなインパクトを与えたという。これらをうけ、国内でも行政管理庁・プライバシー保護研究会の「個人データの処理に伴うプライバシー保護対策」（一九八二年）のとりまとめや、地方自治体レベルでの個人情報保護条例の制定が行なわれ、一九八八年に「行政機関の保有する電子計算機処理に係る個人情報の保護に関する法律」が公布されている[12]。なお、「石に泳ぐ魚」裁判の結審以降となるが、二〇〇三年五月には保護義務の対象を、行政機関から一定の規模以上の個人データを取り扱う一般企業や報道機関、個人事業主などにまで拡大する「個人情報の保護に関する法律」が成立、二〇〇五年四月から全面施行されている。

実際、この観点から「石に泳ぐ魚」裁判を振り返ると、地裁における原告の主張には「本件小説の記載に対応する事実は、原告が公表を望まない個人情報であり」、あるいは「原告は、前記2記載のプライバシーの侵害により、原告の個人情報を広く社会に知られることになり」（判決文によるというように、訴えのなかに個人情報保護の問題構成を織り込んでいたことに気づく。

ただ、正確にいえば足かけ九年に及ぶ「石に泳ぐ魚」裁判の過半において、個人情報にまつわる問題意識はまだそれほど先鋭化していなかったといえる。一般の人々の間に個人情報を保護しなければという意識が高まったのは、私見では二〇〇二年に稼働が始まった住民基本台帳ネットワークシステムいわゆる住基ネットの導入に際してである。したがって二〇〇二年九月に最高裁判決が出た「石に泳ぐ魚」裁判の議論においては、個人情報保護の観点からは本格的には検討がなされていなかったといえ、「今後はたとえ文学作品であったとしても、個人情報の公表にはこれまで以上に慎重な配慮が求められることになるだろう」（鈴木秀美[13]）という指摘がなされる程度の状況だった。逆説的にいえば、「石に泳ぐ魚」裁判は、個人情報保護をめぐるわれわれの社会の大きな感性の変化を、その議論とわずかな交点しかもつことがなかったという点において、明確に刻印しているともいえるだろう。

4 「宴のあと」のあと

以上の背景をふまえると、〈私的領域〉をめぐるわれわれの社会の変化がどのようなものであるのか見えてくる。

「宴のあと」の時代は、週刊誌に代表されるジャーナリズムの暴走に歯止めをかけるために、プライヴァシーという概念が導入された時代だった。裁判のなかで「のぞき見」という言葉が繰り返し用いられたように、この時代のプライヴァシー観は秘匿された個人の生活が窃視されたり暴露されたりすることへの警戒だったといえる。その後、多くの裁判や問題提起を経てプライヴァシーの概念は浸透し[14]、同時にジャーナリズムの過剰な暴露主義に対する批判的な姿勢、および報道被害についての理解が進んだ。

しかし現代のプライヴァシー観はこれだけにとどまらず、「個人情報」の流出・悪用・商業利用への警戒という性格が強まっている。このことは国勢調査票の回収率の低下が、端的に事態の変移をあらわしている。国勢調査の「調査票が提出されなかった世帯」は二〇〇〇年の調査時の一・七%から、二〇〇五年調査時の四・四%へと二倍以上に増加し、この問題についての調査委員会はその原因の一つめと二つめに「①プライバシー意識の高まり（個人情報を第三者に知られたくないという意識等）」と「② セキュリティ意識の高まり（「振り込め詐欺」の横行等に伴う防犯意識等）」を挙げている[15]。つまり、のぞかれ、さらされることへの恐れから、意に反して管理されたり顧客化されたり悪用されたりすることへの恐れへ、という変化である。前者において、公私の境界は被服や住居の壁など、すなわち隔てるもののメタファーで語られる。一方、後者では〈私〉の領域は収集、加工、流通が可能なデータの束として把握され、公私の別を壁の比喩で捉えることが困難になっている。

モデル小説についていえば、六〇年代以降現在に至るまで「純文学」という存在の価値が下落し続けているという問題がこれに重なる。「純文学」内部の問題というより、それはより多くSF、ミステリー、ライトノベル、そして映画やマンガ、アニメーションなどという隣接領域の価値上昇にともなう相対的な「下落」という方がよいだろう。「純文学」はいまや、過去の栄光を引きずっているために多少高尚な気味のあるサブカルチャーである。それゆえ、「石に泳ぐ魚」のような文芸作品が引き起こす、「モデル問題」によるプライヴァシー侵害は、もはやそれほど一般の人々の関心をひくこともなく、しかもその衝突の構図も既視感のあるものであるために、古典的なトラブルだという印象をぬぐえないのである。

5　読むことの倫理《エチカ》、そして図書館の自由

「ある人が自分はこの小説のモデルとされて人権侵害を受けたと申し立てれば、モデルとは言えないことが明らかでないかぎり、出版禁止とされる」（竹田青嗣[16]）可能性が高くなった社会。それが「石に泳ぐ魚」裁判以降、われわれが生きる社会である。のちの裁判が参照し踏襲する可能性の

きわめて高い最高裁の判断が下ったことにより、〈私的領域〉をめぐるこの国の法的な境界線は確かに大きく動いた。現代は、モデル小説の黄昏の時代である。

容貌に障碍を抱えた女性が、その障碍の部位を小説家によって描写され、傷ついたのだとすれば、それはもちろん避けられてしかるべき行為だった。「筆舌に尽くしがたい程の痛みと苦しみの中へと追いや[17]」られたモデル女性が、裁判という対抗措置をとることは当然であり、裁判所が原告側の主張を支持したことも一定の妥当性をもつと私は考える。

だが最後に問いかけたいのは、このことがそのまま「すべての障碍者のもつ障碍は、描写してはならない」ということを意味するのだろうか、ということであり、また「モデル小説よりもモデルの利害がすべての場合において優先する」のだろうかということである。表現する者とされる者は各々多様であり、その関係の持ち方も多様であり、そして表現のされ方も多様だ。同じ表現でも、それが生み出され受け取られる場によって、異なる意味を持ちうる。「障碍者の障碍に対する描写」もモデル小説も、それゆえに具体的な場において、具体的な表現にもとづいて、具体的な関係のもとで、検討されねばならない。それを一般化し、原理的に規定するのは間違いである。

いや、まだむしろ原理的に規定しようとする方がましなのかもしれない。そこには原理を主張するだけに議論の余地が残されている。われわれがいま生きる社会は、その議論の基盤が著しく弱体化している社会であるように思われる。それはやさしさと自己防衛が、思考停止と一体になった危険な世界である。

最高裁の判決を受け、国会図書館をはじめとするいくつかの図書館は、「石に泳ぐ魚」が掲載された『新潮』一九九四年九月号を閲覧禁止措置にした。山家篤夫の批判するように、「これらの図書館は、最高裁判決が妥当であるかを検証する機会を市民から遠ざけることに同意したのである」[18]。現実には、すべての図書館においてこの措置がとられているわけではないため、検証の機会が完全に閉ざされたというわけではないが[19]、閲覧禁止を決定した図書館はその表現の侵害性をめぐる判断をすべて裁判所に預けるという判断を下したことになる。これはわれわれの「知る自由」および考える機会を不当に低く見積もり、「図書館の自由」を自ら傷つける判断というほかない。日本図書館協会は、国会図書館に閲覧禁止措置に対する質問状を送ったが、その回答は質問に直接答えるものではなく「毀損、侵害が繰り返されるのは適当でない」（前掲、山家論文、三四頁）という内部判断を述べるのみで、司法判断と「知る自由」と図書館のあり方に関する議論が深まることはなかった。

自己防衛が思考停止と一体になるのは、こうした組織の問題だけではなく、根本的にはわれわれ一人ひとりの姿勢の問題である。「障碍者の障碍を、克明に描き出してよい場合もある」と主張するよりも、「障碍者の障碍を書いたりするのは……」とあいまいなまま判断を避け、そこで思考と対話を止める方が簡単であり、安全だ。こうした振舞いは一見やさしさとみえるが、実は思考の停止でしかないだろう。思考停止の安全策は、そもそも議論に入る前に自粛や自己検閲によって主張を閉ざす。判断が本当に必要な場合にこそ、そうなってしまう。

「宴のあと」裁判以降、書く者と書かれる者の衝突をめぐる議論の場において、影の主役になっていたのは実は読者である。どう読まれるか、という可能性が司法判断の一つの大きな決定要因となっていたのだ。司法の場における「読者」は、想定上の読者である。しかし、具体的で質の高い読解の議論が現実の空間で保たれれば、そのことにより司法の想定する「読者」の像や「読解の場」の像が修正されていくということも出てくるだろう。大切なのは、つまり他ならぬわれわれが実際にどう読むかということである。現代におけるモデル小説のあり方が問われるとき、われわれ読者のリテラシーが同時に問われているのである。

最後に、私自身の「石に泳ぐ魚」についての読解と評価を簡単に示しておきたい。「石に泳ぐ魚」の表現を評価するのは確かに難しい。初出形の表現は苛烈な箇所をもっているが、苛烈であるからこそ獲得できるインパクトもあるからである。たとえば問題となった戯曲形式の部分についてだが、ここも明らかに初出形の方が小説表現として優れていると私は考える。秀香の激しさ、里花の強さ、そして障碍の直視こそが真の関係の構築につながるという視点は、この作品全体のテーマ構築に際しても、欠くべからざる場面となっており、かつ読者の心に強く響く強度をもっている。しかし、やはり初出における腫瘍の描写は苛烈である。その苛烈さを、描かれる立場の者に強要できるのか——。これは調停の困難な対立だ。

モデルからプライヴァシーや名誉感情を侵害したと訴えられたときに、柳美里側は里花の描写は小説の主題——「困難に満ちた〈生〉をいかに生き抜くか」（第一審判決文による）——にもとづくものであり、里花への「生の讃歌」であると主張した。モデルにこの主張を受け入れてもらうためには、作品に秀香と里花との間に互いの苦しみや生きにくさについての深い相互理解が書き込まれている、ということを納得してもらわねばならないだろう。相互理解そのものはテーマでない、と言われればそれまでである。だが、生きにくさを抱えた秀香と里花が必要としあう姿を描いている以上、互いに苦しみを理解し合い、響き合う二人の姿を作中に書く出すことは可能ではなかったかと考える。

しかし二人は最後までギリギリのところで心を接し合うのを避けていた。それがこの小説の実は魅力の一つであると私は考えているが（個人的にはこうした他者とうまく関係が取り結べず、コミュニケーションの不全に陥って苦しみ足掻く類の小説は嫌いではない）、それを書かなかったために、モデルとされた女性の心証が悪くなったのも確かであるだろう。

結局作品表現のもつ苛烈さは、〈相互理解のため必要不可欠な苛烈さ〉としてではなく、その一歩手前の〈二人の激しく危うい交流が発火したときに噴出する苛烈さ〉として提示された。原告はその表現のあり方を認められなかったのだろう。

終章　ネット社会のプライヴァシーと表現

1　プライヴァシーの変容

一九〇一年に起こった内田魯庵の「破垣」のモデル問題から書き起こした本書は、いまその約一二〇年後にたどりついた。この一世紀超の間に、文学の姿も、そして〈私的領域〉の姿も大きな変化を遂げた。

近代のリアリズム小説が練り上げた外界や人の内面についての描出技法は、その精密さと自由度を増しながら現在のいわゆる純文学系の作品をはじめ、歴史小説やミステリー、ノンフィクション小説など多くのジャンルの散文作品へと引き継がれているが、その直系ともいうべき純文学小説の社会的地位は大きく変わった。もはやそれらは、知識層が保持すべき教養としての地位を保っていないし――正確を期していえばその地位にあった時期は実は比較的短いのだが――、映画やテレビ、マンガ、ゲーム、ネット記事や動画など豊富にあるエンターテインメント・コンテンツの一つになっていると捉えるのが相応だろう。

〈私的領域〉の変容は、文学の変化にも増して激しい。とくに個人にまつわるデータがコンピュータで大規模に処理されるようになって以降、プライヴァシーをとりまく環境そしてプライヴァシーそのものの姿は大きく変わった。この章では、柳美里の「石に泳ぐ魚」以降のプライヴァシーをめぐる変化の跡をたどりつつ、ネット時代における表現との交差を探り、本書の結びとしたい。

プライヴァシーの変容について、一つの経験から始めよう。数年前訪れたアミューズメント施設でのことである。入場したときに私は、ＩＣタグ付きのリストバンドを付与された。施設内ではそれを用いて買い物や食事をすることができ、ロッカーなどの認証にも使われていた。たしかに、便利ではあった。ここでの施設側の目的は明らかだろう。私の年齢層、性別、この施設でどのように動き、どんな消費活動を行なったのか。そして一緒に行った友人はどうなのか。そして別の友人は――。このような履歴を蓄積し、分析し、次のサービスの開発と提供に結びつける。個人のプロファイルと、消費の履歴との結びつきをデータとして蓄積すること。それがこのサービスの提供側にとっての根幹的な価値だろう。

自分自身で消費を行なうようになった年齢の人間で、類似の経験をしたことがない者は、まずいないだろう。いまや、数え切れない店舗や施設でポイント付与や割引、支払いの簡略化などという誘導のもとに「会員」や「カードの使用者」になることを勧められ、私たちは自分が何をどこで買ったのか、という消費行動の足跡を残し続けている。消費だけではない。なぜグーグルのメールやマップ、クラウド・スペース、スケジュールなど各種サービスは無料なのか。利用者たちが入力する情報を大規模に機械的に分析し、そこから導かれる知見を販売したり研究に生かしたりするビジネス・モデルが成立しているからである。なぜパスポートや運転免許証にＩＣチップが付くようになったのか。人の移動や資格、状態にまつわる変更の履歴を蓄積し、利活用するためである。

とくにめざましいのはスマートフォンをはじめとする携帯端末をめぐる状況だろう。日本の携帯端末の使用履歴に紐付けされたデータベースには、いま恐ろしいほどの速度で、個人の消費や移動、嗜好、コミュニケーション、表現行為、検索行為などの履歴が蓄積しつつある。通話やメールの送受信といった従来的な機能に加え、ネットの閲覧・検索、電子マネー、乗車券、会員証、GPS通信、クーポンなど、いま携帯電話でどれだけ機能が統合されつつあるか、リストアップするといい。

ここ二〇〜三〇年の間にコンビニエンスストア、レンタルビデオショップ、ネット書店、鉄道会社、有料道路公団、サーチエンジン、メールサービス、あるいは病院、図書館、税務署、警察、法務省、その他あらゆる個人の履歴を集め蓄積する機関が、データベースを構築している。私たち一人一人の個人のデータが――それが個人の名に結びついていることもあれば、単に番号だけのこともあるだろう――、そこには蓄積されているのである。

人々が残すこうした履歴データを、ライフログと呼ぶことがある――life log、まさに「人生の記録」だ――が、ライフログはなにも他者によって収集されるものだけではない。ブログや写真、動画、日記、メモ、メール、TwitterやFacebook、Instagramといったソーシャル・メディアへの投稿など、その人が自発的に記録し、公開するものも含まれる。ネット上にあふれる日記や個人の書き込みを見ていくと、まさにそこにはプライヴェートなこととしか呼びようがないことがらが、しばしば誰でも見られる状態におかれているのに出会う。同様の内容を、もしも他人が無断で公開したとするならば、重大なプライヴァシーの侵害事例となるであろうことが、自発的に衆目のもとにさらされている。
われわれは想像できる。もしも、これらの自動収集された／自発的に残されたライフログが、すべて統合され検索され分析されたならば――。そこに現われるのはジョージ・オーウェルが『一九八四年』（原著一九四九年）で描いた「ビッグ・ブラザー」を超える超監視社会ではないのか、と。

2　創発する監視網

事実、多くの論者が、ネット時代におけるプライヴァシー論の一つの焦点として、〈監視〉の問題を取り上げてきた。なぜなら監視の問題は、人々の〈私的領域〉のあり方、より正確にいえば人々の〈公〉と〈私〉を切り分ける境界線を変化させつつあるまさに原因の一つであると同時に、それ自体がネットワーク時代における社会の秩序そのものの問題でさえあるからである。デイヴィッド・ライアン『監視社会』（青土社、二〇〇二年一一月）はいう。

監視という問題は、ここでは、社会学的関心の対象として考察される。それが、社会の秩序編成そのものに寄与するからだ。つまり、監視の「もう一つの顔」は、それが担う、社会的・経済的分割を強化する働き、選択を誘導し、欲望に方向を与え、いざとなれば束縛・管理するという働きに由来するのである。（一六頁）

〈監視〉を担っているテクノロジーや社会的装置は、たんに人々を見張っているというだけではなく、人々の配置や振舞い、欲望を制御し、方向付ける機能を持っているということである。同じような発想からマーク・ポスターも、フーコーの提示した人々を規律訓練し主体化するモデルである超パノプティコンを、「データベースの言説」の形と結びつけて論じた。「データベースの言説である超パノプティコンは情報のポストモダン、脱工業社会における大衆制御の方法である。〔…〕民衆は超パノプティコンの規範化する眼差しに従属する主体として自らを自己構築することに参加しているのである」[1]。ポスターは「データベースの言説」がいかに人々を主体化するのかについて必ずしも明確に論じてはいないが、われわれはすでにデータベースが編成する知の体系のなかで自己成形をせざるをえなくなっており、情報のネットワークが張り巡らされた社会のなかで生きるほかない時代にいる。

ネットワーク時代の監視は、かつて想像された「ビッグ・ブラザー」とはかなり異なっている。『一九八四年』の「ビッグ・ブラザー」は、あらゆる場所に配置されたテレスクリーンというテレビとカメラを兼ねたような器機によって監視と管理を行なっていた。ローレンス・レッシグはいう。「だがテレスクリーンのすばらしいところは、そこから何が見えるか原理的にはわかる、ということだ。テレスクリーンの視野は明らかだったから、ウィンストン〔主人公〕はどこに隠れればいいかわかった。テレスクリーンの世界はそうではない。自分のインターネット検索が監視されているかはわからない。カメラが自分を同定しようとしているかはわからない。〔…〕どれも人の人生を記録するときに知らせてくれるほどの慎みはない[2]」。われわれの生活はいまや、膨大な経路によってさまざまなコンピュータ・ネットワークに結びつけられているが、いつどこでどのように自分自身の情報が捉えられ集められているのかの全貌は、到底知ることはできないのである。

しかも問題は、だれが監視しているのかという主体が非常に見えにくくなっているということにある。今や監視の目や耳は、いたるところに偏在し、その所有者も多岐にわたっている。この事態を多くの論者が、「ビッグ・ブラザー」に代わるそれぞれの名で名指そうとしている。ビッグ・ブラウザ、リトル・ブラザー、ビッグ・エブリバディー、社会的オーケストレーション……

ビッグ・ブラウザはエリオット・スピッツァー司法長官（ニューヨーク州）が用いたとされる言葉である。それは「膨大な量の個人情報を蓄積したデータベースの分散化と相互統合によって実現される[3]」監視網である。リトル・ブラザーは、東浩紀が「情報自由論 2002–2003[4]」で用いた。東は「私たちの前に姿を現わしつつあるのは、単一の「ビッグブラザー」ではなく、無数の「リトルブラザー」たちが市民生活をたえず監視し、必要に応じて介入してくるような、より複雑で厄介な世界なのだ」（二五頁）という。ハワード・ラインゴールドに言わせれば、「何百万人もの人々がセンサー内蔵型のウェアラブル・コンピューターを身につけて生活する日が来るとしたら、そのときには人々が全体として集合的な監視者、つまり「ビッグ・エブリバディー」となりうるだろう[5]」となる。

前掲のライアンは擬人化する比喩を避け、事態を「社会的オーケストレーション」と呼んでいる。「監視は今や一般化した社会現象」であり、「制度化されたモニタリングが、国家を一部としながらもその範囲をはるかに越えた多種多様な機関によって、常態的に遂行されている」（前掲書、五六頁）。そして「監視社会という概念は、固定された一状態ではなく、社会的な方向性、多分に重要な社会の深層的趨勢を指し示している。それだから、私は、監視という継続的で双方向的なプロセスを含む「社会的オーケストレーション」のような何かが起こっていると考えたいのだ」（五六頁）。中心のない、複数の要素が連携して監視が成立する時代の把握として、この言葉は適切である。

もう一〇年以上前になるが一つの事例を思い出す。さまざまな論者がつかみだそうとしている監視の「社会的オーケストレーション」が、現在の日本において発動した例である。

事件は、二〇〇六年に起こった。Aさんが車で走行中に、当て逃げをされた。Aさんはその経緯をブログに書き、自身の車に設置してあった車載カメラの映像を添えて、警察に届け出た。しかし警察は、軽微な事故であったためか、さほど熱心に捜査しない。Aさんは、その不満もブログにエントリした。二〇〇七年の四月、Aさんは当て逃げされたときの映像をネットで公開すると同時に、ブログに車種、車両ナンバー、所有者Bさんの実名（一部伏せ字か）、住所の一部を記載した。

二ヶ月後、事態が急拡大する。だれかが2ちゃんねるに事件に関するスレッドを立てたのである。Aさんのブログからの個人情報がそのまま転載され、勤務先会社名とそのHPも記載された。ほぼ同時にYouTubeやニコニコ動画へも動画が転載された。数時間後にはBさんのミクシィのページが発見されコメント欄に書き込みが殺到、会社の掲示板にも集中的な書き込みが始まった。翌朝には会社へ複数の電話がかかった。ネット上にはBさんの自宅とその付近の写真、車検証の写真までが公開された。Bさんの会社のウェブサイトは一時閉鎖になった。

その翌日にはネット上のニュースサイトが注目をはじめ、情報を配信した。その二日後に、事件の経過説明とBさんを解雇したという文章が会社のホームページに掲載される。数日後、ネットニュースのJ－CASTが一連の事件を記事として配信、excite、infoseek、livedoorなどのポータルサイトに掲載された。一週間ほど後には、フジテレビ、日本テレビ、テレビ朝日が相次いでニュースで取り上げ、同時にその映像がYouTubeに転載された。『朝日新聞』も朝刊で取り上げた。なおテレビ朝日の報道によれば、Bさんの自宅近辺には中傷ビラが複数貼られていたという。

気が重くなる事件だ。しかし、現実に起こり、いまも同じような出来事は起こり続けている。

どのような装置がオーケストレーションを起こして監視網を形成したのか、考えてみよう。ドライブレコーダ、車両番号のデータベース、ホームページ、ブログ、個人利用可能な動画配信サービス、2ちゃんねるという巨大掲示板、YouTube、ニコニコ動画など著名動画サービスとそのコミュニケーション機能、ネットのニュースサイト、ミクシィの日記、ブログや日記などのコメント欄、現実世界での「攻撃」の一つの窓口電話回線、デジカメ画像、音声ファイルのアップロード・公開サービス、後追い報道を行なった従来型マスメディア（テレビ、新聞）、街頭ビラなど。もちろん、いまならここにLINEやTwitter、Facebook、Instagramなどが加わるだろう。

二つのことに気づくべきだと考える。一つは、監視網はすでにそこにあったものではない、ということである。バラバラの状態で社会の各所に置かれていた情報や装置が、ある個人を特定し丸裸にし攻撃を行なうために、一時的に、しかし一気に、一つに組織化される。右に列挙したデータベースや諸装置・諸サービスは、もちろん特定の個人への攻撃を目的としていたものではない。しかし、それが〈転用〉される、ということが問題だ。車載カメラにしても動画配信サービスにしても日記にしても、本来の目的とは異なった使途に振り向けられ、総合的にそれが監視網として成立する。それを〈創発する監視網〉と呼ぶことができるかもしれない。各部分のもつ役割・機能を超える能力・機能が、その組織やシステム全体としての振舞いのなかに出現するという創発。(6)監視はもともとそこにあったわけではない。各部分はそれぞれ別の機能や目的のもとで活動していた。ところがある一つの出来事をきっかけにそうしたさまざまな個別の装置やシステム、人（あるいはそのグループ）が急速に結びつき、組織化され、総体としてあらかじめそこに監視網が存在していたのと同じ効果を発揮するという事態である。

もう一つは、この監視が情報化されたネット社会の到来によって可能になったものであるとはいえ、デジタル・テクノロジーのみによって説明されうるものではないということである。ネット社会の監視やプライヴァシーを論じる多くの論者は、この点においてしばしば重要な側面を見落としている。レッシグの「誰かがサイバー空間にいるとき、その人はこっちの実空間にもいる。誰かがサイバー空間の規範にさらされているとき、その人は同時に実空間のコミュニティの中でも生きている」（前掲書、四一六頁）という指摘は、重要である。

デジタル化されネットワークに接続された監視は「データベイランス」（dataveillance）とも呼ばれ、人力では到底不可能な規模と常時性、網羅性を実現した。(7)だが、それだけでは特定の個人への監視は創発しないし、Bさんの人生に襲いかかったような深刻な脅威にはならない。デジタルなネットワークと、既存の非デジタルな世界とが接合されたとき、私たちの生が真に深い影響を受けるのであり、そのためには社会内に分散的におかれた情報と装置を利用／転用する個々の人々の振舞いと意志がまずは必要である。そしてそれらの必ずしも統一的な目標を持たない部分としての行為や意志が、ソーシャル・メディアやネット掲示板、ニュースサイト、コメント欄などのコミュニケーション装置に媒介されながら、全体として統合的な監視と攻撃の編み目が創発する。

いまやわれわれは、いつどこで執拗で網羅的な監視網が出現するかわからない世界に生きているのである。(8)

3　自己情報のコントロールは可能か

既存の社会規範に加え、新しいテクノロジーが影響力を増大していることにより、プライヴァシーの境界は捉え直されなくてはならなくなっている。かつて「のぞき見」とは、実際に垣根や窓や扉などによって物理的に隔てられた空間を、一方からひそかに窃視する行為だった。あるいは、その人の身体やその人の残した痕跡(日記や手紙を含む)を、悟られぬうちにうかがい見る行為だった。見えるか見えないかは、人間の視認性と障害(物)のあるなしの問題だった。この手の「のぞき見」がなくなったというわけではもちろんない。だが、見えることとプライヴァシーとの現在的関係は、より複雑な状態へ移行している。

ウェブ上に自発的に公開された個人の日記や記録の例を考えよう。これらは公開されているものであり、必要な設備と言語能力さえあれば誰でも読むことが可能である。それゆえかつての枠組みで考えるならば、たとえそこに書いてあることが私的なものであったとしてもそれは〈公〉の領域に存在するものと判断されるべきだろう。だが、実際には書き手たちはそう感じてはいない。D・J・ソロブはソーシャル・ネットワーキング・サービスのFacebookが「ニュースフィード」というサービスを開始したときに起こった問題を紹介している(9)。ニュースフィードにおいては、利用者のプロフィールが更新・変更されると、登録した友人たちにそのことが自動通知されるという仕組みだった。これはFacebookのユーザーたちの反発を買った。ユーザーは、もともと自分のプロフィールを友人たちにアクセスできるようにしていた。にもかかわらず彼らはその変更の知らせの自動通知には怒った。なぜだろうか。ソロブはこれを、「彼らはプライバシーを、暗いクローゼットに隠した秘密ではなく、アクセス性の問題としてとらえていた」(九二頁)からだと説明する。

ウェブ日記で、非常に個人的な生活日誌や内面を「公開」している人々がいる。たとえば、ある日突然数十万単位の読者が彼らの書いたものに殺到したとしたら、彼らはそれでも同じことを書き続けるだろうか。彼らは書く内容を変えるか、場合によってはこれまで書いたことを削除しさえするかもしれない。書き手たちは、自分の書いたものが原理的には誰にでも読みうる状態に置かれていることを承知しているが、自身の想定する読者の範囲をもっており、体感としてはその限られた想定された読者たちに向けて書いている。アクセス性に何らかの変化が起こり、読者像がみずからの想定するものとずれ、拡大してしまったとき、彼らは自分たちのプライヴァシーの範囲を調整するのである。このことはpixiv(ピクシブ)で起こった事件に関連して、ネット小説のアクセス性の問題として後に再論しよう。

同様の問題はGoogleのストリート・ビューでも起こっている。個人の自宅の外観は、その前を通ればだれでも目にすることができる。だから、従来的な基準でいえば、自宅の外観を個人のプライヴァシーに属すると主張することは、的外れなことだった。しかし、ストリート・ビューは、自宅の外観をウェブを閲覧できるすべての人間のもとにさらすことを可能にした。何かの拍子に、誰かの自宅の外観を示すURLがネットを駆けめぐり、万単位の人がそれを見るとしたら、所有者はそれを非常に気味が悪いと感じ、自分の〈私的領域〉が脅威にさらされていると感じるだろう。かつて、一般の個人宅の前に数万人の人が集まることはありえなかった。だが、いまや擬似的にそれは起こりうる。

プライヴァシーを「アクセス性」の問題だとするソロブの主張は、こうした事態を考える際に適当だ。いま、プライヴァシーは隠す／隠さないという発想だけでは捉えられない時代に入っている。〈私的領域〉を見せるか見せないかの判断は、見える／見えないという物理的基準だけではもはや測れない。どの程度、誰に対してアクセスを許すかというアクセス性の制御の問題として考えねばならなくなっているのである。

プライヴァシーに関心を寄せる法学者たちは、早くからこの種の問題に気づいていた。ウォーレンとブランダイスが一九世紀末にプライヴァシーを論じたときは「ひとりにしておいてもらう権利」（right to be let alone）として提起されたが、一九六七年にアラン・F・ウェスティンが自己にまつわる情報の伝え方を決定できる権利としてとらえ直して以来、プライヴァシーの権利を「自己情報コントロール権」として考える道が開けた(10)。

この発想はプライヴァシー保護の国際的指針の一つとみなされている一九八〇年のOECD理事

会勧告の八原則の一つにも「個人参加の原則」として明記されており、日本における関連法律制定の議論にも大きな影響を与えているという[11]。

みずからに付随する情報を、みずからが望むように適切に制御したい、処理してもらいたい、という欲求は当然のものであり、プライヴァシーの権利を自己情報コントロール権として捉える方向性は、妥当なものだといえるだろう。だが、現在われわれが直面している問題の一つは、こうした発想の妥当さにもかかわらず、そのコントロールそのものが非常に困難になりつつある点にあるだろう。

まずそもそもすでに、質的にも量的にも自己情報をコントロールすることが、一人の個人の力では事実上ほぼ不可能になっているということがある。東浩紀は「プライバシー権を自己情報管理権として捉える考えかたは、現在、個人情報の質的（ユビキタス化が引き起こす断片化）、量的（ネットワーク化が引き起こす増殖）な変化によって大きな危機を迎えている」（一一五～一一六頁）といい、「自己情報の完全管理という理念は、いまや、あまりに強すぎて実現不可能なものになってしまっている」（一〇八頁）と指摘する[12]。

さらに、プライヴァシーについての諸種の懸念が、「別のメリットとトレードオフの関係にあることが多い[13]」という現実がある。つまり、プライヴァシーを取るか、値引きやポイント付与を取るか。プライヴァシーを取るか、利便性の高いサービスを取るか、というような形で、われわれに選択を迫ってくるのである。これはセキュリティの問題として現われたとき、さらに問題を難しくする。芹沢一也はセキュリティ意識の高まりが、国家（警察）の介入への要求を高めていると指摘する。「警察の介入を要請しているのは私たち住人の方なのです。自分たちの社会、あるいは女性や子供を、暴力や危険から守ってほしい、その要望に警察が応えていく、そういう構造ですね。言い換えれば、われわれがセキュリティ社会を望み、国家がそれを具現化しているわけです[14]」。そして繰り返せば、その際のプライヴァシーの譲渡先は、国家・警察だけではない。セキュリティを扱う民間企業などもはや珍しくはない。防犯／監視カメラの設置主体はむしろ民間がほとんどだろう。防犯／監視カメラに四六時中さらされることを喜ぶ人はいない。だが、玄関に防犯／監視カメラがついたマンションと、そうでないマンションを同額で選べるとするなら、いまどちらのマンションがより多く選ばれるだろうか。自己情報のコントロールという理念は、トレードオフを行なう場面において屈曲を余儀なくされるのである。

もう一つ指摘したいのは、自己情報のコントロールの可能性の問題と、自己情報へのアクセス制御の可能性の問題は、重なる部分も多いにせよ、実は完全には一致しないということである。たとえば、各種ＳＮＳや日記サービスでは、日記の「公開レベル」の設定を可能にしていることが多い。自己情報をコントロールしたいのであれば、これを精密化すれば、ある程度ユーザーの満足はえられるだろうし、実際そう感じられてもいるだろう。だが、この方向性では前述のFacebook ユーザーのもったような種類の不満は解決できない。Facebook の仕様設定は、ユーザーが公開を許諾した読者の範囲に変更を加えたわけではなかったからである。では彼らは何に腹を立てたのか。仕様の変更に腹を立てたユーザーたちは、「プロフィールを変更したこと」の意味を勘ぐられるかもしれないことに拒否反応を起こしたのだろう、と私は考える。この意味で、ソロブの指摘は事態の半面しか突いていない。

本書第6章の「宴のあと」の考察において、小説のモデルとして描かれた者がいだく、読み手の視線を想像的に内面化することによって現われる恐怖――「私はどんなふうに読まれてしまうのだろうか」――を分析した。同じ仕組みが、公開日記のアクセス制御の問題でも起こっているはずである。アクセス性とは、〈読み手のアクセス性〉を指すだろう。だとすれば、書き手が制御したいのは、誰に読まれるかということだけではなく、何を読まれるか、どう読まれるかということも含むのではないだろうか。プロフィールをさらすことはかまわない。だが、プロフィールを変更した私の気持ちまで想像されるのはごめんだ、というわけである。

そしてもちろん、読者の読みまでもすべてプログラムのコードの仕組み《アーキテクチャ》だけで制御するのは不可能である。さらにいえば、われわれには読者の読みを先読みしてしまう能力も備わっている。こんなことを書いたら、こんな風に思われるのではないか――。読者の視線の内面化が、恐怖と脅威の感覚をもたらす。万単位のアクセスが殺到することそのものが怖いのではない、万単位の視線を内面化し、彼らに見られ／読まれることを想像することが恐怖の本当の源なのである。

4　ネット時代の表現とプライヴァシー

あらためて確認すれば、こうした問題を現出させている条件の一つが、だれもがネット上で容易に自身の見解や思考の記述・公開を行なうことができるようになった（かつて「ウェブ2・0」という言葉も喧伝された）時代の到来である。すでに言い古されたことだが、「ネットワークは、実空間での言論の一番大事な制約条件を取り除いた——その制約とは、出版者と作者との分離だ」（レッシグ前掲書、二八頁）というわけだ。

ネット時代が本格的に到来した一九九〇年代後半、電子エクリチュールは、ポストモダニズムの表現観と親和性を見出され、賞揚された。たとえばジェイ・デイヴィット・ボルターは、バルトやデリダ、ポール・ド・マンの表現観と電子エクリチュールとの相同性を論じていた[16]。類似の発想として、サイバースペースを「人が始めて遭遇する完全匿名を許す社会、それも地球規模の無名社会」[17]ととらえるような見方さえあった。だが本章ですでに見てきたように、到来してみた未来は、エクリチュールの向こうに消え失せる匿名の主体がサイバー空間の自由を謳歌する、というようなユートピア的な世界とは無縁のものだった。

多少迂回路が長くなったが、本書は〈私的領域〉の文学による描出の問題を取り上げ、そのトラブル史を追跡することによって、社会の変化を論じてきた。ではネット社会において、この立論の構えは成り立つのだろうか。ネット社会におけるプライヴァシー表現をめぐる変容に、文学の言葉はどうクロスしているといえるのだろうか。最後に帰らねばならないのは、この問題である。

ところが、この問題を考えるのは簡単ではない。本書が追求してきた従来的なモデル問題の構図が残存している一方で、情報技術が可能にしたネットベースの文学の生態系が生まれており、これまでの図式の延長上では問題が捉えがたくもなっている。ネット時代のモデル問題は、こうした持続と変容のなかで推移している。

古典的なモデル小説のトラブルも、小規模ではあるが今なおネット空間を舞台として起きていなくはない。たとえば二〇〇五年には勤務先の会社およびその従業員をモデルとしてブログ上に批判的な小説を発表した人物（それを理由に解雇された）をめぐって訴訟が起きている[18]。無名の一創作者の事例であり典型的とはいえないが、モデル小説が実際に起こした事件であり、かつネット時代に固有の側面を持った事例といえる。私自身実際にその小説を読んでみたが、内容も表現の質も出版社を介しての公刊はとても望めない文章であった。しかし、ブログという装置がそのつたない文章の公表を可能にした。その読者の数は、理念的にはネットを閲覧できる日本語読者と同数だけ数えうる。

ただし私の観察の範囲では、ネット上に発表されている小説の多くは、自然主義的なリアリズムを指向していないものが多い。既存のキャラクターを書きなおしたり流用したりすることによって作られる二次創作、三次創作の作品は、そもそも生身のモデルが存在しないため、モデル問題は起こりようがない。表現の方法も、現実の人間の風貌や人格に近づこうとして、細密な人物描写を重ねたりはしない。むしろ、さまざまな属性や反応の型の反復や組み合わせ、マイナーチェンジとして示されているようだ[19]。

まったく構図の異なる事件も起こった。二〇一七年にウェブ上にＰＤＦで公開された学会発表の予稿が、pixiv――イラストやマンガ、小説などの作品を投稿し、ユーザーがコミュニケーションを行なうソーシャル・メディア――に投稿されていた小説作品を取り上げて分析したことで批判を受けるという事件があった[20]。当該の小説は一八歳未満閲覧禁止の設定とされていたが、論文はこれらの作品の表現を部分的に示しただけでなく、作者名と作品へのURLとを表示していた。このことがpixiv ユーザを中心とした二次創作のコミュニティから激しい反発を引き起こした。

この問題は、引用や出典の示し方をめぐるルールやマナー、当該の作品そして論文が帰属するコミュニティの性格、ネット上にさまざまなアクセス制限をかけられながら存在する情報の用い方に関わるコンセンサスなど、いくつもの面から考察が可能だが、その一つの論点として小説作品とプライヴァシーとの関係もありえよう。ただ、ここで侵害されたと感じられたプライヴァシーは、小説によって描かれたモデルのプライヴァシーではなく、小説家のプライヴァシーである。

これまでの近代的な小説世界においては、掲載の媒体が単行本であれ雑誌であれ新聞であれ、発表されたものは公刊されたものであった。英語の「publication」、日本語の「公刊」とは、書いた文章を公にするということに他ならず、公にするということは公衆によって読まれ、議論され、反応が返ってくることを、あらかじめ承知しているということであった。

ところが、ネットワークの情報技術は、この「公開」のかたちを細かく制御できるようにした。作品を公開するユーザは、さまざまなオプションを選択することによって、作品の公開の度合いを調整することが可能になったのである。そして前出の論考は、作者たちの意図していたこの公開の範囲を、変えてしまった。論考は、小説のアクセス性を変容させたのである。

何人かの二次創作作者にこの件について尋ねたことがある。ネット上に公開するとき、見ず知らずの誰かに読まれうるということは想定しないのか、それはある意味で覚悟の上ではないのか、という私の問いに対し、ある作者は「誰にでも読まれたいと思ってはいない。自分と共通の趣味と感覚を有する人に読んで欲しいと思っている。同じ好みを共有できる未知の人とつながるルートを確保するために、サービス上に投稿している」と返答した。未知の仲間と出会うためには、ある程度の公開性が必要である。だが、その公開性は全ての人に開かれた公開性ではない。

これらの作者が求めているのは、選択的なアクセス性なのだろう。そうしたアクセス性を得るために、彼らはさまざまなサービスを選び、オプションを選び、表現の様態を工夫している。ネットを舞台とした創作と享受の生態系は、印刷物を前提とした近代的な文学の生態系とは、かなり異なった発展を遂げているのである。

もう一つ、現代のモデル小説に影を落としている問題があるように思われる。著作物の帰属意識の過剰な昂進である。近年では、参考文献をつける小説が珍らしくなくなりつつある。歴史小説やノンフィクションなど資料を多用し、根拠を示す必要のある小説ジャンルにおいては、その例はおそらくかなりさかのぼれるだろう。しかし、従来であればその必要のない、フィクショナルな小説においてさえ、参考文献が付される例が増えている。個人的な経験として、最初におや、と思ったのは村上龍の『五分後の世界』(幻冬舎、一九九四年三月)だったが、京極夏彦や伊坂幸太郎など、ほとんどの作品に参考文献・引用文献を示すようにしている作家たちもいるようだ。

比較的大きな事件として記憶されているのは、二〇〇一〜二年ごろに起こった田口ランディの著作をめぐる一連の「盗作」騒動だろう。藤森直子の小説や岡崎京子のマンガ、ネット上の他者のコラムなどを盗用したという疑惑が取り沙汰され、ネットの掲示板に関連スレッドが乱立し――一部のスレッドには「監視スレ」なる語があった――、検証サイトが現われ、「研究」を名乗る書物まで出た[21]。剽窃なのか、引用なのか、参考文献だったのか、偶然だったのか、あるいは本人も忘れている影響元なのか――。

同じような事件として、二〇一八年に起こった北条裕子の「美しい顔」をめぐる問題もあった。

同作は、『群像』二〇一八年六月号に掲載された第六一回群像新人文学賞当選作であり、のちに第一五九回芥川賞の候補作ともなった。「美しい顔」は発表直後における評判は上々であったが、石井光太のルポルタージュ『遺体　震災、津波の果てに』（新潮社、二〇一一年一〇月）や、金菱清らが編集した証言集『3・11　慟哭の記録』（新曜社、二〇一二年二月）などから表現の「盗用」を行なっていると指摘され、大きく評価が変わり、作者や講談社への強い批判が巻き起こった[22]。

これらの「盗作」事件のそれぞれについて、ここでは判断を下さない。指摘したいのは、あるテクスト（しばしばその些細な断片まで）を作者の「知的所有物」と見なす基準が、以前と比べ明らかに、そして過度に厳格化しているという事実である。田口ランディに対しても、北条裕子に対しても、「盗作」「剽窃」の実行者だとみなされた作家たちは、激しい攻撃にさらされる。このことは、現代の書き手たちに強いプレッシャーをかけている。

実際、私自身、かつてある小説家から参考文献として私の著作の名を挙げてよいかという問い合わせを受けたことがある。参考文献として示すことに許諾が必要だと感じたその方の判断に、当時私は驚いた記憶があるが――むろんまったくないと私は考える――、それも厳格化に傾いた風潮の表われだったと言えるだろう。万が一起こるかもしれないトラブルに備え、虚構性の高い小説においてすら、巻末に参考文献が付される。文学史的に見れば新しい事態が、起こっている。

こうした状況下でモデル小説を書くことは、時として他者のセンシティヴな個人情報にかかわるために、非常に危うい行為となることは容易に想像できる。モデル小説はモデルとなった人物の記録や痕跡、発言、思考その他を「引用」する。それを「盗用」だと言いだす者が、いないとはいえない。事実、前述の「盗作」騒動においては、柳美里の「石に泳ぐ魚」をめぐる裁判を引き合いに出しながら、登場人物の描かれ方が「実際の」モデルとは異なっていることを問題視する発言も現われていた。第8章で分析した個人情報保護や被害者感情尊重の風潮に加え、ネット・コミュニティにとりわけ顕著な著作物の帰属意識の過剰な高まりが、モデル小説を許容する社会的雰囲気を低下させている。いまや小説家は、厳重に事前許諾を取得するか、あるいは起訴された上にネットで猛攻撃を受ける覚悟がなければ、モデル小説を書いて発表することはできないとさえいえるかもしれない。

「石に泳ぐ魚」裁判のときには、「私小説というジャンルが書きづらくなる[23]」という発言が現われた。その結審から約二〇年、いまや他者に迷惑をかけず、その許諾もいらないリアリズム小説は、作者自身しか登場しない究極の「私小説」しか残されていないのかもしれない。それが、モデル小説一二〇年の歴史の、終末の風景である。

注

序章

（1）引用は富田雅寿編『『宴のあと《プライバシー》』公判ノート』唯人社、一九六七年一月、二〇三頁。

（2）島崎藤村「新声」百十五回。引用は『新装版 藤村全集』第七巻、筑摩書房、一九七七年五月、四四七頁。

（3）石井寛治『情報・通信の社会史――近代日本の情報化と市場化』有斐閣、一九九四年一一月、第三章。吉見俊哉『「声」の資本主義――電話・ラジオ・蓄音機の社会史』講談社、一九九五年五月、第四章。

（4）ハンナ・アーレント『人間の条件』ちくま学芸文庫、一九九四年一〇月、原著初版一九五八年。

（5）ユルゲン・ハーバーマスは『公共性の構造転換――市民社会の一カテゴリーについての探求』（第二版、未來社、一九九四年五月、原著初版一九六二年）において、文芸が「フマニテート」すなわち非政治的であり、かつ「経済活動という私生活圏からも独立」（六九頁）した人間そのものの主体性や自律性の観念を養ったからであると説明する。「フマニテート」を形作っていた文芸的公共性は、私人たちが「財産主として公権力を彼らの共同の利益のために制御しようとする」（七七頁）ときに形成する政治的公共性に、実効性を与える媒介の役割を果たした。しかもハーバーマスの図式で興味深いのは、〈私〉から〈公〉というアーレントの構図とは逆向きの、すなわち〈公〉から〈私〉へという構図における文芸の重要性も指摘されていることである。「文芸的公共性は、今日では、マス・メディアの消費文化的公共性をつうじて小家族的内部空間へ放流される社会的影響力の落下口になる」（二一八頁）。

（6）阪本俊生『プライバシーのドラマトゥルギー――フィクション・秘密・個人の神話』（世界思想社、一九九九年一〇月)、および同『ポスト・プライバシー』(青弓社、二〇〇九年一月)。なお仲正昌樹『「プライバシー」の哲学』(ソフトバンククリエイティブ、二〇〇七年一一月)もプライヴァシーの思想を簡便にまとめている。

(7)「文芸的公共性は、今日では、マス・メディアの消費文化的公共性をつうじて小家族的内部空間へ放流される社会的影響力の落下口になる」(ハーバーマス前掲書、二一八頁)。ハーバーマスは文芸の公共性が消費文化の興隆によって変質していくという問題を指摘している。

第1章

(1)『官報』の記述を引いておく。「〇発売頒布停止　東京府東京市ニ於テ発行ノ文芸倶楽部第七巻第一号ハ風俗ヲ壊乱スルモノト認メ新聞紙条例第二十三条ニ依リ本月四日内務大臣ニ於テ其発売頒布ヲ停止シ仮ニ之ヲ差押ヘタリ」(「〇彙報　司法及警察」『官報』五二五一号、一九〇一年一月七日)二一頁。なお、以下「破垣」の引用は『内田魯庵全集』第一〇巻による。以下特に断わらない限り内田魯庵の文章の引用は同全集(ゆまに書房、一九八三年一〇月~八七年一二月)による。

(2)内田魯庵「『破垣』禁止当時の回想」『太陽』一五巻一一号、一九〇九年八月、全集第六巻所収。

(3)『二六新報』一九〇一年一月一〇~一七日。引用は同紙一月一五日。「説の可否」云々の編集部の引用は同紙一月一〇日による。

(4)談話「『破垣』について」『創作苦心談』新声社、一九〇一年三月。引用は前掲全集第五巻所収「『破垣』に就て」三〇九頁。魯庵はこの談話と「『破垣』発売停止に就き当路者及江湖に告ぐ」を自身の小説集『社会百面相』(博文館、一九〇二年六月)に収めた。同書「附録」に書くように、『社会百面相』にはもともと「破垣」を入れるつもりであったからである。

(5)無署名「批評」『帝国文学』七巻三号、一九〇一年三月一〇日。

（6）大町桂月「小説一束」『太陽』七巻二号、一九〇一年二月五日。
（7）野村喬『内田魯庵伝』リブロポート、一九九四年五月、三二〇頁。
（8）内田魯庵「『暮の廿八日』其他」『早稲田文学』二四〇号、一九二六年一月、全集第三巻所収、二〇三頁。
（9）馬屋原成男は、通常いわれる風俗壊乱に加えて、名誉毀損も数えている。馬屋原成男『日本文芸発禁史』創元社、一九五二年七月、一四八頁。
（10）稲垣達郎「解題」『明治文学全集24　内田魯庵集』筑摩書房、一九七八年三月、三九五頁。
（11）「社会」への関心については木村有美子『内田魯庵研究――明治文学史の一側面』（和泉書院、二〇〇一年五月、一三二頁）を参照。写実性ほかの指摘は山田博光「内田魯庵研究――付著作目録」（『都大論究』一号、一九六一年一二月）四五頁による。
（12）内田貢『文芸小品』博文館、一八九九年九月。引用は『内田魯庵全集』第一巻、五五〇頁。
（13）魯庵「朝茶の子」『新小説』四巻六～八号、一八九九年五～七月。引用は『内田魯庵全集』第一巻による。
（14）山田博光「社会小説論――その源流と展開」『日本近代文学』七号、一九六七年一一月。社会小説については金子明雄「明治30年代の読者と小説――「社会小説」論争とその後」（『東京大学新聞研究所紀要』四一号、一九九〇年三月）も参照。
（15）柳田泉ほか編『座談会　明治文学史』（岩波書店、一九六一年六月）所収の「明治の社会文学」を参照。なお社会小説とその社会的コンテクストについては猪野謙二「解説」（内田魯庵『社会百面相』下、岩波書店、一九五四年九月）、大久保利謙「近代社会文学集解説」（『日本近代文学大系第50巻　近代社会文学集』角川書店、一九七三年四月）に簡略なまとめがある。
（16）石崎等「魯庵とその時代」『文学』五四巻八号、一九八六年八月、一一七頁。
（17）たとえば、前掲稲垣達郎「解題」。

(18) 無署名「〔所謂社会小説〕」『早稲田文学』二八号、一八九七年二月。
(19) 『文壇照魔鏡』は大日本廓清会著作・発行。現在では、この書物は鉄幹と高須梅溪・一條成美らとの不和に、『明星』の新詩社と『新声』の新声社の対立が交錯して、田口掬汀ら新声社中の者たちによって生み出されたものと考えられている。小島吉雄「『文壇照魔鏡』秘聞」(『山房雑記』桜楓社、一九七七年四月)、逸見久美『新版 評伝 与謝野寛晶子 明治篇』第三編第二章(八木書店、二〇〇七年八月)、木村勲「「関西文学」終刊から『文壇照魔鏡』事件へ――初期「明星」のメディア史的考察」(『神戸松蔭女子学院大学 研究紀要 人文科学・自然科学篇』五〇号、二〇〇九年三月)などを参照。
(20) 前掲逸見、二二二〜二二三頁。また与謝野鉄幹「社告」(『明星』一二号、一九〇一年五月)も参照。
(21) 「一筆啓上」『明星』九号、一九〇〇年一二月。
(22) 一九〇一年八月七日付林滝野宛与謝野鉄幹書翰、引用は逸見久美編『与謝野寛晶子書簡集成』第一巻(八木書店、二〇〇二年一〇月)七七頁。なお同書簡で、鉄幹は「世間の不景気」も部数減の原因として挙げている。
(23) 与謝野鉄幹「文士学者の不徳問題」『明星』七号、一九〇二年一二月。
(24) 山田俊治『大衆新聞がつくる明治の〈日本〉』日本放送出版協会、二〇〇二年一〇月。奥武則『スキャンダルの明治――国民を創るためのレッスン』(ちくま新書、一九九七年一月)も参照。
(25) 『社会百面相』に収められた諸作品の類型性については、以下の指摘がある。片岡哲「内田魯庵の小説(三)――『社会百面相』を中心として」(『東京工業大学 人文論叢』一五号、一九八九年二月、一二二頁)は、「その描き方は魯庵が否定しようとした戯作風の類型的なものになってしまっている」とし、「風俗描写的な傾向が見られる」と述べた。また森田直子「小説と洋琴――内田魯庵における文学の風刺」(『比較文学研究』六六号、一九九五年二月、五九頁)は、同時代の中流から上流の、代表的類型それぞれの特徴を描きだすうえでその諷刺の才能を発揮」したと評価した。

(26) 内田魯庵「官吏」(『太陽』六巻三号、一九〇〇年三月)、のち前掲『社会百面相』所収。引用は全集第一一巻、三三五〜三三六頁。
(27) 中野三敏「痩々亭骨皮道人『浮世写真　百人百色』(抄)校注」『新日本古典文学大系　明治編29　風刺文学集』岩波書店、二〇〇五年一〇月、二二〇頁。
(28) 「頃者太陽紙上にか、げし不知庵の落紅なる一小説は〔、〕作家知己の人物を其ま、に取りつ、而も其人物に侮辱を加ふべき事件を付着せりとの評ありて文界一隅の物論を買へり」(「文士の徳義」『日本』一八九九年六月六日)。
(29) 李承信「「女先生」と下田歌子――〈堕落女学生〉の表象、モデル問題をめぐって」『〈翻訳〉の圏域』筑波大学文化批評研究会編集・刊行、二〇〇四年二月。
(30) 前掲魯庵「『暮の廿八日』其他」二〇二〜二〇三頁。
(31) 猪野謙二「解説」(内田魯庵『社会百面相』下、岩波書店、一九五四年九月)を参照。
(32) 内田魯庵「破調」『太陽』八巻五号、一九〇二年五月。引用は全集第一一巻による。
(33) 前掲「『破垣』発禁当時の回想」一五六頁。

第2章

(1) 夏目漱石、森田米松宛書簡(一九〇六年四月三日付)『漱石全集』第二二巻、岩波書店、二〇〇四年一月、四八六頁。
(2) 三好行雄「解説」『島崎藤村全集』第三巻、筑摩書房、一九八一年二月、三一〇頁。
(3) 水野葉舟『明治文学の潮流』紀元社、一九四四年九月、五六頁。引用は日本図書センター、一九八三年四月の復刻版による。
(4) 伊藤整『日本文壇史Ⅸ　日露戦後の新文学』新装版、講談社、一九七八年一〇月、八〇頁。

（5） 彼は『破戒』出版の時代のことを、小説「芽生」（『中央公論』二四巻一〇号、一九〇九年一〇月、のち『藤村集』博文館、一九〇九年一二月）、長篇「家」（『読売新聞』一九一〇年一月一日～五月四日、続編として「犠牲」を『中央公論』二六巻一、四号、一九一一年一月、四月）、回想「三つの長篇を書いた当時のこと」（初出『読売新聞』一九二七年四月二三・二四日、および『早稲田文学』二五七号、一九二七年六月、のち『市井にありて』岩波書店、一九三〇年一〇月）などにみずから描いた。

（6） 初出は『東京朝日新聞』『大阪朝日新聞』一九一八年五月一日～一〇月五日、および一九一九年四月二七日～一〇月二三日。のち春陽堂から単行本として第一巻が一九一九年一月一日、第二巻が同年一二月二八日に刊行された。

（7） 『文芸倶楽部』一三巻九号、一九〇七年六月、臨時増刊。のち『藤村集』（博文館、一九〇九年一二月）に収録。

（8） 『太陽』（一九巻一号、一九一三年一月一日）、のち『微風』（新潮社、一九一三年四月）に収録。

（9） 和田謹吾「自然主義文学成立の基盤」『増補 自然主義文学』文泉堂出版、一九八三年一一月、九～二八頁。

（10） 「内務省のお役人の神経過敏なるには、小生も舌を捲かれ候、あのために『新小説』は発売禁止に相成候とか」（秋暁・烏水「文芸雑俎　藤村氏の二新作（『藁草履』と『旧主人』）」（『明星』七号、一九〇二年一二月）、「併しあすこの所が内務省のお役人様の目に触れて、発売禁止になつた為め噂はパツト全国に広がつて、日頃小説嫌ひの誰れ彼れまで、我も〳〵と大騒ぎをして却つて多数に読まれたさうです。作者、書肆、寧ろ以て栄とすべしではありませんか。兎角『臭いものに蓋』主義の結果は得てかういふ滑稽を演ずるものですて。」（編集局同人「近刊合評　旧主人」『文芸界』一一号、一九〇二年一二月）。

（11） 無署名「風俗壊乱の小説」『文章世界』三巻七号、一九〇八年五月一五日。引用中で言及される愛山の「書斎独語」は『国民新聞』一九〇七年一〇月二〇日のものを指すと考えられる。該当部分の全文は次の通り。「自然派の詩人某氏其友人をモデルとしたりとて友人より苦情を訴へられたりとの評判あり。友人ならば猶ほ或は恕しもすべし。其先輩の家庭に起りたる悲惨事を扮本として小説をものし、描写精細を極めたるに至つては、其冷情忍心も亦豈太甚ならずや」。このように、愛山が藤村に批判的だったことは確認できるが、訴えたという事実そのものについては、この記事からは確認できない。

(12)『新声』一九〇七年七月号掲載の「緩調急調」には同様の噂話を「愛山が自ら話したことを聞いた」といって伝える投書が掲載されているが、この内容は白柳秀湖の『歴史と人間』(千倉書房、一九三六年三月)四四七頁の記述と大筋で一致する。『新声』の投書は、若き白柳秀湖か、秀湖が聞いたという「文芸講演会」の出席者によるものと見られる。

(13) 渡部直己「日本小説技術史(第四回)」『新潮』一〇六巻六号、二〇〇九年六月、二三九頁。

(14) 柄谷行人『日本近代文学の起源』講談社、一九八〇年八月。引用は講談社文芸文庫、七六頁。傍点原文。

(15)「近刊合評　旧主人」『文芸界』一一号、一九〇二年一二月。

(16) 十川信介「「自然」の変貌——明治三十五年前後」(『「ドラマ」・「他界」——明治二十年代の文学状況』筑摩書房、一九八七年一一月)を参照。なお「自然」は田山花袋「重右衛門の最後」(新声社、一九〇二年五月)の言葉。以下「本能」は高山樗牛「美的生活を論ず」(『太陽』七巻九号、一九〇一年八月)、「血統《ちすじ》」は小杉天外『はやり唄』(春陽堂、一九〇二年一月)、「暗黒なる動物性」は永井荷風『地獄の花』(金港堂、一九〇二年九月)、「天性《うまれつき》」は国木田独歩「正直者」(『新著文芸』四号、一九〇三年一〇月)。

(17) 島崎藤村「新片町より」(『文章世界』四巻五号、一九〇九年四月)、のち「モデル」と解題して『新片町より』(佐久良書房、一九〇九年九月)に収録。

(18) 臼井吉見「モデル問題をめぐって」(『現代日本文学体系13　島崎藤村集(一)』筑摩書房、一九六八年一〇月)を参照。引用は四四九頁。

(19) 阪本俊生『プライバシーのドラマトゥルギー——フィクション・秘密・個人の神話』世界思想社、一九九九年一〇月。本書序章における議論も参照。
(20)「文芸界消息」『趣味』二巻六号、一九〇七年六月。
(21)「文芸風の便」『読売新聞』一九〇七年七月三日。
(22)馬場孤蝶「島崎氏の『並木』」『趣味』二巻九号、一九〇七年九月。戸川秋骨「金魚」『中央公論』二二巻九号、一九〇七年九月。「金魚」の筆者名は「「並木」の副主人公・原某」だった。
(23)「文芸風の便」『読売新聞』一九〇七年九月二三日。
(24)「文芸風の便」『読売新聞』一九〇七年九月一五日。
(25)日比『〈自己表象〉の文学史——自分を書く小説の登場』(翰林書房、二〇〇二年五月)第一章参照。
(26)和田利夫『明治文芸院始末記』(筑摩書房、一九八九年一二月)を参照。
(27)『文学』(一九九三年春、特集「メディアの政治力」)、および『文学』(一九九四年夏、特集「メディアの造形性」)の両特集が詳しく論じている。
(28)内田魯庵「『破垣』発売停止に就き当路者及江湖に告ぐ」『内田魯庵全集』第五巻、ゆまに書房、一九八四年九月、二六一頁。同評論の初出は『二六新報』一九〇一年一月一〇〜一七日。
(29)前掲日比『〈自己表象〉の文学史』第一章を参照。
(30)独歩生「病床雑記」『趣味』二巻一一号、一九〇七年一一月。
(31)「緩調急調」『新声』一七巻五号、一九〇七年一一月。
(32)中村星湖・島村抱月「モデル問題の意味及び其の解決」『早稲田文学』三六号、一九〇八年一一月。
(33)引用は丸山晩霞「島崎藤村著『水彩画家』主人公に就て」『中央公論』二二巻一〇号、一九〇七年一〇月。以下同。
(34)「第一、誰をモデルに為たなど、は、滅多にはいふまいし、モデルが誰だか、直《すぐ》には当りの付かぬやうに為て置く慣例であるから、少しも心配は無い。今問題にのぼつた作家島崎藤村子でも、かういふ用意は何時も為て居るのである」（馬場孤蝶「燈下漫録（二）」『趣味』二巻一二号、一九〇七年一二月）、「藤村氏がモデルの何人なるかを公言したことは過失だ」（「文芸彙報」『明星』一一号、一九〇七年一一月）。

（35）高橋昌子『島崎藤村　遠いまなざし』和泉書院、一九九四年五月、一〇〇、一〇一頁。

（36）金子明雄「「並木」をめぐるモデル問題と〈物語の外部〉――島崎藤村の小説表現Ⅲ」『流通経済大学社会学部論叢』五巻二号、一九九五年三月、一六頁。

（37）「『蒲団』合評」（『早稲田文学』二三号、一九〇七年一〇月）における小栗風葉の発言。

（38）「緩調急調」『新声』一七巻四号、一九〇七年一〇月。

（39）「緩調急調」『新声』一七巻五号、一九〇七年一一月。

（40）「都会」裁判については中山昭彦「小説『都会』裁判の銀河系――空白の政治学」（三谷邦明編『近代小説の〈語り〉と〈言説〉』有精堂出版、一九九六年六月）を参照。中山の指摘するように、生田葵山の短篇「都会」もまた、海軍中将とその部下の妻の姦通として当時話題となった事件をモデルにしていると噂されていた。

（41）たとえば、当時自然主義の主唱者とみなされていた田山花袋については、「自然主義の熱心なる唱道者として、小説「蒲団」の著者として、又文壇に於ける「出歯亀宗」の開山として知られたる田山花袋」などという中傷的な呼び方がされたりもした（「寸鉄」『新小説』一五巻一二号、一九一〇年一二月）。

（42）前掲高橋昌子『島崎藤村　遠いまなざし』一〇三頁、および前掲金子明雄「「並木」をめぐるモデル問題と〈物語の外部〉」一三頁。

（43）瀬沼茂樹『評伝　島崎藤村』筑摩書房、一九八一年一〇月、二一四頁。

（44）三好行雄「解説」『島崎藤村全集』第五巻、筑摩書房、一九八一年五月、三〇二頁。

（45）浅岡邦雄「著者と出版者とのデリケート・バランス」（『〈著者〉の出版史――権利と報酬をめぐる近代』森話社、二〇〇九年一二月）が詳しい。

(46) 藤村「著作と出版」『読売新聞』一九二五年五月二六日。
(47) 相馬庸郎「『新生』試論」『日本近代文学』一一号、一九六九年一〇月、一六二頁。
(48)「荒れすさんだ自分等の心を掘り起して見たら、生きながらの地獄から、そのまゝ、あんな世界に活き反る日も来たと言つて見たいつもりであつた」（島崎藤村「芥川龍之介君のこと」『市井にありて』岩波書店、一九三〇年一〇月）。引用は『藤村全集』第十三巻（筑摩書房、一九六七年九月）六〇頁。
(49) 千田洋幸「性／〈書く〉ことの政治学――『新生』における男性性《マスキュリニティ》の戦略」『日本近代文学』五一号、一九九四年一〇月、一三〇～一三四頁。
(50) 梅本浩志『島崎こま子の「夜明け前」――エロス愛・狂・革命』社会評論社、二〇〇三年九月。
(51)『婦人公論』「懺悔物語」号、五巻一号、一九二〇年一月。
(52)「悲劇の自伝」『婦人公論』二二巻五、六号、一九三七年五、六月。

第3章

(1) 広津和郎「文芸随筆――奇蹟派の『道場』主義について」『経済往来』八巻六号、一九三三年六月。
(2) 相馬泰三「荊棘の路」（初出『九州日報』一九一八年連載、のち新潮社、一九一八年五月）、相馬「道伴れ」（『新潮』二九巻一号、一九一八年七月）、葛西善蔵「遁走」（『新小説』二三巻一一号、一九一八年一一月）、広津和郎「針」（『解放』二巻一号、一九二〇年一月）、相馬泰三「B――軒事件」（『太陽』二六巻一号、一九二〇年一月）、谷崎精二「曽根の死」（『中央公論』三七巻一三号、一九二二年一二月）。田澤基久「私小説――友達小説・交友録小説」（『時代別日本文学史事典 近代編』有精堂、一九九四年六月）に詳しい。
(3) のち、二、六章を削除して『影燈籠』（春陽堂、一九二〇年一月）に収録。本書では作品発表当時の状況を重視して分析するため雑誌初出形を用いている。
(4) 吉田精一『芥川龍之介』三省堂、一九四二年一二月。引用は『近代作家研究叢書121 芥川龍之介』（日

本図書センター、一九九三年一月）一八一〜一八二頁による。
（5）菊地弘「枯野抄・あの頃の自分の事」（『芥川龍之介――意識と方法』明治書院、一九八二年一〇月）、田中実「芥川文学研究ノート①　大正七年十二月の〈作家〉芥川龍之介 An Essay on Ryunosuke Akutagawa (Part 1)」（『都留文科大学　研究紀要』三六集、一九九二年三月、のち『日本文学研究大成　芥川龍之介Ⅰ』国書刊行会、一九九四年九月）など。
（6）鷺只雄「「あの頃の自分の事」論――「松岡の寝顔」の意味するもの」（『国文学論考』一三号、都留文科大学、一九七七年三月、のち『芥川龍之介　作家とその時代』有精堂、一九八七年一二月）、海老井英次「第二章「羅生門」――〈自我〉覚醒のドラマ」（『芥川龍之介論攷――自己覚醒から解体へ』桜楓社、一九八八年二月）など。
（7）『芥川龍之介全集』第二三巻、岩波書店、一九九八年一月、二八五頁。
（8）山本芳明「大正六年――文壇のパラダイム・チェンジ」（『文学者はつくられる』ひつじ書房、二〇〇〇年一二月）九〇頁を参照。たとえば以下のような記事があった。潮青居「文壇旧夢録（一）（二）」（『文章世界』一二巻一、二号、一、二月）、潮青居「一昔前の流行児」（『文章世界』一二巻三号、三月）、永井荷風「書かでもの記」（『三田文学』八巻三号、三月、『花月』一、二、六号、一九一八年五月、六月、一〇月）、「「早稲田文学」及文壇十二年史」（『早稲田文学』一三八号、五月、一五名による特集）、「文壇昔話」（『読売新聞』七月六日〜一九一八年末まで、諸家による連載）、窪田空穂「思ひ出の記」（『短歌雑誌』二巻一〜五号、一九一八年一〇月〜九年二月）。
（9）中村友「大正期私小説論にまつわる覚書（二）」『学苑』四四五号、一九七七年一月。
（10）前田晁「罪の雲の暗い影」（『時事新報』一九一八年七月二六日）、および本間久雄「告白文学と自己批評」（『文章世界』一三巻八号、一九一八年八月）。この他、沖の鷗「不真面目である事の必要」（『時事新報』一九一八年七月二八日）、中村星湖「告白小説の流行」（『早稲田文学』一五三号、一九一八年八月）など。
(11) 春月生「モデル問題」『時事新報』一九一八年八月四日。
(12) 菊池寛「友と友の間」(『大阪毎日新聞』夕刊、一九一九年八月一八日〜一〇月一四日、引用は『菊池寛全集』第二巻、高松市菊池寛記念館、一九九七年一二月) 四六一頁。
(13) 菊池「半自叙伝」『文芸春秋』七巻六号、一九二九年六月。引用は『菊池寛全集』第二三巻(高松市菊池寛記念館、一九九五年一二月) 五五頁。
(14) これは芥川の作「野呂松人形」(『人文』一巻八号、一九一六年八月) をふまえたものとなっていることがすでに指摘されている。田中論文、注 (5) 参照。
(15) 鷺前掲論は、「この作品の成立に芥川をとりまく状況が必然的に要請する松岡擁護のモチーフを指摘して誤りはないであろう」と指摘している。
(16) 前田潤「菊池寛「登場」の内幕——「文壇」を睨む「無名作家」」『立教大学日本文学』七六号、一九九六年七月、五一頁。
(17) 松岡譲「第四次新思潮」複製版『新思潮』別冊、臨川書店、一九六七年一二月。
(18) 芥川龍之介「大正八年度の文芸界」『大正九年版 毎日年鑑』大阪毎日新聞社・東京日日新聞社編纂、一九一九年一二月。
(19) 言及された評論は以下。江口渙「文壇の大勢と各作家の位置」(『中外』二巻九号、一九一八年八月)、前掲芥川龍之介「大正八年度の文芸界」、宮島新三郎「本年度に於ける創作界総決算」(『新小説』二四巻一二号、一九一九年一二月)、久米正雄「一九一九年度に於ける創作界を顧みて」(『読売新聞』一九一九年一一月二三日)、田山花袋「今年の創作壇」(『時事新報』一九一九年一一月二八〜三〇日)、柴田勝衛「文芸に関係のある新聞及雑誌の本年度の総勘定」(『新小説』二四巻一二号、一九一九年一二月)、太田善男「日本小説家の『創作力』」(『解放』一巻七号、一九一九年一二月)。

(20) 伊藤整『小説の方法』(河出書房、一九四八年一二月)、引用は『伊藤整全集』第一六巻(新潮社、一九七三年六月)四四〜四五頁による。なお、この種の発想は同時代からすでに存在する。たとえば江口渙「文壇回顧」(『時事新報』一九二〇年一二月三〜一二日)を参照。
(21) なお、これは山本芳明が〈通俗〉の領域を考慮していないということではない。しかし後述の理由で、「文壇という小さな緊密な領域を流通する言説と、「社会階層という面でも、文化資本という面でも明らかに切断されている」作者と大量の読者をいきなりつなぐ言説とが、恐らく、関連なく併存していた」(山本芳明「文学と領土性――大正文学の場合」『国語と国文学』八〇巻一一号、二〇〇三年一一月)という図式には再考の余地がありそうに思われる。なお、引用中の括弧内は「《座談会》大正の読みかた」(『文学』二巻四号、二〇〇一年七月)における金子明雄の発言。

第4章

(1) 久米正雄「私の二つの代表作」『久米正雄全集』月報、二号、平凡社、一九三〇年二月。
(2) 前田愛「久米正雄の位置」『成蹊国文』二号、一九六九年三月、四一頁。
(3) 久米「自叙伝小説と文明批評的の長篇」『新潮』三六巻一号、一九二二年一月。
(4) 久米「「私」小説と「心境」小説」『文芸講座』文芸春秋社、一九二五年一〜二月。
(5) 工藤哲夫「通俗文学余技説――久米正雄小論」『国語国文』四七巻一二号、一九七八年一二月、四〇頁。
(6) 山岸郁子「〈父〉神話の生成――久米正雄「破船」をめぐって」『日本大学人文科学研究所研究紀要』四八号、一九九四年九月。
(7) 安藤宏・猪狩友一・鈴木啓子・日比嘉高・佐藤秀明「《座談会》一人称という方法」(『文学』九巻五号、二〇〇八年九月)を参照。
(8) 木村涼子『〈主婦〉の誕生――婦人雑誌と女性たちの近代』吉川弘文館、二〇一〇年九月、第四章。ただし、久米の「破船」の場合、結末を大半の読者たちがあらかじめ知っていたという点において、恋愛小説としては致命的な欠陥があったはずである。久米がとった戦略は、「先説法」を利用することだった。「が、併しその時云つた彼の『祟り』が、それから約一年の間に、どんな形となつて現はれ、以後の小野と杉浦との半生に、どんなに惨憺たる影を投げたかは、彼自身もとより知る由もなかつた」(「破船」第一章)。

(9) 徳田秋声「祝賀会の後」『時事新報』一九二〇年一一月二八日。

(10) 『読売新聞』「批評と紹介」欄、一九二三年一月二三日。

(11) 前掲木村涼子『〈主婦〉の誕生』第一章。

(12) 前田愛「大正後期通俗小説の展開」『近代読者の成立』有精堂、一九七三年一一月。

(13) 青野季吉「女性の文学的要求」(一九二五年六月筆、『転換期の文学』春秋社、一九二七年二月、所収)三一二頁。

(14) 告白記事が多いことそのものは、金子幸子『近代日本女性論の系譜』(不二出版、一九九九年一月)にも指摘がある。『主婦之友』の特色は、衣食住全般にわたる手軽で、便利で、経済的な生活の仕方を目指した「家庭経営」と「身の上相談及び告白記事」だった。

(15) 前掲山岸郁子「〈父〉神話の生成」も、大正後期の婦人雑誌の傾向として、「ゴシップ記事が加わりもする」ことを指摘している。

(16) これについては、副田賢二「山中峯太郎とその記号的「漂流」――昭和初期の『主婦之友』掲載言説を中心に」(『昭和文学研究』五六号、二〇〇八年三月)がある。石上欣哉は山中峯太郎の筆名。

(17) 波潟剛「「スポーツ小説」の盛衰――雑誌「アサヒ・スポーツ」の場合」疋田雅昭・日高佳紀・日比嘉高編著『スポーツする文学――1920―30年代の文化詩学』青弓社、二〇〇九年六月。

(18) 前掲「《座談会》一人称という方法」参照。

(19) ユルゲン・ハーバーマス『公共性の構造転換――市民社会の一カテゴリーについての探求』第二版、未来社、一九九四年五月、二二八頁。

(20) 松岡譲と破船事件に関しては、関口安義『評伝　松岡譲』(小沢書店、一九九一年一月)に多くを教えられた。

(21) 松岡譲「私の結婚縁起――長篇創作「愛人」の執筆に際して」『婦人倶楽部』七巻一二号、一九二六年一二月。

(22) 松岡譲「沈黙の後に――『憂鬱な愛人』を執筆するに際して」『読売新聞』一九二六年一一月二九日。

(23) 一九二七年三月四日付。前掲関口安義『評伝　松岡譲』(二二四頁)による。

(24) 『講談社の歩んだ五十年(昭和編)』(講談社、一九五八年一〇月)八二頁掲載の松岡の談話。

(25) 同前『講談社の歩んだ五十年(昭和編)』八三〜八四頁。

(26) 松岡譲「『憂鬱な愛人』覚書」『セルパン』七号、一九三一年一〇月、六三〜六四頁。

第5章

(1) 『キング』六巻一〇号、一九三〇年一〇月掲載。

(2) 引用は山田養古編『昭和八年版　日本スポーツ人名辞典』(日本スポーツ協会、一九三三年一二月)の高石の項。高石については他に『高石さんを憶う』(日本水泳連盟関西支部編集発行、一九六七年九月)などを参照している。

(3) しかも、当時それほど知られていたとは思えないが、高石はこのとき後に結婚することになる女性の水泳のコーチをしていたらしい(「凱旋選手の結婚オリンピック」『報知新聞』一九三二年八月二七日による)。「傷ける人魚」はなかなか周到な調査もみせている。

(4) 『講談社の歩んだ五十年　昭和編』一九五九年一〇月、講談社、一四四頁。『講談倶楽部』については、尾崎秀樹「講談倶楽部」(『書物の運命――近代の図書文化の変遷』出版ニュース社、一九九一年一〇月)なども参照。

（5）事実、著名スターを取り上げたモデル小説は、スポーツ選手のみにとどまらない。もっとも早く『講談倶楽部』誌面に登場した小説は岸白汀「嘆きの胡蝶夫人」（二〇巻三号、一九三〇年三月）で、これは「マダム・バタフライ」のプリマドンナとして海外公演を重ねた歌手・三浦環をモデルとしたものである。

（6）白樺同人『白樺の園』（春陽堂、一九一九年三月）、白樺同人『白樺の林』（聚英閣、一九一九年一二月）。

（7）六大学野球については、庄野義信編『六大学野球全集』（改造社、一九三一年一二月）、坂上康博『にっぽん野球の系譜学』（青弓社、二〇〇一年七月）、坂上康博『権力装置としてのスポーツ』（講談社選書メチエ、一九九八年八月）を参照。

（8）一九二九年のスポーツ関係の放送は三八一回、うち実況中継が約八〇回で、その七割が野球だったという。実況放送の日数は一九二九年に五〇日を超え、一九三三年には一〇〇日を超えた。坂上『権力装置としてのスポーツ』第一章の記述による。

（9）「青春涙多し」第一回目の本文タイトルに掲げられた惹句である。

（10）K大学の新進投手宮地公一は、信州沓掛での合宿のある朝、ハンカチを拾う。それは有名人気女優の水島小百合子のものであった。これを縁として二人は交際を始める。二人の仲は部の主将森岡の知るところとなり、宮地は釘を刺されるが、功を奏さない。S大との決戦の日、宮地の体調は良くなかった。期待を受けながらも彼は踏ん張ることができず、あえなく敗戦する。宮地の不調の原因は、小百合子が彼に飲ませた薬剤のためだった。宮地は、女優との交際のために調子を落とした、とチームメイトからなじられ、袋だたきに合う。一方、小百合子は試合を見守りながら、自分のしたことを激しく後悔していた。仲間に打ちのめされた公一を看病しながら小百合子は、自分の罪を告白する。しかしその謝罪もむろん公一の許すところではなかった。小百合子は公一の部屋で服毒する。公一は、彼女が真に自分を愛していたことを悟る。二人の恋愛事件は新聞各紙の書き立てるところとなったが、それもすぐにおさまる。小百合子は舞台を退き、二人は結婚する。公一は先輩たちに許され、来シーズンの雪辱を期する。『キング』六巻五号（一九三〇年五月）に掲載された同作の広告は、「名選手と名女優の紅涙潸々たる悲恋哀話」と紹介し、「これが暗示する事実的興味」を予告してはばからない。作品の描写から考えて、主人公宮地公一がモデルとしていたのは、高松商業出身の慶応の名投手、宮武三郎とみていいだろう。

（11）「強打者銘々伝」『キング』七巻五号、一九三一年五月、一八頁。

（12）三原については三原脩『風雲の軌跡』（ベースボール・マガジン社、一九八三年七月）ほかを参照。

（13）三原はこの翌年、学生結婚をして大学野球部を引退しているが、これはこの事件と無関係であり、妻も小説の登場人物の女性とはまったく関係はない。

（14）中村三春「モダニズム文芸とスポーツ――阿部知二「日独対抗競技」の文化史的コンテクスト」『修辞的モダニズム――テクスト様式論の試み』ひつじ書房、二〇〇六年五月。モダニズム・スポーツ文芸について大きな教唆をえている。

（15）戦前期のスポーツ文芸については、前掲疋田雅昭ほか編『スポーツする文学』を参照。

（16）ここでは前田愛「大正後期通俗小説の展開」（『近代読者の成立』有精堂、一九七三年一一月）をふまえている。

第6章

（1）ドナルド・キーン『生きている日本』朝日出版社、一九七三年八月、三一〜三二頁。

（2）「〝プライバシーの侵害〟有田氏、三島氏らを訴う」『朝日新聞』一九六一年三月一六日。

（3）本章において裁判に関する資料は、富田雅寿編『『宴のあと《プライバシー》』公判ノート』（唯人社、一九六七年一月）によっている。引用は二〇八頁。以下、頁数は本文中で示す。

（4）週刊誌については、週刊誌研究会『週刊誌――その新しい知識形態』（三一書房、一九五八年一二月）、朝日新聞社『週刊誌のすべて』（国際商業出版、一九七六年一二月）、高橋呉郎『週刊誌風雲録』（文芸春秋、二〇〇六年一月）、石田あゆう『ミッチー・ブーム』（文春新書、二〇〇六年八月）などを参照している。

（5）『週刊誌のすべて』一〇八頁。

（6）『週刊誌――その新しい知識形態』一三六頁。

（7）有馬厚彦「プライバシー侵害の実態と問題点」『法律のひろば』二〇巻一二号、一九六七年一二月。

（8）伊藤整「プライヴァシー尊重」（『朝日新聞』一九六一年一〇月一日、引用は『伊藤整全集』第一八巻、新潮社、一九七三年一一月）四五二頁。

（9）新保史生『プライバシーの権利の生成と展開』成文堂、二〇〇〇年一二月、一二〜一四頁。

（10）中村稔「プライバシーの権利」『新潮』五八巻五号、一九六一年五月。

（11）「文学作品とプライバシーの問題」『毎日新聞』一九六一年三月一六日。

（12）伊藤正己『プライバシーの権利』（岩波書店、一九六三年一月）、戒能通孝・伊藤正己編『プライヴァシー研究』（日本評論新社、一九六二年八月）など解説書、専門書が刊行され、雑誌記事としても阿部知二・伊藤正己「対談　モデル小説とプライバシー――三島由紀夫『宴のあと』提訴をめぐって」（『朝日ジャーナル』三巻一四号、一九六一年四月二日）、戒能通孝「プライバシーの権利」（『世界』一八八号、一九六一年八月）などがあった。なお戒能通孝は有田八郎に名誉毀損ではなくプライヴァシー侵害での起訴をアドバイスした人物である。戒能通孝「肖像と警察権――44・12・24最高裁大法廷判決をめぐって」『法学セミナー』一六九号、一九七〇年三月。

（13）福田恆存「言葉の魔術　プライバシー」『毎日新聞』夕刊、一九六一年四月二四・二五日。

（14）長野国助「プライバシーにおける法律的救済」（『法律のひろば』二〇巻一二号、一九六七年一二月）は、明治期の民法二三五条に、「境界線ヨリ三尺未満ノ距離ニ於テ他人ノ宅地ヲ観望スヘキ窓又ハ縁側ヲ設クル者ハ目隠ヲ附スルコトヲ要ス」という項目があったことを指摘する。これを解説した梅謙次郎『民法要義』

巻二（印刷・発行　鈴木敬親、一八九六年八月）は次のようにいう。「本条ハ窓又ハ縁側ヲ設クルニ付キ必要ナル制限ヲ規定シタルモノナリ〔〇〕蓋シ窓及ビ縁側ナルモノハ他人ノ土地ヲ観望スベキモノニシテ〔…〕其隣地ノ私有者ハ為メニ自己ノ地内ノ状況ヲ窺視セラレ頗ル不愉快ヲ感スルコト多カルヘシ」一三三頁。

(15) 中川善之助「表現と報道の自由」『朝日新聞』一九六一年四月四日、朝刊、「きのう きょう」欄。

(16) 柿沼勝司「プライバシーの権利と田舎」『毎日新聞』一九六一年三月二五日、投書。

(17) 佐藤秀明「プライバシーと文学――『宴のあと』裁判について」『三島由紀夫の文学』試論社、二〇〇九年五月。

(18) 大岡昇平「文士は裁判に弱い」『新潮』六一巻一二号、一九六四年一二月。

(19) 十返肇「小説の現状とモデル問題」『小説中央公論』二巻一号、一九六一年一月。時任謙作は志賀直哉「暗夜行路」の主人公。

(20) 日本文芸家協会の声明「判決は独断的　慎重な真理を」『毎日新聞』一九六四年一〇月六日。

(21) 日浦圭子に公判記録、新聞記事、作品同時代評から「宴のあと」事件の展開を詳細に追った論考「「宴のあと」事件と昭和三十年代の文学状況」（『聖心女子大学大学院論集』二八巻一号、二〇〇六年七月）があり、参考になる。本章の記述には事件の展開を整理する上で、一部日浦の論と重なる指摘があることをお断わりする。

(22) 高橋義孝「二つの権利〈下〉文学者の立場から」『朝日新聞』一九六一年四月一二日。

(23) 前掲『「宴のあと」公判ノート』二〇三頁。

(24) 小林和子「三島由紀夫「宴のあと」論――モデル・有田八郎氏について」（『茨城女子短期大学紀要』二五号、一九九八年三月）、有元伸子「〈プライバシー裁判〉はなにを語るか――『宴のあと』にみる小説とモデルの関係」（『三島由紀夫論集2　三島由紀夫の表現』勉誠出版、二〇〇一年三月）を参照。なお、和解後の見解となるが、三島自身はプライヴァシーを「近代社会の明快なプラクティカルな概念」と見ており、「もしこれが、市井の一私人が、低俗な言論の暴力によって私事をあばかれたケースであったとしたら、プライバシーなる新しい法理念は、どんなに明確な形で人々の心にしみ入り、かつ法理論的に健全な育成を見たことであろう」(「『宴のあと』事件の終末」『毎日新聞』夕刊、一九六六年一一月二八日、三面)と述べていた。

(25)「宴のあと」本文の引用は、『三島由紀夫全集』第八巻(新潮社、二〇〇一年七月)によった。引用に際しては章番号のみを付した。

(26)前掲『「宴のあと」公判ノート』二〇八頁。

(27)同前、六一頁。

第7章

(1)棟居快行「小説のモデルとプライバシー――『名もなき道を』訴訟」『法学教室』一八一号、一九九五年一〇月、一一七頁。

(2)東京地方裁判所の判決文による。東京地裁平元(ワ)一七二四一号。

(3)日高昭二「旧制高校という〈場〉――高橋治『名もなき道を』」『国文学 解釈と鑑賞』七三巻一一号、二〇〇八年一一月。同号は「金沢と近代文学」という特集。

(4)「小説モデル遺族に謝罪 「名もなき道を」プライバシー訴訟 和解」『朝日新聞』一九九九年三月九日、朝刊、三五面。

(5)前掲棟居、一一七頁。

(6)加藤新太郎「実在の人物を素材とした小説とプライバシー侵害――小説『名もなき道を』プライバシー訴訟第一審判決」『判例タイムズ』九〇一号、一九九六年五月一日、七三頁。

（7）同判決では、プライヴァシー侵害について、「当該被疑者等の名誉又は信用に直接に関わる事項に係る事実でない限り、これを公開したことによって直ちに当該被疑者等のプライバシーを侵害することになることはない」とした。また原告が「本件小説が個人がみだりに公開されることを欲しない私生活上の事実を公開している」と申し立てていないため、この点は判断しないとしている。名誉毀損については認定した。

（8）伊藤正己「『宴のあと』判決の問題点」『ジュリスト』三〇九号、一九六四年一一月一日。

（9）奥平康弘『ジャーナリズムと法』新世社、一九九七年六月。

（10）塚本晴二朗「名誉毀損・プライバシー侵害と小説――『名もなき道を』事件と「石に泳ぐ魚」事件を中心として」『桜文論叢』五五号、二〇〇二年八月。

（11）内藤光博「モデル小説における表現の自由とプライバシーの権利――小説表現の「芸術的価値」とプライバシー権の調整原理の考察」『専修法学論集』一〇七号、二〇〇九年一二月、一九～二〇頁。

（12）棟居快行「出版・表現の自由とプライバシー」『ジュリスト』一一六六号、一九九九年一一月一日。

（13）玉樹智文「文学表現と名誉毀損・プライバシー侵害」『情報文化研究』四号、一九九六年一〇月。

（14）飯野賢一「モデル小説とプライバシー」（『愛知学院大学論叢　法学研究』五〇巻三・四号、二〇〇九年一〇月）は、次のように指摘している。「モデル小説で問題とされている「芸術性」には、「宴のあと」判決でプライバシー侵害行為の違法性阻却事由として検討されている芸術的価値という意味〔A〕と、「名もなき道を」判決で問題とされるような作家の芸術的想像力によって読者に事実をフィクションと受け取らせる性質や力という意味〔B〕があるように思われる」（七一頁）。

（15）なお、モデル小説は、読者側から見ていくつかに下位分類できると考えている。

（1）モデルについての読者の予備知識に訴える作品

（a）読者にとってモデルは公的価値がある（ア）

「女高生・OL連続誘拐殺人事件」「捜査一課長」「宴のあと」

(b) 読者にとってモデルは公的価値がない(イ)
「事故のてんまつ」「逆転」
(2) モデルについての読者の予備知識に訴えない作品(ウ)
「名もなき道を」「石に泳ぐ魚」
(ア)は報道や論評などと同様に、公益性の観点に内田義厚「プライバシー侵害をめぐる裁判例と問題点」(『判例タイムズ』一一八八号、二〇〇五年一一月一五日、六二頁)の示した考慮要素を加味して較量する。(イ)は内田の論の考慮要素から判断する。(ウ)は一般読者には同定不可能なため原則としてプライヴァシー侵害を認定しない。モデルを知る不特定多数の読者の問題はその規模と様態を考慮して判断する。
(16) 前掲玉樹「文学表現と名誉毀損・プライバシー侵害」。
(17) ユルゲン・ハーバーマス『公共性の構造転換――市民社会の一カテゴリーについての探求』第二版、未来社、一九九四年五月。

第8章

(1) この裁判については、紙谷雅子「『石に泳ぐ魚』出版差止東京地裁判決について」(『法学教室』二三〇号、一九九九年一一月)、鈴木秀美「小説『石に泳ぐ魚』事件東京高裁判決」(『法学教室』二五二号、二〇〇一年九月)、「特集2　柳美里『石に泳ぐ魚』最高裁判決の検討」(『法学セミナー』四八号一号、二〇〇三年一月)など多くの紹介、整理がある。
(2) 井口時男「小説は他人を巻き添えにしてよいか――『石に泳ぐ魚』裁判をめぐって」『社会文学』二六号、二〇〇七年六月。
(3) 第一二回大東文化大学公開法律シンポジウム「現代の法律問題を考える　モデル小説とプライバシー～

柳美里「石に泳ぐ魚」事件を素材として～」『大東文化大学法学研究所報』別冊一二号、二〇〇三年三月、一八頁。

(4) 最高裁判決についての原告女性弁護団梓澤和幸のコメント（『週刊金曜日』四四〇号、二〇〇二年一〇月一一日）二七頁。

(5) 田島泰彦「疑問残る出版差し止め　「表現の自由」に配慮欠く」『毎日新聞』二〇〇一年二月二二日、夕刊、一〇面。

(6) 柳美里『石に泳ぐ魚』新潮文庫、二〇〇五年一〇月。裁判所に提出した「改訂版」にもとづいている。

(7) 大江健三郎「陳述書と二つの付記」『世界』六六五号、一九九九年九月、二二七～二二九頁。

(8) 「『石に泳ぐ魚』出版差し止め判決に文学者　見解大きく分かれる」（『朝日新聞』二〇〇一年二月一八日、二七面）でのコメント。

(9) 免田事件、財田川事件、松山事件。なおいわゆる四大死刑冤罪事件の残りの一つ島田事件も八九年に無罪が確定している。

(10) 安達功「柳美里さんの小説第1作に初の出版禁止命令」『世界週報』三九一〇号、一九九九年七月二七日、四四頁。

(11) 堀部政男「個人情報・プライバシー保護の世界的潮流と日本」（『法学セミナー』四〇四号、一九八八年八月）三二頁、また新保史生『プライバシーの権利の生成と展開』（成文堂、二〇〇〇年一二月）二六六頁も参照。

(12) 堀部政男「情報公開制度・個人情報保護制度の回顧と展望」『ジュリスト』増刊、一九九四年五月。

(13) 鈴木秀美「判例クローズアップ　小説『石に泳ぐ魚』事件東京高裁判決」『法学教室』二五二号、二〇〇一年九月、九〇頁。

(14) 関連して、村上孝止「モデル作品と名誉・プライバシーの問題――『石に泳ぐ魚』事件判決をめぐって」（『久留米大学法学』三六号、一九九九年一〇月）は、九〇年代後半からプライバシー事件の判決が急減していることを指摘し、その理由として多量の起訴を行なっていた三浦和義氏が訴訟を起こさなくなったことに加え、プライヴァシー侵害訴訟が「メディア側の反省を促し、報道姿勢に修正を迫ることにな」り、「一時期はプライバシー侵害事件として訴訟提起されるのが普通だったような事件が、わざわざプライバシーをうたわなくても訴訟が可能」となってきたことを指摘している（一二八〜一二九頁）。

（15）「国勢調査の実施に関する有識者懇談会　報告」二〇〇六年七月、国勢調査の実施に関する有識者懇談会、座長・竹内啓。

（16）竹田青嗣「文学は〝刻印〟を持った人間を描く」『新潮45』二〇巻四号、二〇〇一年四月、五八頁。なおここにはモデルの同定可能性をめぐる一審、二審の判決の論理構成が大きく影を投げかけている。第一審はその前提となる「表現の公然性」が「一般の読者の普通の注意と読み方」に関わりなく不特定多数のものが知りうる状態におかれるだけで充分に充足されるとし、第二審は一審の公然性の議論を補足しつつモデルに関する知識が知る者から知らない者へと「伝播」する可能性を指摘した。

（17）飯田正剛「柳美里さんを訴えた原告女性が吐露した〝痛み〟」『創』二九巻九号、一九九九年一〇月、一二一頁。

（18）山家篤夫「公共図書館の『石に泳ぐ魚』掲載雑誌の利用制限をめぐって」『マスコミ市民』四〇八号、二〇〇三年一月、三一頁。なお佐藤卓己「図書館の自由を脅かすもの――「石に泳ぐ魚」マスキング事件から」（『en-taxi』一号、二〇〇三年三月）も同様の論点を展開している。

（19）中村美帆「小説「石に泳ぐ魚」出版差し止め判決――日本における自由権的文化権保障の現状」（『文化資源学』六号、二〇〇七年三月）が共同通信社の調査をもとに整理している。

（1）マーク・ポスター『情報様式論』（岩波書店、一九九一年七月）、引用は岩波現代文庫版、二〇〇一年一〇月、二一三〜二一四頁。
（2）ローレンス・レッシグ『CODE VERSION 2.0』翔泳社、二〇〇七年一二月、一九〇〜一九一頁。
（3）岡村久道・新保史生『電子ネットワークと個人情報保護――オンラインプライバシー法入門』経済産業調査会、二〇〇二年三月、九頁。
（4）東浩紀「情報自由論 2002-2003」『情報環境論集　東浩紀コレクションＳ』講談社、二〇〇七年八月。東はこの論考で「匿名性」のもつ意味を強調し、それを「ネットワークに接続されない権利、すなわち、その題名の環境から離脱し、情報発信を停止する権利を意味するものとして捉えなお」すことを主張している（一五七頁）。なお東浩紀、桜坂洋、鈴木健らが関わり、講談社のポータルサイトＭｏｕＲａほかで展開した小説／未来予測プロジェクト「ギート・ステイト」（二〇〇六〜二〇〇七年）は、プライヴァシーのトレードオフの問題も射程に入れた内容だった（現在は公開を終了している）。
（5）ハワード・ラインゴールド『スマートモブズ――〈群がる〉モバイル族の挑戦』ＮＴＴ出版、二〇〇三年八月、三三八頁。
（6）スティーブン・ジョンソン『創発――蟻・脳・都市・ソフトウェアの自己組織化ネットワーク』ソフトバンクパブリッシング、二〇〇四年三月。
（7）Gary T. Marx, *Undercover: Police Surveillance in America* (Berkeley: University of California Press, 1988).
（8）なお関連していえば、各種データベースを統合する作業（データ融合《フュージョン》）およびそれを分析する作業は、それほど簡単ではないという。米国海軍大学院のコンピュータ学者で、コンピュータ捜査やテロリスト対策を研究するＳ・Ｌ・ガーフィンケルは、「私たちは多数のソースから発生するデータの海で溺れているようなもので、その情報の詳しさと不確実性もソースによって異なるので、データ融合は難しい。データ融合の本当の難しさは、データの入手ではなく、データに意味を見いだすことにある」（六一頁）という。すべてのデータベースが統合されて監視されるという超監視網の誕生は、ＳＦ的な悪夢にすぎないのかもしれない。とはいえ、同じガーフィンケルは、データ融合が失敗しても成功しても、「データ融合システムを構築・運用する人々は、システムの機能状況いかんにかかわらず、より多くの入力データを求める本質的な傾向がある」（六四頁）と指摘する。データベースの増殖そのものは、もはや止めようがないということだろう。

Ｓ・Ｌ・ガーフィンケル「全世界の情報、統合せよ！」（『日経サイエンス』二〇〇八年一二月）を参照。

（9）Ｄ・Ｊ・ソロブ「プライバシーに無分別な若者」『日経サイエンス』二〇〇八年一二月。

（10）堀部政男『プライバシーと高度情報化社会』岩波新書、一九八八年三月、二七頁。

（11）堀部同書、Ⅲ〜Ⅳ参照。

（12）前掲東浩紀「情報自由論 2002-2003」。

（13）Ｅ・ダイソン「プライバシー２・０を考える」『日経サイエンス』二〇〇八年一二月、二四頁。

（14）芹沢一也「〈民意〉の暴走——生命の重みが、生存への配慮を軽くする」『談』八四号 たばこ総合研究センター、二〇〇九年三月、二二頁。芹沢「〈生存〉から〈生命〉へ——社会を管理する二つの装置」（『フーコーの後で——統治性・セキュリティ・闘争』慶応義塾大学出版会、二〇〇七年九月）も参照。

（15）梅田望夫『ウェブ進化論——本当の大変化はこれから始まる』ちくま新書、二〇〇六年二月。

（16）ジェイ・デイヴィット・ボルター『ライティング スペース——電子テキスト時代のエクリチュール』産業図書、一九九四年六月。

（17）船越一幸『情報とプライバシーの権利——サイバースペース時代の人格権』北樹出版、二〇〇一年一月、一〇一頁。

（18）『毎日新聞』二〇〇六年三月一七日、三一面。

（19）東浩紀『動物化するポストモダン——オタクから見た日本社会』（講談社現代新書、二〇〇一年一一月）、大塚英志『定本　物語消費論』（角川文庫、二〇〇一年一〇月）などを参照。

（20）近江龍一・西原陽子・山西良典「ドメインにより意味が変化する単語に着目した猥褻な表現のフィルタリング」『二〇一七年度　人工知能学会全国大会（第三一回）』予稿集、二〇一七年五月。

（21）大月隆寛編『田口ランディ　その「盗作＝万引き」の研究』鹿砦社、二〇〇二年一一月。なお近代の盗作の事件史については、栗原裕一郎『〈盗作〉の文学史――市場・メディア・著作権』（新曜社、二〇〇八年六月）が網羅的な調査をしており、参考になる。

（22）この問題についてはブログで記事を公開しており、ここでは繰り返さない。「「美しい顔」の「剽窃」問題から私たちが考えてみるべきこと」（日比嘉高研究室（ブログ）二〇一八年七月一一日公開）、「「美しい顔」とそれが提起した問題についての補遺」（同、七月一八日公開）。

（23）地裁判決後の柳美里のコメント。『毎日新聞』一九九九年六月二三日、二七面。

主要参考文献

＊一次資料として利用した種々の新聞・雑誌については各章内の注に記載し、ここでは割愛した。

『講談社の歩んだ五十年（昭和編）』講談社、一九五八年一〇月
「特集２　柳美里『石に泳ぐ魚』最高裁判決の検討」『法学セミナー』四八巻一号、二〇〇三年一月
朝日新聞社『週刊誌のすべて』国際商業出版、一九七六年一二月
東浩紀『動物化するポストモダン――オタクから見た日本社会』講談社現代新書、二〇〇一年一一月
――「情報自由論 2002-2003」『情報環境論集　東浩紀コレクションS』講談社、二〇〇七年八月
阿部知二・伊藤正己「対談　モデル小説とプライバシー――三島由紀夫『宴のあと』提訴をめぐって」『朝日ジャーナル』三巻一四号、一九六一年四月二日
有馬厚彦「プライバシー侵害の実態と問題点」『法律のひろば』二〇巻一二号、一九六七年一二月
有元伸子「〈プライバシー裁判〉はなにを語るか――『宴のあと』にみる小説とモデルの関係」『三島由紀夫論集２　三島由紀夫の表現』勉誠出版、二〇〇一年三月
アーレント、ハンナ『人間の条件』志水速雄訳、ちくま学芸文庫、一九九四年一〇月、原著初版一九五八年
飯田正剛「柳美里さんを訴えた原告女性が吐露した〝痛み〟」『創』二九巻九号、一九九九年一〇月
飯野賢一「モデル小説とプライバシー」『愛知学院大学論叢　法学研究』五〇巻三・四号、二〇〇九年一〇月
井口時男「小説は他人を巻き添えにしてよいか――『石に泳ぐ魚』裁判をめぐって」『社会文学』二六号、二〇〇七年六月
石崎等「魯庵とその時代」『文学』五四巻八号、一九八六年八月
李承信「「女先生」と下田歌子――〈堕落女学生〉の表象、モデル問題をめぐって」『〈翻訳〉の圏域』筑波

大学文化批評研究会編集・刊行、二〇〇四年二月
石田あゆう『ミッチー・ブーム』文春新書、二〇〇六年八月
石割透編『芥川龍之介　作家とその時代』有精堂、一九八七年一二月
伊藤正己『プライバシーの権利』岩波書店、一九六三年一月
――「『宴のあと』判決の問題点」『ジュリスト』三〇九号、一九六四年一一月一日
臼井吉見「モデル問題をめぐって」『現代日本文学体系13　島崎藤村集（一）』筑摩書房、一九六八年一〇月
馬屋原成男『日本文芸発禁史』創元社、一九五二年七月
梅本浩志『島崎こま子の「夜明け前」――エロス愛・狂・革命』社会評論社、二〇〇三年九月
海老井英次『芥川龍之介論攷――自己覚醒から解体へ』桜楓社、一九八八年二月
大月隆寛編『田口ランディ　その「盗作＝万引き」の研究』鹿砦社、二〇〇二年一一月
大塚英志『定本　物語消費論』角川文庫、二〇〇一年一〇月
岡村久道、新保史生『電子ネットワークと個人情報保護――オンラインプライバシー法入門』経済産業調査会、二〇〇二年三月
奥平康弘『ジャーナリズムと法』新世社、一九九七年六月
戒能通孝「プライバシーの権利――憲法記念講演会から」『世界』一八八号、一九六一年八月
――・伊藤正己編『プライヴァシー研究』日本評論新社、一九六二年八月
――「肖像と警察権――44・12・24最高裁大法廷判決をめぐって」『法学セミナー』一六九号、一九七〇年三月
片岡哲「内田魯庵の小説（三）――『社会百面相』を中心として」『東京工業大学人文論叢』一五号、一九八九年二月
加藤新太郎「実在の人物を素材とした小説とプライバシー侵害――小説『名もなき道を』プライバシー訴訟第一審判決」『判例タイムズ』九〇一号、一九九六年五月一日

金子明雄「明治30年代の読者と小説――「社会小説」論争とその後」『東京大学新聞研究所紀要』四一号、一九九〇年三月
――「「並木」をめぐるモデル問題と〈物語の外部〉――島崎藤村の小説表現Ⅲ」『流通経済大学社会学部論叢』五巻二号、一九九五年三月
紙谷雅子「『石に泳ぐ魚』出版差止東京地裁判決について」『法学教室』二三〇号、一九九九年一一月
柄谷行人『日本近代文学の起源』講談社、一九八〇年八月
菊地弘『芥川龍之介――意識と方法』明治書院、一九八二年一〇月
木村勲「「関西文学」終刊から『文壇照魔鏡』事件へ――初期「明星」のメディア史的考察」『神戸松蔭女子学院大学研究紀要 人文科学・自然科学篇』五〇号、二〇〇九年三月
木村涼子『〈主婦〉の誕生――婦人雑誌と女性たちの近代』吉川弘文館、二〇一〇年九月
木村有美子『内田魯庵研究――明治文学史の一側面』和泉書院、二〇〇一年五月
工藤哲夫「通俗小説余技説――久米正雄小論」『国語国文』四七巻一二号、一九七八年一二月
栗原裕一郎『〈盗作〉の文学史――市場・メディア・著作権』新曜社、二〇〇八年六月
小島吉雄「『文壇照魔鏡』秘聞」『山房雑記』桜楓社、一九七七年四月
小林和子「三島由紀夫「宴のあと」論――モデル・有田八郎氏について」『茨城女子短期大学紀要』二五号、一九九八年三月
小谷野敦『久米正雄伝――微苦笑の人』中央公論新社、二〇一一年五月
阪本俊生『プライバシーのドラマトゥルギー――フィクション・秘密・個人の神話』世界思想社、一九九九年一〇月
――『ポスト・プライバシー』青弓社、二〇〇九年一月
佐藤秀明「プライバシーと文学――『宴のあと』裁判について」『三島由紀夫の文学』試論社、二〇〇九年五月

週刊誌研究会『週刊誌――その新しい知識形態』三一書房、一九五八年一二月
新保史生『プライバシーの権利の生成と展開』成文堂、二〇〇〇年一二月
鈴木秀美「判例クローズアップ　小説『石に泳ぐ魚』事件東京高裁判決」『法学教室』二五二号、二〇〇一年九月
関口安義『評伝　松岡譲』小沢書店、一九九一年一月
瀬沼茂樹『評伝　島崎藤村』筑摩書房、一九八一年一〇月
芹沢一也・高桑和巳編『フーコーの後で――統治性・セキュリティ・闘争』慶応義塾大学出版会、二〇〇七年九月
副田賢二「山中峯太郎とその記号的「漂流」――昭和初期の『主婦之友』掲載言説を中心に」『昭和文学研究』五六号、二〇〇八年三月
相馬庸郎「『新生』試論」『日本近代文学』一一号、一九六九年一〇月
ソロブ、D・J「プライバシーに無分別な若者」『日経サイエンス』三八巻一四号、二〇〇八年一二月
ダイソン、E「プライバシー2・0を考える」『日経サイエンス』三八巻一四号、二〇〇八年一二月
第一二回大東文化大学公開法律シンポジウム「現代の法律問題を考える　モデル小説とプライバシー――柳美里「石に泳ぐ魚」事件を素材として」『大東文化大学法学研究所報』別冊第一二号、二〇〇三年三月
高橋呉郎『週刊誌風雲録』文芸春秋、二〇〇六年一月
高橋昌子『島崎藤村　遠いまなざし』和泉書院、一九九四年五月
田澤基久「私小説――友達小説・交友録小説」『時代別日本文学史事典近代編』有精堂、一九九四年六月
田中実「芥川文学研究ノート①　大正七年十二月の〈作家〉芥川龍之介 An Essay on Ryunosuke Akutagawa (Part 1)」『都留文科大学　研究紀要』第三六集、一九九二年三月
玉樹智文「文学表現と名誉毀損・プライバシー侵害」『情報文化研究』四号、一九九六年一〇月
千田洋幸「性／〈書く〉ことの政治学――『新生』における男性性《マスキュリニティ》の戦略」『日本近代文学』五一号、一九

九四年一〇月
塚本晴二朗「名誉毀損・プライバシー侵害と小説——『名もなき道を』事件と「石に泳ぐ魚」事件を中心として」『桜文論叢』五五号、二〇〇二年八月
十川信介『「ドラマ」・「他界」——明治二十年代の文学状況』筑摩書房、一九八七年一一月
富田雅寿編『『宴のあと《プライバシー》』公判ノート』唯人社、一九六七年一月
内藤光博「モデル小説における表現の自由とプライバシーの権利——小説表現の「芸術的価値」とプライバシー権の調整原理の考察」『専修法学論集』一〇七号、二〇〇九年一二月
長野国助「プライバシーにおける法律的救済」『法律のひろば』二〇巻一二号、一九六七年一二月
中村三春「モダニズム文芸とスポーツ——「日独対抗競技」の文化史的コンテクスト」『修辞的モダニズム——テクスト様式論の試み』ひつじ書房、二〇〇六年六月
中村美帆「小説「石に泳ぐ魚」出版差し止め判決——日本における自由権的文化権保障の現状」『文化資源学』六号、二〇〇七年三月
仲正昌樹『「プライバシー」の哲学』ソフトバンク クリエイティブ、二〇〇七年一一月
中山昭彦「小説『都会』裁判の銀河系——空白の政治学」三谷邦明編『近代小説の〈語り〉と〈言説〉』有精堂出版、一九九六年六月
野村喬『内田魯庵伝』リブロポート、一九九四年五月
ハーバーマス、ユルゲン『公共性の構造転換——市民社会の一カテゴリーについての探求』第二版、細谷貞雄・山田正行訳、未来社、一九九四年五月、原著初版一九六二年
日浦圭子「「宴のあと」事件と昭和三十年代の文学状況」『聖心女子大学大学院論集』二八巻一号、二〇〇六年七月
日高昭二「旧制高校という〈場〉——高橋治『名もなき道を』」『国文学　解釈と鑑賞』七三巻一一号、二〇〇八年一一月

日比嘉高『〈自己表象〉の文学史――自分を書く小説の登場』翰林書房、二〇〇二年五月
船越一幸『情報とプライバシーの権利――サイバースペース時代の人格権』北樹出版、二〇〇一年一月
フレイザー、ナンシー「公共圏の再考――既存の民主主義の批判のために」クレイグ・キャルホーン編『ハーバマスと公共圏』山本啓・新田滋訳、未来社、一九九九年九月
――『中断された正義――「ポスト社会主義的」条件をめぐる批判的省察』ギブソン松井佳子ほか訳、御茶の水書房、二〇〇三年一一月
――／アクセル・ホネット『再配分か承認か？――政治・哲学論争』高畑祐人ほか訳、法政大学出版局、二〇一二年一〇月
ポスター、マーク『情報様式論』室井尚・吉岡洋訳、岩波書店、一九九一年七月
堀部政男『プライバシーと高度情報化社会』岩波書店、一九八八年三月
――「個人情報・プライバシー保護の世界的潮流と日本」『法学セミナー』四〇四号、一九八八年八月
――「情報公開制度・個人情報保護制度の回顧と展望」堀部政男編『ジュリスト増刊　情報公開・個人情報保護』有斐閣、一九九四年五月
ボルター、ジェイ・デイヴィット『ライティング スペース――電子テキスト時代のエクリチュール』黒崎政男・下野正俊・伊古田理訳、産業図書、一九九四年六月
前田愛「久米正雄の位置」『成蹊国文』二号、一九六九年三月
――『近代読者の成立』有精堂、一九七三年一一月。
前田潤「菊池寛「登場」の内幕――「文壇」を睨む「無名作家」」『立教大学日本文学』七六号、一九九六年七月
松岡譲「第四次新思潮」複製版『新思潮』別冊、臨川書店、一九六七年一二月
三原脩『風雲の軌跡』ベースボール・マガジン社、一九八三年七月
棟居快行「小説のモデルとプライバシー――『名もなき道を』訴訟」『法学教室』一八一号、一九九五年一

〇月
――「出版・表現の自由とプライバシー」『ジュリスト』一一六六号、一月一日
村上孝止「モデル作品と名誉・プライバシーの問題――『石に泳ぐ魚』事件判決をめぐって」『久留米大学法学』三六号、一九九九年一〇月
森田直子「小説と洋琴――内田魯庵における文学の風刺」『比較文学研究』六六号、一九九五年二月
山岸郁子「〈父〉神話の生成――久米正雄「破船」をめぐって」『日本大学人文科学研究所研究紀要』四八号、一九九四年九月
山田博光「内田魯庵研究――付著作目録」『都大論究』一号、一九六一年一二月
――「社会小説論――その源流と展開」『日本近代文学』七号、一九六七年一一月
山本芳明『文学者はつくられる』ひつじ書房、二〇〇〇年一二月
――「文学と領土性――大正文学の場合」『国語と国文学』八〇巻一一号、二〇〇三年一一月
吉見俊哉『「声」の資本主義――電話・ラジオ・蓄音機の社会史』講談社、一九九五年五月
ラインゴールド、ハワード『スマートモブズ――〈群がる〉モバイル族の挑戦』公平俊平・会津泉監訳、NTT出版、二〇〇三年八月
レッシグ、ローレンス『CODE VERSION 2.0』山形浩生訳、翔泳社、二〇〇七年一二月
和田謹吾「自然主義文学成立の基盤」『増補 自然主義文学』文泉堂出版、一九八三年一一月
Marx, Gary T. *Undercover: Police Surveillancein America*, Berkeley: University of California Press, 1988

あとがき

本書『プライヴァシーの誕生』は、私小説登場の歴史を追った前著『〈自己表象〉の文学史――自分を書く小説の登場』（翰林書房）の続編的なテーマを持っています。同書では、のちに「私小説」と呼ばれるようになる明治末期の〈自己表象テクスト〉がどのようにして現われたのかを、文芸関係のメディアのありさまや文学青年を中心とした読書慣習の変化に注目しながら考えました。その過程で私は、田山花袋や島崎藤村らの自然主義小説が、さまざまなトラブルを巻き起こしていたことに気がつきました。女弟子への感情を大げさな恋愛感情に仕立てて書いてみたり、自分の家庭のいざこざを友人の家庭の外形を借りて描いたり、姪を妊娠させてしまったことを新聞連載小説に書いたりと、明治大正の小説家たちはなかなか過激な創作方法を遂行していました。どう考えても現代ではアウトの判定を下されるに違いない彼らの創作のありさま、そして当時でさえ巻き起こっていた騒動を、私は半ばあきれつつ、半ば感心しつつ、事例を収集していきました。

現代ではもうこんな書き方はありえない。でもそれはなぜなのだろうか。ありえなくなったのは、いつからなのか。文壇で頻発していたことが、次第に非常識、ないしはタブーになっていくという変遷をたどることは、日本の近代小説の側面史となり、同時に人々の私的領域をめぐる感性の歴史ともなるのではないか。それが本書の着想です。

ただ、こう書くと私が噂話とスキャンダルに魅入られた下世話な人間で、好きが高じて一冊本を書いてしまった研究者であるかのように読めるかもしれませんが、実際にはほとんど人の噂話やゴシップに関心がありません（と思っています）。そんな人間が、なぜゴシップ種と隣り合わせであるようなモデル小説を研究書のテーマに選んだのか、自分でも正直よくわかりません。私は振り返ると永井荷風と島崎藤村についての論文を最も多く書いていますが、どちらの作家も、現実に知り合いになったとしたらきっと仲良くはなれなかっただろう、といいますか、敬して遠ざけたに違いないタイプの人間だと想像しています。どうやら私は、これはいかがなものか、と思いながら論文を書く、ということを繰り返しているのかもしれません。

モデル小説、モデル問題も、私にとってそういうものなのでしょう。そのモデル小説のなかに出て来る人物や事件にさして深い興味はない。取り上げる作家について特別な思い入れがあるわけでもない。しかし、作品の言語表現と巻き起こった騒動に参与した言説とを広範に読み込んでいくことで、なまなましいその時代の文芸や人の感触に出会うことがある。立ち会ったことなどない過去の出来事の手触りを一瞬感じてしまう。私はそうした「歴史との対面」の瞬間が好きです。その感触のスナップショットを重ね、その先に一五〇年の近代文学の側面史が立ち現われればいい、そう願って本書を書きました。

モデル小説をめぐるトラブルの歴史で、一冊本を書きたいということを考えたのは、たぶんもう二〇年ほど前のことになります。あっという間に時が経ちました。自分で書いて驚くような速度です。読み返せば、我ながら古びた書きぶりの論文もありました。単著としてまとめるにあたってかなり手を入れたものもありますが、ほとんどそのままのものもあります。準備の期間中、さまざまな大学や学会で関連する内容の講義や研究発表を行ないました。いちいち名前を列挙しませんが、よい聴衆となり、また鋭い質問や意見を投げかけて下さった皆さんに、心より感謝申し上げます。校正に際しては、加島正浩さん、奥村華子さん、小島秋良さんにお手伝いいただきました。記して御礼いたします。家族として、また研究仲間としてこの間支え合ってきた天野知幸に深く感謝します。息子や他の家族たちにも同じく感謝を。

新曜社でお世話になるのは『ジャパニーズ・アメリカ』に続いて二冊目です。今回も、渦岡謙一さんにお世話になりました。聞けば、もう一線を退くようなタイミングなのだそうです。貴重な持ち時間のなか、拙著の編集に力を注いで下さったことに深謝いたします。

二〇二〇年、新型コロナウイルスによる蟄居の五月に

日比嘉高

初出一覧 （それぞれ修正・増補を施している）

序　章　書き下ろし
第1章　「「モデル問題」の発生――内田魯庵『破垣』」『国文学　解釈と教材の研究』四七巻九号、二〇〇二年七月
第2章　書き下ろし
第3章　「「文壇」は閉じているか――大正文壇・交友録・芥川「あの頃の自分の事」」『国語と国文学』八五巻三号、二〇〇八年三月
第4章　「破船事件と実話・ゴシップの時代」『文学』九巻五号、二〇〇八年九月
第5章　「大衆の意地悪なのぞき見――『講談倶楽部』のスポーツ選手モデル小説」『大衆文学の領域』大衆文化研究会編集・発行、二〇〇五年六月
第6章　「プライヴァシーの誕生――三島由紀夫「宴のあと」と文学、法、ゴシップ週刊誌」『思想』一〇三〇号、二〇一〇年二月
第7章　「〈芸術性〉をいかに裁くか――三島由紀夫「宴のあと」、高橋治「名もなき道を」、柳美里「石に泳ぐ魚」」『名古屋大学文学部研究論集　文学』六一号、二〇一五年三月
第8章　「「モデル小説」の黄昏――柳美里「石に泳ぐ魚」裁判とそれ以後」『金沢大学国語国文』三四号、二〇〇九年三月
終　章　書き下ろし

モデル問題関連年表

本書で言及した事例を中心に、モデル問題が生起したりプライヴァシー侵害が問題となったりした小説およびその関連記事、事項について整理した。

年	月日	モデル問題関連事項
一九〇一年	一月	内田魯庵「破垣」『文芸倶楽部』発表、三日後に風俗壊乱で発売頒布禁止処分
	一月一〇日	内田魯庵「『破垣』発売停止に就き当路者及江湖に告ぐ」『二六新報』（〜一七日）
一九〇二年	三月	与謝野鉄幹を誹謗する『文壇照魔鏡』刊行される
	六月	内田魯庵の小説集『社会百面相』博文館
	一一月	島崎藤村「旧主人」『新小説』、同「藁草履」『明星』
一九〇四年	一月	島崎藤村「水彩画家」『新小説』
一九〇七年	一月	島崎藤村の小説集『緑葉集』春陽堂
	六月	島崎藤村「並木」『文芸倶楽部』臨時増刊号
	九月	馬場孤蝶「島崎氏の『並木』」『趣味』。「並木」の副主人公・原某（戸川秋骨）「金魚」『中央公論』
		田山花袋「蒲団」『新小説』
	一〇月	丸山晩霞「島崎藤村著『水彩画家』主人公に就て」『中央公論』
一九〇八年	二月	生田葵山「都会」『文藝倶楽部』
	四月二一日	モデルとなった第四高等学校の学生たちの抗議により、菊池幽芳「寒潮」（『大阪毎日新聞』同年一月〜）が掲載中止に
	一一月	中村星湖・島村抱月「モデル問題の意味及び其の解決」『早稲田文学』
一九一三年	一月	島崎藤村「突貫」『太陽』

一九一六年	七月	里見弴「善心悪心」『中央公論』
	一二月	夏目漱石、死去
一九一七年	一〇月	久米正雄、夏目筆子との結婚不許可になる
	一一月	久米正雄「一挿話」『新潮』
一九一八年	三月	久米正雄「蛍草」『時事新報』（〜九月）
	四月	松岡譲・夏目筆子、結婚
	五月	相馬泰三『荊棘の路』新潮社
	五月	久米正雄「大凶日記」『新潮』
	五月	島崎藤村「新生」『東京朝日新聞』『大阪朝日新聞』（〜一九一九年一〇月）
	七月	菊池寛「無名作家の日記」『中央公論』
	七月	相馬泰三「道伴れ」『新潮』
	一一月	葛西善蔵「遁走」『新小説』
	一二月	久米正雄「夢現」『新潮』、同「敗者」『中央公論』
一九一九年	一月	芥川龍之介の「あの頃の自分の事」『中央公論』
	八月	菊池寛「友と友の間」『大阪毎日新聞』夕刊（〜一〇月）
	一〇月	久米正雄「良友悪友」『文章世界』
	一一月	久米正雄「帰郷」『人間』
一九二〇年	一月	菊池寛「神の如く弱し」『中央公論』
	一月	久米正雄「空華」『婦人公論』（〜一二月）
	一月	広津和郎「針」『解放』
	一月	相馬泰三「B——軒事件」『太陽』
一九二二年	一月	久米正雄「破船」『主婦之友』（〜一二月）
	一二月	谷崎精二「曽根の死」『中央公論』

一九二五年	一月	久米正雄「墓参」『改造』
一九二七年	一月	松岡譲「憂鬱な愛人」連載開始（〜一九二八年一二月）
一九三〇年	三月	岸白汀「嘆きの胡蝶夫人」『講談倶楽部』
	八月	広津和郎「女給」『婦人公論』（〜一九三二年二月）
	一〇月	近藤経一「傷ける人魚」『講談倶楽部』（〜一二月）
一九三一年	一〇月	近藤経一「青春涙多し」『講談倶楽部』（〜一二月）
一九五六年	二月	谷崎潤一郎「鴨東綺譚」『週刊新潮』、五月号で中断
一九六〇年	一月	三島由紀夫「宴のあと」『中央公論』（〜一〇月）
一九六一年	三月一五日	「宴のあと」裁判原告有田八郎、三島らを東京地裁に提訴
一九六四年	八月	沖縄で伊佐千尋「逆転」の題材となった米兵障害致死傷事件が起こる
	九月二八日	「宴のあと」裁判結審。被告側控訴
一九六六年	三月四日	有田八郎、死去
	一一月二八日	「宴のあと」裁判、和解成立
一九七七年	五月	臼井吉見「事故のてんまつ」『展望』
	七月二〇日	「事故のてんまつ」裁判原告（川端康成の遺族）臼井吉見らを東京地裁へ提訴
	八月	伊佐千尋『逆転——アメリカ支配下　沖縄の陪審裁判』新潮社
一九七八年	二月	清水一行、甲山事件（冤罪事件）を取材した「捜査一課長」を集英社から刊行
一九八〇年		佐木隆三「男の責任」が取材した連続誘拐殺人事件が起こる
	五月二二日	「逆転」裁判原告、伊佐千尋を東京地裁へ提訴
一九八四年	一一月一一日	高橋治「名もなき道を」『高知新聞』など各地方紙に連載（〜一九八五年一一月六日）
一九八六年	二月	甲山事件被疑者（のち冤罪と判明）清水一行らを大阪地裁へ提訴
一九八七年	五月	佐木隆三『男の責任　女高生・OL連続誘拐殺人事件』徳間書店

	一一月二〇日	「逆転」裁判、東京地裁判決
一九八八年	五月	高橋治『名もなき道を』講談社
	一〇月一四日	高橋治、「名もなき道を」および「別れてのちの恋歌」で第一回柴田錬三郎賞受賞
一九八九年	九月九日	「逆転」裁判、東京高裁判決
	一二月	「名もなき道を」裁判原告、高橋治らを東京地裁へ提訴
一九九一年	九月	佐木隆三『女高生・ＯＬ連続誘拐殺人事件』徳間書店（一九八七年の前著を加筆改題）
	一〇月	「名もなき道を」講談社より文庫化
一九九四年	二月八日	「逆転」裁判、最高裁判決
	九月	柳美里「石に泳ぐ魚」『新潮』
	九月	「女高生・ＯＬ連続誘拐殺人事件」裁判原告、佐木隆三らを東京地裁へ提訴
	一一月	「石に泳ぐ魚」裁判原告、出版差し止めの仮処分を東京地裁に申請。示談し、取り下げ
	一二月	「石に泳ぐ魚」裁判原告、損害賠償と出版差し止めを求め、東京地裁に提訴
一九九五年	五月一九日	「名もなき道を」裁判結審。原告敗訴、控訴
	一二月	柳美里「表現のエチカ」『新潮』
一九九九年	三月八日	「名もなき道を」裁判、和解成立（東京高等裁判所）
	六月二二日	「石に泳ぐ魚」裁判、結審。被告敗訴、控訴
二〇〇〇年	一月二六日	「女高生・ＯＬ連続誘拐殺人事件」裁判、判決（名古屋地裁）
	一〇月二五日	「女高生・ＯＬ連続誘拐殺人事件」裁判、判決（名古屋高裁）
二〇〇一年	二月一五日	「石に泳ぐ魚」裁判、東京高裁、控訴を棄却。被告側、上告
二〇〇二年	九月二四日	最高裁、上告を棄却。東京高裁の判決が確定
	一〇月二五日	柳美里『石に泳ぐ魚』改訂版、新潮社
二〇〇四年	一月	車谷長吉「刑務所の裏」『新潮』
	一一月	百田尚樹『殉愛』幻冬舎

や　行

ら　行

わ　行

ま　行

な　行

は　行

た 行

さ　行

事項・作品名索引

あ　行

か　行

や　行

ら　行

わ　行

た　行

な　行

は　行

ま　行

人名索引

著者紹介

日比嘉高（ひび・よしたか）

1972年、愛知県名古屋市生まれ。筑波大学大学院博士課程文芸・言語研究科修了。博士（文学）。カリフォルニア大学ロサンゼルス校客員研究員（2002-03）。ワシントン大学客員研究員（2009）。2009年から名古屋大学大学院文学研究科（現・人文学研究科）准教授。専攻は日本近現代文学・文化論、日系移民文学論、出版文化論など。著書に『〈自己表象〉の文学史——自分を書く小説の登場』（翰林書房、2002年）、『ジャパニーズ・アメリカ——移民文学・出版文化・収容所』（新曜社、2014年）、『いま、大学で何が起こっているのか』（ひつじ書房、2015年）、『文学の歴史をどう書き直すのか——二〇世紀日本の小説・空間・メディア』（笠間書院、2016年）などがある。

新曜社

プライヴァシーの誕生
モデル小説のトラブル史

初版第1刷発行　2020年8月12日

著　者　日比嘉高
発行者　塩浦　暲
発行所　株式会社　新曜社
〒101-0051
東京都千代田区神田神保町3-9
電話（03）3264-4973（代）・FAX（03）3239-2958
e-mail　info@shin-yo-sha.co.jp
URL　https://www.shin-yo-sha.co.jp/

印刷所　星野精版印刷
製本所　積信堂

ISBN978-4-7885-1685-4 C1090